婚姻潛規則22條

中躍・著

目次

第1條婚規
愛的名義

冷豔看見胡昆眼裡露出可怕的目光，像個野獸，並且開始打她，當最後一片布料被他粗暴地扯掉時，她終於發出了尖銳的叫喊，她喊的是：「不要、不要啊！救命！……」他馬上用枕巾塞住了她的嘴，她只能一邊哭一邊搖頭，不讓他繼續，可是最終他還是利用她生理上的自然反應，做完了他想做的事。

一、男生的圈套

冷豔想了整整一個暑假，才總算想明白，從踏進大學校門的第一天起，自己就不可避免地掉進了男生的圈套。

哪個男生並不重要，不是你，就是他，總有那麼一個人，或者是幾個人，事先編好了圈套，挖好了陷阱，等著一個美麗的獵物鑽進去，掉進去。

他們多為「大二」以上的高年級學生，被稱作你的學哥，學長，校友。殊不知，他們已經從「大一」溫順的羔羊迅速成長為一群饑餓兇殘的豺狼。而剛進校的「大一」新女生，便是他們最好也是最豐富的獵物。因為「大二」以上的女生，差不多都被他們的學哥們獵完啦！

當時，想明白這個道理的冷豔剛剛上完「大一」，還沒有升入「大二」。但對她來說，她的人生已經提前被畫上了一個無形的句號。

一九九八年初秋，剛來到這個學校報到的冷豔天真活潑，充滿了幻想。當接送新生的大客駛進醫大校門時，她不由得想像著自己以後穿著乾淨的白大衣、為病人解決病痛的神聖樣子。醫生是冷豔最尊敬的職業，也是她多少年來的夢想。

「那時的我真是天真呀，我每天都是那麼快樂，為我能在醫大校園裡學習、生活而驕傲！……」

當然，活潑漂亮的冷豔很快就成了醫大男生注目的焦點。開始她並不討厭那些男生，他們看上去都是很有理性、很用功、很健康、也很乾淨的樣子。很多男生都圍在冷豔的周圍，讓她感覺自己就像個公主。有公主，自然就會有王子。冷豔的「王子」其實在「公主」第一天進校門時就盯上她了。冷豔剛下車，就呼啦圍上來一群男生，其中一個猴一樣的小個子眼疾手快，搶先搶過了她手上的小皮箱。他胸口掛著一隻名片大小的紅色標誌牌，上有五個大字：「歡迎新同學」。下面還有兩個小字：「胡昆」。

這幫人都是學生會組織的接待新生的志願者。他們大都由現任「光棍」們組成。已經成雙作對的男生就不來湊這份熱鬧了——就是他想湊，他的馬子能答應嗎？反正這事不像捐血，從來不缺人，「光棍」們的積極性高著呢！學生會方面也是多多益善，來者不拒——只要你們不爭著打起來就行。

如今的大學生報到越來越簡單了，床上用品日用品什麼的都不要帶，由學校統一代辦，學生只需帶一些換洗衣物隨身用品即可。外省的學生，通常都不需要家長陪伴——學校在報到須知上也提到這一條，目的是為了培養大學生的自立能力。這條對男生來說倒是有點兒名符其實，他們拎著大包小包下車，那些自願者們睜大了眼睛，就像沒看見一樣。自願者中的女生本來就少，多為一些滯銷的「恐龍」，一般來說，她們接到中意的男生後，就再也不來了。所以在接新生的現場，女生就像橄欖球，男生就像排球——如此露骨的現象，近乎殘酷的場面，大家也司空見慣了，並沒覺得有什麼不妥。新來的男生們見此狀可能有些納悶，以為這是學校的規定，要不就是對他們自立能力的某種考驗——等他們明白過來以後，便將一口氣憋著，憋到明年這個時候，正好憋足了勁，如法炮製，來對付下一屆的新學弟。

開始，冷豔對這個瘦猴似的學長並無多少好感，只是禮貌性的把他當作一般同學看待。因為她出眾的品貌，圍在她身邊的帥哥多了去了。很快，校學生會的主席部長們輪流親自上門做工作，拉她進了宣傳部，並給了她一個文藝部副部長的銜兒。在國慶迎新文藝晚會上，冷豔和那個正部長男生一起組織活動，一起主持晚會，大家開玩笑地說他們是天生一對，而冷豔也在心裡有點暗暗地喜歡上了他。

但胡昆及時告訴冷豔，那個正部長男生至少交過五十個女朋友，現任的就有三個，有名有姓，還有證人。同樣，另外幾個經常向冷豔獻殷勤的帥哥，他們分別至少交過多少個女朋友，現任的有幾個，又是誰誰誰。

胡昆說得並不假。他用不著去編謊話，他只要說出事實真相就夠了。本來，校園裡這些「有型」的俊男靚女們，早就被別人搶先「註冊」了，只有像胡昆這樣的歪瓜裂棗，才能平庸地輪空一年。

儘管如此，「公主」對他的態度還是日益冷淡，或者說，對他越來越禮貌，越來越客氣了。當他鼓足了幾輩子的勇氣去找她，她會很禮貌地問：「你有什麼事嗎？」然後便藉口有事，說聲抱歉，走開了。

胡昆知道自己無論是外形還是內核（經濟實力），連「王子」的僕人都夠不上。但他有他的絕招，那就是，講故事。他懂得什麼叫乘虛而入，懂得怎樣趁冷豔立足未穩、環境陌生、難免無聊寂寞之際，先下手為強，攻心為上。從《金瓶梅》、《肉圃團》這些「名著」裡，他早知道了泡女人的四大法寶，即時間、花言巧語、金錢，再加上硬體。為什麼把時間和花言巧語放在前二位呢？對此，胡昆自覺深有心得，顯得信心十足。因為對他來說，時間和花言巧語，多得用都用不完，正是他的強項啊！

二、每天一網

人們常說，「大一」女生單純，「大二」女生精明，「大三」女生狡猾，「大四」女生學壞。

那些精明而狡猾的大學女生，大膽提出了「每週一哥」的口號。文雅點說，就是：「不求天長地久，只求曾經擁有。」或者叫：「陪我一段路。」因為大多數男生的財力是有限的，讓他們慷慨一周或許還能做到，再接下去，恐怕就要女生來救濟他了！再說，男女生從發誓「天長地久」到實際上「相互擁有」，一周時間足夠了，再長了，對財力、精力都是一種浪費。要不，為什麼上帝將一個禮拜的週期定為七天呢？

女生的精明和覺醒，對男生來說，就是災難。當然男生也不甘束手待斃，他們也是八仙過海，各顯神通。胡昆準備玩的故事圈套就是其中之一。他只不過將它進一步補充、發展、發揚、光大罷了。

胡昆自告奮勇，要求每天給冷豔講一個故事，而且是發生在醫大的真實故事。

對這樣的要求，冷豔也不太好意思一口回絕。再說人人都有聽故事的好奇心啊——況且是發生在身邊的真實故事。於是，她讓他先講一個試試。

這就給了胡昆一個機會。一個試用的機會。一個實施他「每週一網」計畫的機會。這就好辦了。就像蜘蛛織網，織多了，網中的獵物想掙也掙不脫了。

第一個故事當然是蓄謀已久的，也是最精彩的：既要驚險刺激，又要塑造好自己的光輝形象。

這是我親身經歷的事情，我一直沒有告訴同宿舍的同學，因為這件事太離奇了。就連現在，講給你聽，我仍是心有餘悸。

我現在還清楚地記得，那是「大一」上學期，臨近期末考試的一個週五的晚上，我去教學樓製圖教室，準備通宵複習。那天我特別累，複習到下半夜，眼睛都睜不開了，不知不覺就睡著了。後來我被一陣冷風吹醒了，我抬手一看錶，已經凌晨三點多了，教室裡原來準備幹通宵的人已經都走光了。於是，我草草地收拾了一下，背起書包也準備走人了。

剛走到門口，我忽然聽到對面的教室裡有翻書的聲音。——「都這麼晚了，誰還這麼用功？不會是哪個漂亮的女生吧？」

這樣想著，我就走進了那個教室，只見裡面暗暗的，只有最前排左面靠窗的那個燈還亮著，燈下的課桌上放著一本書，書頁被風嘩嘩的吹動著……

「誰這麼冒失？書丟在這裡就走人了？」我忍不住走過去，看是不是我們系裡的誰丟的？走到眼前，才發現是一個破舊的日記本。「算了，別人的日記最好別動它。」我轉身走了幾步，忽然想到一件事情——教室的窗子明明是關著的，而且我一絲風也沒有感覺到，那本子怎麼會翻得嘩嘩響呢?!

想到這裡，我不由得慌了起來，平時看過的那些恐怖故事和電影裡的情形一下子湧了出來。我連奔帶跑的下到了二樓，我的心才稍微安定了些。

拐過樓梯的時候，我發覺二樓樓道裡有一個人影，離我有十幾米遠，穿著校服。「有人做伴了！太好了！」於是我快步走了上去。我的腳步很響，可是前面的他一直沒有回頭。走近了，我發現他是一個很瘦小的男生，校服穿在他身上肥肥大大的，很不合身。他走的很快，但腳步很輕，我根本聽不到聲音。走到一個拐角的時候，他突然回了一下頭——於是我看見了一張清秀的臉，只是臉色蒼白，雙目無神。看得出來他身體很差，病歪歪的樣子。而且他的笑容顯得怪怪的。

我看見他轉身進了廁所。正巧我也想進去解手。但一想起他那詭秘的笑容，又有些猶豫。但最後我還是跟著進去了。但我卻一直看不見他。廁所就這麼大，他會走到哪兒去呢？我心裡七上八下的，也無心解手了，又出了廁所，站在門口等他。這時突然從廁所裡傳來了沖水的聲音，我想他這下快出來了。可等了半天，卻一直沒有見個人影。我大著膽子向裡面喊話：「裡面有人嗎？有人嗎？」也沒人回答。我隨著水的聲音望去，只見一個隔間上方水箱的繩子在不停的上下晃動……

從此，我再也不敢在教室裡上通宵了。

以後，你上晚自習也不要太晚了，或者讓我來陪著你，因為醫大發生的怪事太多了……

這樣的故事，對天真單純的冷豔來說，肯定是有一定的吸引力的。

類似這樣的故事，冷豔記得胡昆還講過一個叫〈女模特兒〉的，她聽了也是印象很深——

我雖然是學醫的，但我自幼喜歡油畫。我的老師說，學醫和學畫不矛盾，而且互有幫助，可以更精確地瞭解人體結構，激發人的愛美之心。

我喜歡畫人體，特別是對那些線條很美又白嫩的女人體，有很深的嚮往和癡迷。一天晚上，下晚自習的鈴聲響過，同學們陸續離開了教室。我卻心血來潮，在教室裡支好畫板，臨摹一個日本畫家的作品。

突然，一陣輕微的敲門聲傳來，我詫異：這麼晚了會是誰呢，而且還有禮貌地敲門？同學們進出這間公共教室是不需要敲門的。我看見門外站著一個女孩子，樣子很清秀的那種，只是臉色有些蒼白。

「這位同學，有什麼事嗎？」我問。

女孩子步履輕盈地向我這邊走過來，蒼白的臉上沒有任何表情。她在我畫了一半的人體畫面前停了下來，很認真的看了一會兒。

「你在畫人體呀，我可以做你的模特兒。但我有個要求，你要講故事給我聽哦？我最喜歡聽故事了。」

我有點驚呆了，想不到這樣的好運會降臨到我這樣的人身上！這樣漂亮、精緻的女孩子！於是，這天夜裡，我一邊畫她，一邊給她講故事。直到天亮。

事後，我興奮的把我的經歷講給室友們聽，誰想他們大驚失色：原來那層法醫專業的教學樓裡，曾經死過一個女生，據說當初這個女生因走錯了教室而認識了一個男生，那個男生對她一見鍾情，他請她做自己的攝影模特兒，並每天講一個故事給她聽。後來這個女生懷了他的孩子，而且不同意把孩子打掉。於是有一天，那個男生拿了一瓶打胎藥水，逼女孩喝了下去。結果，女孩因失血過多死在了那個714教室……

7……1……4……？我大吃一驚。因為我那天夜裡就是在714教室畫畫的呀！

就這樣，冷豔慢慢喜歡上了胡昆講的這些故事。

歷來醫學院的鬼故事總是特別多。胡昆不僅喜歡繪聲繪色地講，還喜歡帶著冷豔一一指認、考證事發現場。為了強調故事的真實性，製造故事的恐怖氛圍，胡昆還非常講究講故事的時間和地點，也就是說，他喜歡在事發現場，對著真實的佈景和道具，講出他認為的那種最佳效果。

不得不承認，胡昆不僅有著講故事的「愛好」，而且有著講故事的才能。

同學們見他們接觸多了，便拿他們開玩笑。每次冷豔都很認真地對女友（主要是室友）們解釋說：我們在一起沒別的，就是聽他講故事。有時冷豔按捺不住，夜裡回到宿舍，在熄燈後的一小時「臥談會」上，也會將剛聽來的故事講給大家聽。後來漸漸的，便形成了某種慣例。大家都離不開這些故事了。如果有一天因特殊情況冷豔沒有講，大家就覺得這天沒有過完似的。

三、成癮性人格

冷豔沒想到的是：聽故事和講故事的樂趣，居然讓自己同時體會到了。漸漸地，不知不覺地，冷豔就上了癮。等她覺察到事情有些「邪乎」的時候，已經晚了。就是說，聽故事的癮，和講故事的癮，對她來說，生活中已經不可忽缺，而且缺一不可。

醫學心理學上有一個理論叫「成癮性人格」，冷豔於是惶惶不安地對號入座：自己是不是患上了這個毛病？

人是很脆弱的東西。世界上有許多東西可以讓人上癮，也就是讓人沉迷其中不能自拔：最日常的比如吃、喝、玩、樂、嫖、賭、抽，花、鳥、魚、貓、狗，股票、古董、集郵、收藏，哪樣不會讓人上癮？大人看電視會看成電視迷，孩子玩電腦會玩成遊戲迷，女人逛街會逛成購物狂，看書會變成書呆子，聽音樂會變成發燒友。吸毒就更不用說了，那是最極端、也是最典型的例子。

難道聽故事也會上癮？也會形成「成癮性人格」？冷豔對此頗感懷疑，也頗感好笑。所以，開始，她並沒有將它當回事兒。後來她漸漸發現：想離開它、克服它，確實很痛苦，很難，很難。

平時，冷豔很不理解那些「煙君子」和「酒鬼」，他們離開了煙、酒好像就沒法兒活了，就算活著，也沒意思了，說還不如死了乾淨。她周圍有很多這樣的人。有的還是她很尊重的人，比如她的父親，她的老師。他們自己也深知煙酒的危害，常常發誓要戒煙，戒酒，可結果是不戒還好，越戒癮越大，量也越大了。比如父親吧，在她高考期間發誓再一次戒煙，結果等她高考完了，父親的煙也戒出成果了：由原先的三天兩包，變成了現在的兩天三包。

後來，成為一名醫科大學學生的冷豔想：抽煙，就相當於是慢性吸毒吧？雖然每包煙的煙盒上都寫著「吸煙有害健康」的警示，但畢竟抽煙不犯法。相當於打擦邊球。國家也從八億煙民身上抽取了佔利潤總額百分之十的稅收。也算打擦邊球。雖然毒品的利潤要高於煙草幾十倍，但所有的國家還是要嚴禁啊！所以說，大家只允許打擦邊球。允許你慢性吸毒，允許你慢性自殺……在這個世界上，很多人的一生，其實就是一個慢性自殺的過程。冷豔越想越感到悲哀。

那些故事，那些據說是發生在醫大、發生在你身邊的驚險、刺激、真實的故事，難道也是煙草？也是毒品？什麼叫「精神鴉片」呢？這就是啊！……

當冷豔意識到自己可能「中毒」時，已經晚了。她也抗拒過，掙扎過，試圖戒「毒」。對那些故事，對胡昆，有點兒怕，有點兒恨，但更多的是渴想，是依賴，是沒了它們之後的空虛、無聊、鬱悶、孤獨和痛苦……這和她以後做了「援交女郎」對性的感覺是一樣的。

還是算了吧！她對自己說，何必一定跟自己過不去呢？再說那東西又不是真的毒品，「精神鴉片」，不過是個比喻而已，再說，慢性自殺，總比急性自殺要好些吧？就像醫院裡，對急性病總要實施搶救，對許多慢性病不也是只好讓它拖著嗎？

冷豔是個自省能力很強的姑娘，這是她理智成熟的一種表現。「中毒」以後的她方方面面想得很多，但就是沒有想過，她會不會中了別人故意設下的「圈套」？

四、越勒越緊

胡昆「圈套計畫」的第一步實施得非常順利——他成功地讓冷豔對那些故事上了癮，下一步，就是怎樣讓她對講故事的人上癮了。

這中間必須有個過渡。好比兩條直線，要用一段圓弧作光滑的連接。胡昆的這段「過渡圓弧」，是由一系列的「智力型恐怖故事」組成的：

有一年，醫大登山隊遠征西藏，隊中有一對學生情侶。到了目的地之後，他們在山環建立了營地。正準備攻峰時，天氣突然轉壞了，但是他們還是執意要按原計劃上山。

為了保險起見，他們勸說那個女生留下，看守營地。

可是，一連過了三天，登山的男生們都沒有一點兒消息。

那個女生有點擔心了，心想可能是因為天氣惡劣的原因吧。於是她決心再等一天再說。

果然，等到第四天，她終於看見男生們回來了！可是唯獨沒有看見她的男友。

大家沉痛地告訴她，在攻峰的第一天，她的男友就不幸遇難了！

女生聽了這個噩耗，當場昏了過去。經過大家的一陣急救，女生才甦醒過來。

夜裡，男生們在帳蓬裡圍成一個圈睡著，讓女生睡在他們中間。臨近十二點鐘時，她的男友突然出現了，一把抓住她就往外跑。這個女生嚇得哇哇大叫，極力掙扎！……

這時她的男友告訴她：在攻峰的第一天，發生了山難，所有的人都死了，只有他一個人還活著！

……

告訴我，你相信誰？

胡昆知道，這樣的故事，會深得冷豔的喜愛。

但他更清楚，冷豔還需要更深刻、更驚險的刺激。就像吸毒者，需要逐漸加大吸入的劑量。

於是胡昆就一步步地，將恐怖故事的內容、環境往她的身上引。

比如有一次，胡昆在開講之前，說了這樣一句話：「以後你去女浴室洗澡，不要太晚了，最好由我陪著你。」

冷豔問為什麼？因為像洗澡這樣的私密事，由他陪著，豈不是等於對所有人宣佈，他們之間已到了無秘密的程度麼？

胡昆於是就講了一個女浴室鬧鬼的故事──

那是一個夏天的夜晚，到了九點鐘，浴室關門的時間，女浴室的管理員阿姨最後檢查一遍浴室時，聽見浴室裡有嘩嘩的水聲，她就催促她說，哪位同學還在洗澡？快點兒，馬上我要停水、關門了！可沒人應聲，水仍舊嘩嘩地響著。阿姨心想哪個女生這樣沒禮貌？就跑進去看，結果裡面什麼人也沒有，只見其中一個蓮蓬頭在嘩嘩地淌著熱水。阿姨心想一定是哪個女生偷懶，沒關水龍頭就走了。她只好進去把水關掉。可是她剛出浴室門，又聽見裡面響起了嘩嘩的水聲，她想，是哪個女生調皮搗蛋，在跟她捉迷藏？剛才她一定是躲進洗手間，我才沒看見她。於是她再次進了浴室，找遍了每個角落，確實沒發現任何人！阿姨想大概是水龍頭壞了，失靈了吧？於是她再次小心地將那個水龍頭擰緊。同時她發現，附近的水怎麼是紅色的？她滿心疑惑的剛走開，那個蓮蓬頭又嘩嘩出熱水了！她轉身一看──你猜，她看見了什麼？……

胡昆的故事常常就是這樣突然結束的。

他故意留了個懸念，就像是在魚嘴裡留了一隻魚鉤，就像是在牛鼻子上留了一根韁繩。

到了第二天，見魚兒又上鉤了，他再將一隻更大的鉤子置入它的嘴裡。

「你猜，她看見了什麼？」

「她看見一個沒有頭的女人，拿著她的頭，正在那隻蓮蓬頭下面沖洗！」

故事講到這裡，胡昆預想的最好效果是：冷豔驚叫一聲，撲進他的懷裡，他當然要盡量伸展雙臂，將他那瘦骨伶仃的並不寬大的胸懷全面對外開放……

冷豔確實驚叫了一聲，但只是雙手抱住自己的肩膀，怕冷似地縮了縮身體。

胡昆於是伸手很隨意地拍了拍她的肩膀，說，沒事，知道了就沒事了，就可以預防了。

胡昆並不著急。他雖然還沒有成功地泡過一個妞，但挺沉得住氣。是啊，面對一條已經上鉤的魚，他著什麼急呢？

胡昆乘機走近點，伸手想攬住冷豔的肩膀，但她靈巧地閃開了。他依然不著急，笑嘻嘻地說：「剛才這個事算什麼，比這更厲害的事多著呢，我怕你害怕，都沒敢告訴你。」

「啊？還有比，比這個更厲害的？」

「比如說你們女生宿舍吧，你有沒有看見幾個女小販常在你們宿舍樓門口叫賣小商品？」

「是啊，不過，我很少理她們的……」

「以前，她們買通了管理員，跑進去，到每個女生寢室門口推銷，後來為什麼不許她們進去了？」

「為什麼？」

「因為發生過一件怪事。出事的那段時間，一個穿紅衣服的女子天天深夜上門推銷，一間間的敲門，如果有人開門她就問：『要不要紅衣服？』一連十幾天都是這樣。女生們被吵得非常生氣。有一天晚上，那個女子又來叫賣了，咚咚地敲門，這時從裡面衝出來一個女生對她大吼：『什麼紅衣服？我全要了，拿來！』那女子卻笑了笑，轉身走了。到了第二天早上，這個宿舍裡的人全都起來了，只有那個衝紅衣女子大吼的女生還沒有起床，她的同學把她的被子掀開——你猜，她們看見了什麼？」

「到了第二天早上，這個宿舍裡的人全都起來了，只有那個衝紅衣女子大吼的女生還沒有起床，她的同學把她的被子掀開一看，只見她赤身裸體，渾身都是紅色的——她上身的皮被剝開了，看起來就像是穿了一件紅衣服！」

聽到這裡，冷豔驚叫了一聲，縮著身體欲往胡昆懷裡躲，半途又醒悟似的縮了回來。

胡昆對此效果還是感到很滿意。一次比一次有進步，這就看到了希望。也就是說，包圍圈越縮越小，繩套越勒越緊，他還有什麼可發愁的呢？

「出事的這個寢室，不會是我現在住的那間吧？」冷豔心有餘悸地問。

「那倒不是。」胡昆說，「不過你要記住，如果你聽到門外有女生喊你的名字，你不要輕易答應。」

「為什麼？」

又是「為什麼」，這就好辦了。

「說起來也沒什麼大事，你們寢室過去有個女生跳樓自殺的，頭先落地，從此，你們宿舍的那條走廊上，經常聽到類似頭撞地的聲音：「碰、碰、碰……」，從走廊那一頭，由遠及近，慢慢的靠近，靠近，最後就停在了她生前所住的寢室——也就是你現在住的寢室門口。」

「啊？她想幹什麼啊？」冷豔驚恐地問著，手不知不覺抓住了胡昆的衣服。

胡昆心裡非常得意，臉上皮笑肉不笑地說：「還能幹什麼？找個人做伴吧！所以，這時，她會以一種特別淒涼的聲音問：某某某在嗎？每次她只問一遍，只喊一個人的名字。下次，萬一你碰到這情況，喊到你，你不要回答她，也不要去開門，就沒事了。」

「啊？這麼玄啊？」冷豔驚慌失措的同時，發現自己的一隻手不知什麼時候被胡昆握住了。她趕緊將那隻手掙出來。「假如我不知道這事，她來叫我，我答應了她，那會出什麼事呢？」

胡昆乘機再次握住了她的手：「放心吧，有我在，你就不會出什麼事。我保證……」

接下去自然是一套海誓山盟。它常常會令初戀的女孩子心驚肉跳，又心醉神迷。

當然這一切，都是在「愛」的名義下進行的。

五、玩的就是心跳

到了「大一」的下學期，冷豔她們不時要進解剖實驗室和屍體打交道時，胡昆認為時機已趨向成熟。凡是冷豔進解剖實驗室，胡昆都會來陪伴她。冷豔心裡雖然不認可這個跟班的，但也不特別討厭他。她還天真地認為，男女之間，不一定都是情人關係，那樣理解太庸俗了。難道就不能有同學、朋友關係？男女之間，難道除了愛情，就不存在純潔的友情嗎？再說，她當面也和胡昆聲明過：我們就作為好同學、好朋友相處吧？胡昆也答應的。進解剖室，和屍體打交道，身邊有個高年級的男生做指導幫助，是女生求之不得的事呢！他要來，就讓他來好了。

「大一」下學期的解剖實驗，還不需要動刀子——那是「大二」的事情。「大一」學生還處在熟悉環境、熟悉標本的初級階段。當然，搬弄一些人體標本或屍體也是不可避免的。碰到這類事情，胡昆總是在冷豔面前大抱大攬，以便顯示他看上去並不存在的男子漢氣概。

有一次觀察完一具老年男人的屍體標本，在將屍體回歸原位的時候，胡昆用力過猛，將那個標本的手臂壓在了身體底下，那姿勢看上去挺彆扭的。胡昆說，行了行了，就這樣吧，我們走吧！冷豔說等一下，那手臂還壓在身體底下呢！看上去挺彆扭的。胡昆說，行了，反正是死人，不疼不癢的，那麼講究做什麼？快走吧！……

走是走了，但不知為什麼，冷豔心裡一直挺彆扭的。

剛回到宿舍，冷豔的手機就響了。上面是個陌生的號碼。她遲疑了一下，還是按下了接聽鍵。裡面開始沒有聲音，然後是一陣沙沙的雜音，接著，冷豔聽到了一個蒼老而無力的聲音：

「冷，冷同學，手……壓住了……疼啊……！」

冷豔的頭顱裡頓時響了一聲炸雷：是那個老年男人？難道，那個屍體標本復活了？不可能！這絕不可能！

隨即本能地掐了電話。

冷豔滿頭大汗。

過了一會兒，冷豔的心情還沒有平靜下來，手機又響了！還是剛才那個陌生的號碼！冷豔的心彷彿被剪成了兩半。她不敢接，但又抱著一絲僥倖心理：萬一剛才是我精神太緊張，聽錯了聲音呢？

過了好久，手機還是一直響著。抱著那麼一絲僥倖心理，冷豔顫抖著手指，按下了接聽鍵。還是那樣，裡面開始沒有聲音，然後是一陣沙沙的雜音，接著，還是那個蒼老無力聲音傳過來：

「冷，冷同學，手……壓住了……疼啊……幫幫我！」

像有兩根鐵釘扎進太陽穴，冷豔的頭顱一陣劇痛，眼看就要暈倒——如果不是手機裡傳來一陣刺耳的笑聲——冷豔聽出來了，那正是胡昆的笑聲！

這個玩笑開大了點兒。為此，冷豔好幾天都不理胡昆。他打她的手機，她不接；他給她發手機簡訊，她也從來不回。

直到一個星期後，同樣的解剖實驗課又到了。

這次，冷豔在實驗室裡沒有看到胡昆的身影。她心裡不知是感到一陣輕鬆，還是一陣空虛。反正這兩種感覺比較相似，難以準確地將它們區分開。

冷豔忽然覺得，自己其實一點也不喜歡當醫生，雖然救死扶傷很神聖，但一想今後必須面對那麼多的疾病、血肉和死亡——「老師要求我們在半年內迅速習慣死亡的氣息，讓它在我們的眼中變得麻木；老師讓我們不厭其煩地面對屍體標本研究人體的每一個器官，讓那些曾經有生命停留過的物質在我們的眼中變得和一本書、一支筆一樣尋常。這太殘酷了，我不喜歡，真的不喜歡！」

實驗課上到一半的時候，冷豔忽然接到一個陌生手機發來的簡訊：「特別實驗：請不要回頭，請將手裡的筆往身後扔——如果沒有聽見筆落地的聲音，那麼再轉身看看：有什麼站在你的身後？」

冷豔手裡正握著一支簽字筆，很紅，紅得像血；很輕，輕得像要飄起來；它彷彿帶著一股不安的躁動，帶著一股紅色的魅惑；她一動不動地盯著它——突然，自己的手彷彿失去大腦的控制，觸電一樣痙攣了一下——簽字筆已經劃出一道弧線，飛向了身後……然後就是心跳，一下、兩下……身後依然是靜悄悄的！冷豔覺得骨髓深處已經有一股涼意在翻騰……不可能！她又拿起另一支筆，往身後扔去……沒有，還是沒有預期落地的聲響！於是，骨髓深處一種叫恐懼的東西向身體的每一個毛孔擴張開來——

冷豔發瘋般地猛然轉過身——後面站著的正是拿著兩支筆的胡昆！

這次是自己的身體失去了大腦的控制，冷豔幾乎是當著全班同學的面，張開手臂，以一種飛蛾撲火的姿勢，朝瘦猴一樣的胡昆撲了過去，並將他緊緊抱在懷裡！

六、原形畢露

應該說，事情進行到這一步，胡昆的「獵豔計畫」終於取得了突破性進展。

但胡昆自己卻不這麼認為。他想突破的，始終是冷豔的最後一道防線。

不知為什麼，已經成為他胡昆「事實女朋友」的冷豔，卻死死守著自己的最後一道防線不放鬆。是真的死守，不是故作姿態。這點他胡昆還是能區分的。

一般來說，學醫的對人體都沒有多少神秘感、羞澀感可言，在他（她）們眼裡，人體不過是一堆骨肉組成的機器，所謂的最後一道防線亦名存實亡。很久以來，醫大（以前叫醫學院）就流傳著一句「名言」：「醫學院的男生不是性變態就是陽痿；醫學院的女生不是性冷淡就是蕩婦。」這話未免太刻毒、太極端了，但也不能說它毫無根據。那麼，冷豔是那一種呢？胡昆迷惑了：自己又是哪一種呢？……

俗話說，養兵千日，用兵一時。胡昆想，自己花了那麼多的時間、精力，可謂費盡了心機，還不是為了那關鍵性的「一時」嗎？醫大的學生都將那事戲稱為「打針」——她冷豔能不知道？她是單純得無知還是故意裝糊塗？不管她是屬於哪一種，胡昆想，那都是她的錯！怪不得自己。

在男生們面前，胡昆早就將牛吹出去了：他早就上了冷豔，冷豔是冷美人，外冷內熱，他們「打針」的強度、長度、密度怎樣怎樣，屬於「溫水泡茶慢慢濃」……聽得那些男生們哈拉子直淌。這是胡昆最露臉、最得意的時光。男生們對此也沒有表示過什麼懷疑。因為這是很正常的事情。大家都這樣，你追我趕，不甘落後。如果有一天，男生們知道了事實真相——他胡昆泡妞泡了近一年，還沒有上過她的身，叫他胡昆還有何臉面見人？叫他胡昆還怎麼在醫大混下去？天理難容啊！

胡昆在焦急地等待下手的機會。

到了五月十六日冷豔二十歲生日這天，胡昆認為最好的機會來了。

這天中午，根據事先的策劃和安排，胡昆在冷豔寢室舉辦一個小型的冷餐慶祝會，邀請寢室的另外四個女生參加；下午一起去公園划船；晚上在天使酒吧舉辦一個正式的生日酒會，然後再請大家看一場通宵電影。

對這樣的安排，冷豔寢室的女生們都覺得挺滿意的。冷豔也提不出什麼反對意見。心想就給他一次獻殷勤的機會吧！但有一條，所有費用由她冷豔來承擔。

胡昆一聽她的這個條件，就知道她這次仍然不會放鬆她的那最後一道防線。所以，這天胡昆除了準備鮮花玫瑰和美酒，還暗暗準備了一樣特殊的禮物，就是性保健商店裡推銷的那種所謂的「催情藥粉，」事先將其注入一聽可樂裡。吃飯的時候，大家都是人手一聽，各喝各的。

胡昆坐下不久，就被女生們要求講故事，而且說，講得不好，就要罰他重講，還要罰喝一大杯白開水。

胡昆逗她們說，馬上學校要對她們進行特殊考試，就是讓一個學生單獨在解剖實驗裡待上一個通宵，並完成規定的實驗，以鍛煉他們的膽量和心理素質。

「不會吧？」女生們都驚呼起來，「為什麼要這樣考試？我們女生也是單獨一個人？待一個通宵？我們怎麼沒有聽說？」

胡昆說這是秘密，就是要搞突然襲擊，事先告訴你們還有什麼意義？以前我們都考的，每個醫大的學生都要過這一關的。胡昆還講了他們班一個女生「過關」的離奇經歷：

這天晚上，輪到了以膽小聞名的小婭單獨考試。八點整，小婭進入了實驗室，砰的一聲，門從外面被關上了。小婭渾身冷汗直冒，面對眼前的屍體標本，根本無法集中精力。一想到四周全都是死人和人體器官標本，她的頭皮就一陣陣發麻。她打開了實驗室裡所有的燈，在驅除黑暗的同時驅除她內心的恐懼……她發現實驗室的裏間燈光特別亮，她踅過去一看，發現裡面的牆上有一面很大的鏡子，反射著天花板上的燈光，所以顯得特別亮。於是，她便站在了明亮的鏡子跟前，然後便對著鏡子開始唱歌，這樣一亮，一唱，似乎就暫時忘了害怕了。就這樣，她一直唱啊唱啊，硬是唱到了天亮，嗓子都唱腫了。

第二天，小婭得意洋洋地把這個訣竅告訴大家。大家聽著聽著，臉色全變了，都用怪怪的眼神盯著她。小婭不解其意，問他們為什麼這樣看著她？停了半天，有一個男同學才大著膽子，臉色慘白地告訴她——

實驗室裡根本沒有鏡子啊！

所有的女生都驚叫起來。包括冷豔。但只有冷豔知道，胡昆是在胡謅，是在講故事。

然而冷豔卻沒有點破他。

她也要分享一下男友的成就感。她也是一個女人，她也有著所有的女人都有的那種虛榮心。其實通過接觸其他同學，接觸網絡，冷豔漸漸知道胡昆以前對她講過的很多「發生在醫大的真實故事」，十有八九全是假的，準確的說，都是網上傳來傳去的一些東西，只不過胡昆比她先一步看到罷了。冷豔知道，胡昆這樣做，不過是為了接近、討好自己。想想這樣也挺有意思的，於是一直都沒有戳穿他。

冷豔一直不太喜歡喝飲料，更不喝酒。學醫的，知道了一些生命的原理和秘密，生活方式會變得越來越理性。今天是自己的生日，為了不掃大家的興，冷豔象徵性地喝了幾口可樂，臉上便出現了某種嬌豔欲滴的潮紅，眼睛也變得水汪汪的多情起來。不僅胡昆發現了這一現象，其他四個女生也發現了，偷偷地交換著眼色，偷偷地樂呢。

冷豔去裡面上了一趟衛生間，出來時，發現寢室裡只剩下了胡昆一個人。寢室門也關上了。她問她們都上哪兒去了？胡昆笑道，她們集體找衛生間去了。

然後胡昆便笑嘻嘻地坐到她身邊，雙手在她身上亂摸起來，嘴裡還配合著說：「你生日的日期真有意思呢，『５・１６』，意思就是『我要日』，嘻嘻……」

冷豔非常吃驚，她想不到胡昆會說出這樣露骨的下流話——他這是怎麼了？她生氣地推開他在她胸脯上亂遊的手，說：「你吃錯藥了？」

胡昆見硬的不行，決定先來軟的。「對不起，酒喝多了，嘻嘻……」

他眼珠轉了轉，只好又祭起他的看家法寶：「告訴你一個秘密的新聞啊，你知道嗎，第三解剖實驗室的管理員趙大伯前幾天死了，他是被實驗室裡的一個女屍掐死的。」

「怎麼可能呢？」冷豔笑道，「又來講故事了。」

「不是故事，是真的。」胡昆一本正經地講了起來。

我不是道聽塗說，我有個老鄉在校保衛處負責，他告訴了我整個事情的經過。那個趙大伯是一個孤老頭兒，沒有文化也沒有本事，幾年前經人介紹，到第三實驗室做管理員，其實就是看門的。開始他不習慣，後來漸漸熟悉了那裡的氣氛，膽子越來越大起來，竟然經常私自打開冷櫃看屍體。其中也有女屍，趙大伯摸她們，她們也不反抗，張伯覺得很高興，漸漸就上了癮。後來，他選了一個年輕漂亮的女屍做了老婆……

「打住，打住，這不可能的事！」冷豔反駁說。

「呵呵，我知道你不相信，可我有辦法讓你相信！」胡昆有些陰險地笑道。

說著，他從衣兜裡摸出兩張早準備好的照片，說是那個保衛處的老鄉悄悄給他看的——

一張是個頭髮花白的半老頭子，頭仰著，面色黑紫，脖子上有一道明顯的勒痕；另一張是個年輕的裸體女屍，看臉型很像冷豔認識的那個因車禍而死去的漂亮女生，她的腹部高高的隆起，很像懷孕的樣子！

「不可能，這絕不可能！」冷豔還在掙扎，「屍體是沒有生命的，怎麼可能懷孕呢？」

胡昆整個身體朝她撲了過去：「聽說那個女的死的時候還是處女呢，你說可惜不可惜？」

「不可能，我認識她，她不是……」冷豔一邊掙脫一邊說。

「那你呢？你是不是處女？」胡昆更緊地抱住了她：「有人和我打賭，說你還是處女……」

「別這樣，」冷豔用力掙扎著：「這是宿舍，她們隨時會回來的！」

胡昆將這句話當成了女孩子的默許，更加放心、也更加瘋狂地撕扯她身上的衣服：「放心吧，她們不會回來的，我給了她們每人二百元，打發她們去吃人體盛了！」

他來得那麼猛，那麼急，讓冷豔感覺到了真正的害怕。她哭著說不要不要，不要在這裡，不要這個樣子……胡昆哪裡還聽得進？她看見他眼裡露出可怕的目光，像個野獸，並且開始打她，當最後一片布料被他粗暴地扯掉時，她終於發出了尖銳的叫喊，她喊的是：不要、不要啊！救命！他馬上用枕巾塞住了她的嘴，她只能一邊哭一邊搖頭，不讓他繼續，可是最終他還是利用她生理上的自然反應，做完了他想做的事。

冷豔從來沒有想到，在他老實瘦弱的外表下會有這麼可怕的嘴臉，她蜷在床頭不停地哭泣，而他卻摸著床單上的血跡笑著對她說：「沒想到你真是個處女。我跟他們打賭說，你早就不是處女了，這下你讓我輸了頓飯，哈哈，老子我輸也輸得高興！」

冷豔像個野獸一樣，大叫著，把身邊一切能抓到的東西都往他身上扔。胡昆一邊躲一邊還說：「你少來勁啦，哭完鬧完，你還不得跟著我，求我跟你打針！」

胡昆什麼都想到了，就是沒有想到冷豔會把他告到學校。

冷豔什麼都想到了，就是沒有想到學校居然沒有處罰這個強姦犯。只是說他們不該在學生宿舍裡發生肉體關係，這違背了學校的學生宿舍管理條例。為此，學校給了他一個警告處分，也給了她一個通報批評。也許正如胡昆所說，他真有個什麼老鄉在學校保衛處護著他？

冷豔的絕望是可想而知的。

處分下達的第二天，幾乎每個教室的課桌上都堆滿了關於冷豔的各種惡毒下流的話，說她是個騙子，玩弄別人的感情，連妓女都不如。

冷豔萬萬沒有想到的是，噩夢並沒有完，還有更大的懲罰在後面等著她。

七月一日，是個與紅色有關的日子。考完最後一門課的冷豔悄悄打車來到城市另一角的一所區級醫院，在幾種流產方式面前，她選擇了並不保險的藥流。

吃藥後，過了規定的一個多小時，除了感到手掌心輕微瘙癢、下腹略有脹痛外，冷豔暫時沒有任何反應。

冷豔只有繼續在那兒坐著，靜靜地等待著那塊血肉模糊的東西脫離母體。

等待，原是一件極為美妙的事情，她通常蘊含著人類最美好的情感。而此時此刻，冷豔的等待卻是絕望的、毛躁的，甚至是齷齪的。這樣的等待，等於把人美好的情感活生生地抽掉，只剩一副骯髒醜陋的皮囊。

第2條婚規

防不勝防

冷豔沒事就喜歡給楊柳打電話，邀她出去喝茶，談心。終於有一次，楊柳不無得意地告訴冷豔，那個上門收租金的男人是假的，是她派去試探他們的。冷豔聽了大驚失色……

一、春暖花開

這是初春的一個下午，風輕雲淡，萬物萌芽。楊柳應邀來到閨蜜冷豔的新居別墅作客。

在按響門鈴之前，楊柳圍繞別墅轉了一圈。「……面朝大海，春暖花開……從明天起，做一個幸福的人……」她不由自主地想起了海子的詩句。別墅區背靠揚子江，座落在江濱大道風景帶，時見溪水彎彎，瀑布涓涓，芳草茵茵，花木蓯蓉……這裡，其實也是楊柳渴望已久的居住目標。

別墅內的裝潢是嶄新的，自然也是豪華的。從頭到腳冒著幸福泡泡的冷豔責無旁貸為楊柳當起了專職導遊，不厭其煩地為她講解其中的每一個微小的細節。當聽說這裡的裝修全是冷豔出資搞的且花了一百多萬，楊柳臉上現出了疑惑的表情：「大家都知道你嫁了個大款，他要是真有錢，裝修婚房怎麼還要你掏錢？」

「生意場嘛，一時手緊是正常的。」冷豔趕緊為自己的老公作辯解，「再說，我嫁給他又不是圖他的錢。都是一家人，誰的錢還不是一樣？」

楊柳緩緩地搖頭：「你可以這樣想，但他就不能這麼想。我問你，你有沒有親眼看到房產證？」

冷豔想了想，說：「老朱說，房產證押在銀行裡呢。」

楊柳眉毛一揚：「他買房也要辦安揭？」

冷豔寬容地微笑：「生意人嘛，他說房貸利息少，比商業貸款划得來。」

噢。楊柳若有所思地點點頭，端起茶杯抿了一口，忽然壓低嗓音神秘兮兮地問道：「這套別墅，不會是他租來的吧？」

這下冷豔有點生氣了，可臉上還是努力保持著某種得體的微笑：「不會吧。你怎麼會有這個怪念頭呢？」

還有句話她沒好意思說出口——你大概是讓男人騙怕了吧？

「是啊，過去我們都受過男人的騙，」冷豔暗想，「我們的第一次婚姻都失敗了。如今年過三十，我終於有了一個好的歸宿，而楊柳卻不幸再一次栽在男人手裡。所以她的心理有點兒古怪，有點兒反常，也是可以理解的吧。」

二、原來如此

簡單說來，楊柳最近這次受騙的過程是這樣的：

當時在某機場酒吧，那個男人主動送了楊柳一杯酒，又主動和她交換了名片。從名片上看，這個男人叫王斌，是蘇城一家著名企業的老總。過了十幾天，楊柳差不多已經把這件事忘了——如果不是她突然接到王斌打來的電話。王斌說他到江城來出差，中午正好有空閒，想約她出來吃飯，還說他按照楊柳名片上的地址，已經把車開到了她所在的公司門口。楊柳也是生意場上的人，這天中午正好也沒事，就作為應酬答應下來。她走出公司大門，果然看見王斌坐在一輛嶄新的豐田轎車裡向她招手呢。

席間，王斌透露給她一個商業機密：「我們公司正在改股份制，我可以私下分給你一些股份，年底就可以分紅。」

楊柳是家族企業一個分廠的經理，有權動用十萬以下的資金。但出於謹慎，她說自己只有五萬的許可權。

王斌笑笑說：「五萬太少了，就先和我的股份合在一起吧，等你有了一百萬資金，我再給你單獨開戶。」

兩個月後，楊柳差不多忘了這件事，如果不是王斌突然打電話來：「楊總，你的五萬元分紅利了，你查一下銀行帳號，看有沒有到賬？」楊柳當時就在電腦上查了一下網上銀行，果然新轉進了兩千元。相當於每月百分之二，每年就是百分之二十四……她腦海裡職業性地飛快閃過一連串的資料。

當天晚上，楊柳和父親一起吃飯時，聊到了這件事。楊父是老江湖了，他的第一反應是「不對頭」——現在全球鬧金融危機，哪有百分之二十四的年利率且無風險投資這樣的好事呢？

「你老實說，他對你有沒有什麼別的意思？」父親很嚴肅地問。

「好像是有點，」楊柳老老實實地承認，「但我們都沒有挑明。」

「這就更不對頭了。」父親說，「他是赫赫有名的大公司的大老闆，就算他是鑽石王老五，怎麼會看上你呢？你最好實地調查一下。」

楊柳心裡不以為然，不過她還是派人專程去了一趟蘇城。調查者回來彙報說：「雖然沒能見到王斌本人，但從公司的宣傳欄上拍到了他的照片。」楊柳拿過數位相機一看，對！就是他！宣傳欄上的大照片，怎麼做假呢？

於是楊柳正式向大老闆父親提交了一份報告：投資一百萬到王斌的公司入股分紅。老江湖還是不放心，磨來磨去，只批了五十萬。

「多虧了爸爸留個心眼，我才少損失了五十萬。」每次楊柳談起這事，都這樣感歎著說。「騙子的每一步，都被我爸爸猜到了。真是防不勝防啊！」

「到底是怎麼回事啊？我還沒聽懂。」冷豔好奇的問。「他公司是真的，人也是真的，跑了和尚跑不了廟，你的錢怎麼可能打水漂呢？」

沙發上的楊柳沉默了一會兒，啜了幾口茶，待胸脯起伏得不那麼厲害了，才幽幽地揭開了謎底——

「那個騙子和王斌長得比較像，於是他就冒充王斌……他坐的奧迪、豐田和賓士車，都是他花錢租來的。」

「哦，原來如此……」冷豔點頭微笑道。這下她算是弄明白了，為什麼眼前的這個老同學、老朋友對「租」字那麼神經過敏了。

三、玩笑開大了

時隔幾天，也是一個多雲的下午，一名陌生的中年男子按響了別墅的門鈴。

「您好！朱總在家嗎？您是朱總的家人吧？我是來收房租的……」

「什麼？房租？」冷豔瞪圓了眼睛，陌生男人的身影在眼前直打轉兒，「我老公告訴我，房子是他買的啊！」

對方樂了：「這個玩笑開大了。我不跟你說了，等你老公回家，你再問問他，好吧？」

中年男人顯得彬彬有禮。相比之下，一貫高傲優雅的冷豔倒顯得氣急敗壞了。

哪裡等得及老公回家，冷豔用力關上門，就開始狂打老公的手機，連珠炮似的朝他發問，她自己都不認識自己的聲音了——

「這房子到底怎麼回事？怎麼剛才有人上門來收房租？這房子……？」

老朱一個字沒說，就關了手機。

再打，怎麼也不通了。

冷豔那個憋氣呀，肚子氣得圓鼓鼓的，像隻河豚。無處發洩的她只好給閨中密友打電話，傾訴一番。

楊柳在電話裡不無得意地說：「怎麼樣？被我猜中了吧？」

「你說我怎麼辦？我接下來該怎麼辦？」冷豔完全亂了方寸。

楊柳預測說：「晚上老朱肯定會回來的，他會跪在你面前，說不定還會痛哭流涕，說多麼多麼愛你，求你原諒……」

四、小巫婆的預測

事態的發展，果然讓這個「小巫婆」說中了。楊柳好像是編劇，是導演，他們只是臺上的木偶演員。當天晚上，老朱果然跪在她面前，具體臺詞是這樣的：

豔，原諒我，我對不起你。前段時間做生意投資太多，手頭緊，但為了不讓你擔心，就沒對你說實話。我租別墅，是因為我太愛你了，你是我的公主，我的心肝寶貝，一般的房子根本不配你住！這棟高級別墅，我先租下來，兩年之後，我再把它買下來，你看行嗎？

冷豔雖然嘴上什麼也沒說，但心裡已經原諒了他。

「這是一個善意的謊言，遲兩年買也是一樣的……」她這樣想。

夫妻間有了嫌隙，朋友間就會親近一些。冷豔沒事就喜歡給楊柳打電話，邀她出去喝茶，談心。終於有一次，楊柳不無得意地告訴冷豔，那個上門收租金的男人是假的，是她派去試探他們的。冷豔聽了大驚失色，說話都結巴了。

「你……你為什麼要，要這樣？」

「我就是想驗證一下，我的懷疑對不對？我的預測準不準？我不能讓你長期蒙在鼓裡呀！」

冷豔氣得直朝她翻白眼。

楊柳還意猶未盡呢：「你等著瞧吧，你老公他說兩年後買別墅，哼，你等著瞧吧，只怕到那時候，你連個棲身的小窩都找不到！」

以上就是這對閨中密友絕交前的主要細節。

五、夢斷時刻

此後，雖然冷豔不再和楊柳來往了，卻不能阻止楊柳的預言一步步在冷豔身上得以顯現。

楊柳再次看到冷豔，是在兩年之後的法庭上。案由是老朱以冷豔的名義買房、買車、貸款，累計欠款上千萬。老朱找不見了，傳說他在最佳時機人間蒸發了，他的妻子冷豔則成了追加被告。楊柳還是從父親那裡聽到這個消息，主動來到法庭的。坐在旁聽席上的楊柳幾次朝被告席上的冷豔招手示意，對方都沒有回應，不知道她是真的沒看見，還是裝著沒有看見。

第3條婚規

中國式釣魚

在「甲魚妹」的協迫下，華冰終於決定要回來領結婚證了。

現在的小姑娘都懂得這樣一個「真理」：大學生氾濫成災，知識改變不了命運，學得好不如嫁得好——於是乎，一旦發現目標就及時下口，像甲魚一樣緊緊咬住不放。這一咬就是八年。

一、魚已上鉤

今年的中秋、國慶長假特別長，加在一起超過了十天。老家的大哥打電話來，邀請我們下鄉去玩兩天。聽我答應得有些含糊，他便加重語氣勸說道：「你再不來，老家的房子可能就看不到了。」

「啊？這麼快啊？」我驚訝地說。

老家的整個村子被政府徵用的消息，我清明節回老家時就聽說了，誰知進行得這麼快！想到大哥家的那幢豪華別墅只能換來兩套跟我們一樣的「鴿子籠」，從此像「城裡人」一樣蝸居其內，就為他心痛、惋惜不已。最惋惜的要數他家門口的那個大魚塘了，簡直成了我們這些「城上人」最稀奇的玩具，每次去，我們的大部分時間都消磨在這座「天然氧吧」上。塘裡的魚特別呆（不知大哥是怎麼訓練的？），見鉤就咬，連呆子都能把它們釣上來。如今這世道，還有比這更好玩的去處麼？

「來來來，我們肯定來。」我答應大哥說，「就算你不打電話，我們也是想下來玩的。」

我在電話裡還故作輕鬆跟他開玩笑：「拆遷，好事啊，我們老家終於『被致富』了，終於『被城鎮』了，村上的農民終於翻身得解放了！」

「還好事呢！好什麼好？我都愁死了！」大哥聽不懂我的幽默，唉聲歎氣地說，「現在我最傷心的還不是房子。」

「哦？」

「華冰明天就要回來了，說是要領結婚證。」

「哦？」

「我們怎麼勸，他都不聽。我想你來了，再好好勸勸他。從小他就聽你的。」

大哥是個有名的「悶葫蘆」，用鄉下話說就是「三槓子夯不出個屁」。今天在電話裡能跟我說這麼多話，真是難得。俗話說，男兒有淚不輕彈，只是未到傷心時。我們都知道，一提到兒子，一提到華冰，就戳到了他的痛處。平時我們都不敢在他的面前提。

二、咬住不放

現在就來說說華冰。

華冰是大哥的獨生兒子。這孩子讀書不怎麼樣，「讀人」方面倒是開竅很早。早在上初中時，他就開始和女同學們談戀愛，高考考得一塌糊塗，大哥只好花錢把他弄到新西蘭去「留學」——以為這樣兒子就能學好了，至少就能和那個又窮又醜（大哥語）的女同學斷了關係。不料那個鄉下小姑娘的手段甚是了得，一哭二鬧三上吊（大哥語），硬是甩她不掉。後來她學也不上了，大專文憑也不要了，一直追到了新西蘭（也不知道她的簽證是怎麼辦下來的），死活盯著華冰不放。接下來的四年，大哥愣是見不到自己的兒子。他只能偶爾在電話裡聽見兒子要錢的聲音。然而大哥並不死心，他繼續花錢讓華冰在國外讀研究生——他寄希望於華冰能多長點見識，更希望新西蘭那邊能殺出一個「門當戶對」的美女程咬金，把華冰的魂勾了去，救這小子出苦海。然而不幸的是，這樣的奇蹟始終沒有發生。

現在的小姑娘都懂得這樣一個「真理」：大學生氾濫成災，知識改變不了命運，學得好不如嫁得好——於是乎，一旦發現目標就及時下口，像甲魚一樣緊緊咬住不放。這一咬就是八年。在「甲魚妹」的協迫下（大哥語），華冰終於決定要回來領結婚證了。

「唉，完了，我們家完了，一切都完了……」電話裡傳來大哥一聲聲黯然的歎息。

我想再來一句幽默什麼的，稀釋一下大哥的絕望，卻不知說什麼好。

我又想起老家的那句俗話：「一代醜媳婦，三代醜子孫。」琢磨這裡頭醜的涵義應該是很廣的，已不僅僅是指容貌了吧。

唉，真是家家有本難念的經啊。

三、終身綁架

下面再說說我的大哥。

想當年，大哥高中畢業後就回家務農了（那年頭沒有考大學一說），用大哥的話說：我們這一代是最不幸的一代——童年碰上「大躍進」，發育碰上「三年自然災害」，上學碰上「文化大革命」，想參軍碰上「唯成份論」（爺爺是富裕中農），考大學的時候又要考「數理化」，想結婚生孩子時碰上了「晚婚晚育」、「只生一個好」……

好在大哥他深諳農村青年「奮鬥」的竅門。他先當鄉鎮幹部，再下海經商，如今也是當地響噹噹的千萬富翁了。

記得他成為百萬富翁的那天起，整天最擔心的事就是兒子的安全。那時華冰還在上小學，為了兒子的安全，他給他在省城找了一家「最安全」的全封閉貴族學校，說什麼，也不指望他成績有多好，只要兒子平平安安的，別出事、別學壞就行。

讓他想不到的是，他的兒子還是「出事」了，用大哥的話說，華冰是給一個「又窮又醜」的鄉下丫頭給「綁架」了——且是終身綁架，相當於無期徒刑。這是大哥無論如何接受不了的。

華冰是我的親侄兒，受大哥之託，平時我也沒有少勸華冰。可現在的獨生子女，一個個都是叛逆的蠻牛，如何聽得進別人的意見？何況那個「小甲魚」已經使出渾身解數，牢牢地牽住了他華冰的「牛鼻子」。

……

「我也曉得這事沒指望了，」大哥在電話裡歎氣道，「怎麼辦呢？死馬當成活馬醫吧。」

我說：「大哥你放心吧，國慶日我肯定回來的。老太身體還好吧？」

「身體還好，」大哥有些支吾地說，「就是情緒不大好，一是為老家拆遷的事，二是為華冰的事……」

「有些事，你們不要告訴她。」

「能瞞的都瞞了。」

這裡說的「老太」，就是我那八十歲的老母親。我十二歲時，父親就因病去世了，現在想想，都不敢相信——在那貧困的農村，母親是怎樣將我們三個子女拉扯大的？

俗話說，養兒方知父母恩。但這些道理，現在跟華冰這些「八〇後」們說，是說不通的。

我常想，我要是有輛私家車，我一定要每個月開回去看望一下老母親。說句不好聽的話，看一次少一次了。從省城到老家，也就三個小時的車程。可憐我的一點積蓄，去年都砸在兒子的婚事上了，另外還欠了一屁股的債（其中還包括欠大哥的十幾萬元）。

四、刑滿釋放

大哥雖比我大四歲，但他的兒子華冰卻比我兒子亮亮小四歲。原因是大哥的第一次婚姻遭遇了很大的挫折。

當年身在農村鬧革命的大哥立志要找個城裡姑娘做老婆。有人就給他介紹了一個。我們就叫她小翠吧。這個小翠當年的情況是這樣的。

她初中畢業後，進一個街道開工廠當了幾年工人，不知道為什麼事，被工廠開除了。一氣之下，她決心「遠走高飛」，甚至不惜屈尊嫁到農村。當時小翠有個城鎮戶口，這是她最大的資本——將來子女的戶口可以隨母親，一生下來就是「城上人」。僅憑這一條，就讓大哥周圍的鄉下人羨慕不已。

可是結婚後才知道，小翠有嚴重的先天性心臟病，是不能生孩子的。更要命的是，婚後的小翠以林黛玉自居，除了撫琴、畫畫、葬花，就是捧本書做閱讀狀，此外什麼家務事都不幹，連褲頭都要大哥為她洗。婆老太實在看不下去，又不敢說她——哪個都不敢說她。你一說，她就發心臟病，就要送到醫院去搶救——這樣更加讓人吃不消。結果，結婚不到一年，小翠就在鄉下待膩了，她不時地跑回城裡的娘家去住，時間一長，娘家人也煩她，勸她走，甚至趕她走。小翠於是就走了——跟著旅行社走了，四處遊山玩水。

這樣漸漸地，大哥終於支持不住了——無論是心理上、面子上、還是經濟上，都支持不住了。他找到當年的那個媒婆，提出和小翠離婚的要求。這下可捅了馬蜂窩了——小翠開始沒完沒了地跟丈夫鬧，除了心臟病頻發，還外加吃安眠藥、喝敵敵畏、跳水塘……這種噩夢般的日子歷時約四年之久。

終於有一次，小翠弄假成真——自殺成功，上天堂找她的林妹妹交流心得去了。在整理小翠的遺物時，大哥有生以來第一次翻到了她的身份證，一看嚇一跳——小翠竟然比他大五歲！而在此之前，小翠一直說和大哥同齡。

噩夢醒來，已是「晌午」了。大哥也就是在這一年決定辭職下海的。用他的話說，要折騰就折騰個夠。可見大哥當時的心境，好比是站在懸崖邊上，不管三七二十一，閉起眼睛往下一跳！

當然，這些都是二十年前的事了。塞翁失馬，焉知禍福？大哥置自己於死地而後生的結果，是成了他們鄉的第一批「萬元戶」。

然後就是大哥的第二次婚姻。這次他沒敢再找「城上人」。後來的這位農村老婆很快給他生了一個兒子——就是華冰。

不幸的是，三年前，我的這位大嫂得了乳腺癌，不久便離開了人世。人家都說她是被自己的兒子氣死的。

五、陰魂不散

都說現在的「八〇後」，在婚戀的問題上，沒有幾個是省油的燈。我兒子亮亮也是如此。

亮亮上大學時的初戀對象是一個女網友——出生在地圖上找不到的邊遠地區，年齡至少比他大三歲。我老婆生氣的結果是患上了甲狀腺腫瘤。還好，刀開下來，是良性的。但已經把家人嚇得半死。亮亮可能也因此受到良心的譴責，而與那個女網友斷了關係。亮亮大學畢業後，在別人的介紹下，他又談了個「門當戶對」的對象，然後雙方家庭一齊出力，新郎新娘一結婚就有了所謂的「豪宅靚車」，一舉超越前輩，步入了「仿富二代」的行列。

現在你問亮亮，對生活有何感受？他常掛在嘴上的一句話是：我一天窮日子都不能過。

我也曾動員亮亮對華冰現身說法。但他的經驗對華冰又不適用。華冰的要害就在於他老爸太有錢了，他就是找個女乞丐，也不會影響他做現成的「富二代」。

大哥曾悄悄對我說，華冰的那個女朋友長得很像他的前妻小翠。經他這麼一提醒，我倒是被嚇了一跳：像，確實是像——那身材，那臉型，那脾氣，真像是小翠遺傳下來的。對此，老母親的見解也與我們不謀而合，她常念叨：「這個小翠，陰魂不散呵，派她來報復我家啊，這是命啊，人抗不過命啊……」

六、釣魚執法

接到大哥電話後的幾天裡，我一直都在苦思冥想，要怎樣說服我的侄兒呢？

「華冰啊，你今年才二十四歲，急著領什麼證呢？再過兩三年，你的想法可能就不一樣了……」

「華冰啊，你已經沒有媽媽了，難道還要把你爸爸氣死嗎？把你爸逼急了，他給你娶個後媽，你就慘了，將來財產都是你後媽繼承。」

我想好了一套套的說辭，就等國慶日衝破重圍、殺回老家了。車票都託人買好了。

可臨行的前夜，出了個意外，這個意外瞬間改變了我的生活航向。

我急忙撥通大哥的手機，忙不迭地向他打招呼：

「大哥對不起，明天我來不了了，亮亮開車出事了……不是車禍，唉，說來麻煩，他是被人家『釣魚』了，『釣魚』懂嘛？就是被人栽贓了，說他是黑車，要罰兩萬元……對對，他不服，不肯簽字，人一直被扣在執法大隊……唉，不多說了，這事你知道就行了，千萬別告訴老太！」

七、花錢消災

第二天，大哥突然就開車來到了省城，來到了我家。事先也沒打招呼。大哥就是這脾氣，什麼事都是做了再說，甚至是做了也不說。他給我帶來了一筆錢，十幾盆花，七八條魚，還有一個老母親。兩個人看上去都是臉色發灰，滿面倦容。

大哥每次開車來我這裡，都會給我帶上幾盆花，幾條魚。那是他私家花園和私家魚塘裡培育的產品。這次帶這麼多，不用說，是因為他的私家花園和魚塘很快將夷為平地了。那麼大的魚塘，除了供自己吃魚，主要功能是對關係戶「免費開放」。有人為大哥算了筆賬，這麼些年來，被那些關係戶釣走的魚，加起來可以抵上一輛奧迪Ａ６了。大哥總是寬厚地笑笑，那表情彷彿在說，賬怎麼好這麼算呢？

在書房裡，大哥關上門，悄悄悄對我說，半路上，有人想搭他的車，他沒敢帶。

他還說，亮亮的事，他問過司法局的朋友了，沒理講，只有花錢消災，花錢買教訓吧。

他見我不吭聲，又勸道：「錢不是問題，只要人平安就好，這錢算我支援亮亮的，算我支援國家建設的，不要你們還的。」

「這怎麼行呢？」我有氣無力地應了一句。

大哥坐下來，點上一支煙，慢吞吞地說：「老家馬上就要拆遷了，可老太想不通，表示死也不拆，死也不搬。只好讓她在你這裡先住一陣子，免得她在現場受刺激。他還再三叮囑說，華冰和亮亮的事，我們都瞞著她呢，你們也要注意，別說漏了嘴。」

我連說不好意思，「華冰的事，我還沒幫上忙，要不，我跟你的車回去，再做做華冰的工作？」

不用了，大哥歎口氣，黯然地低下頭，幽幽地說：「昨天，三十號，他們已經把證領了。」

大哥說罷，把身體縮進了沙發角落裡，人看上去像忽然矮了一截。此後他再也沒有說過一句話。我從沒見大哥如此頹喪過。我知道，他是傷心透了，失望透了。

八、魚愛上鉤

「魚兒上鉤了，那是因為魚兒愛上了漁夫，牠願意用生命來博漁夫一笑。」我想說句笑話來博大哥一笑，想來想去覺得不妥，就放棄了。我就是這麼一個優柔寡斷的人。

「大哥，你別這麼悲觀，」我試探性地勸他說，「你還不老，你可以考慮東山再起，再成個家，重新培養一個接班人……」

我斷斷續續說了不少，可大哥始終沉默不語。他蜷縮在沙發角落裡，一臉疲倦地閉著眼睛，一動不動，只有手指上的那根白色的煙在昏暗中微微顫抖。

我忽然想起「三言二拍」裡有一個「魚服證仙」的故事，蠻有意思的。為了打破難堪的沉默，我就硬著頭皮跟大哥侃上了——

話說唐朝時，一個姓薛的進士因病發高燒，夢見自己化為一條魚躍入水中，抬眼看見一漁翁在船上垂釣，魚餌香得極其誘人，薛進士明知香餌裡有釣鉤，雖猶豫再三，不敢下嘴，怎奈那餌香得實在厲害，加上肚中饑餓，怎能再忍得住？最終，他難抵誘惑，張嘴咬鉤，結果被漁翁釣了上去。作者馮夢龍點評說，這就叫「眼裡識得破，肚裡忍不過。」

大哥一直眯著眼睛抽煙，像個雕塑，聽完我的故事，哼都沒有哼一聲。

我只好接著再侃。兩個大男人坐在一起，總要說點什麼。昨天在網上看到一個比賽誇自己兒子的段子，蠻好笑的。說三個老頭在一起吹牛，誇自己的兒子。甲老頭說，我兒子現在是大公司的老總，老有錢了，上個月他一個朋友過生日，他送了他一輛賓士；乙老頭說，我兒子現在是廳級幹部，也是老有錢了，上個月他一個朋友過生日，他送了他一幢別墅；丙老頭說，我兒子一般般，可交的朋友個個財大氣粗，這不，上個月他過生日，一個朋友送他賓士轎車，還有個朋友送他一幢別墅。

說完，我自己帶頭傻笑起來。

大哥這次好歹問了一聲：「後來呢？」

「……！」

大哥看到我一臉尷尬的表情，大概心裡覺得很過意不去吧，便坐直了身體清清嗓子說：「我來給你說個真事吧！前一陣子，我在網上購物，快遞送貨上門，讓我簽收，卻不讓我驗貨。結果是個偽劣產品。我氣不過，就想了個齙主意，捉弄快遞公司。我跟東北一個朋友說好，讓他快遞一塊磚頭給我。快遞員吭滋吭滋把磚頭送上門，我拒收。快遞公司只好吭滋吭滋把磚頭送回東北。就這樣來回折騰，把那個快遞公司折騰得夠嗆！」

沒等他講完，我就笑得前仰後合的，差點兒岔了氣。真的，這次我是真笑，不是裝出來的。

九、哄著玩兒

老母親還是那樣，人老話多。這次她自認為是帶著使命來的，話就更多了。當天晚上，她把我叫進書房，關好了門，從一個皮包深處掏出一隻老舊的牛皮紙信封，再從信封裡掏出一張皺巴巴、泛了黃的紙，說那是從富裕中農的爺爺手裡傳下來的老家的地契——有十多畝田吶！

「都是好田啊！是村裡最好的田啊！」老人家顫抖著說，「一直是我們家的田啊，我們家的家產啊！」

她捧著這張廢紙，抖抖嗦嗦地叨念說：「現在你大哥想在這塊田上面搞開發，上面要他花一百多萬買這塊地，這是怎麼個說法？自己花錢買自己家的東西？這是什麼歪歪理？你在省城，認識的貴人多，找一個當官的，打個電話給鄉里，說句話，肯定能管用，肯定能管用的……」

「好好好，這事交給我去辦，你就放心好了！」我裝著很慎重的樣子，小心翼翼地從老太手裡接過那張廢紙，用不容置疑的口吻說：「有了這張地契，事情就好辦了。這就是證據。就算告到法院，我們也是有理的。」

聽我這麼說，老太這才稍稍放下心來。

都說老年人像小孩子一樣，要靠哄，要靠騙。其實，當今這世道，誰又不要哄著玩、騙著玩呢？我聽大哥說，他們縣的財政來源主要靠賣地，現在連十年後的計畫都提前賣光了，所以才需要徵用更多的地。

第二天，老母親又跟我說，她住在這裡不習慣，晚上睡不著，外面的雜訊太大，還有一股難聞的味道，讓人嘔心。

是啊，我住的這幢樓房緊鄰著裝飾城，其環境可用髒、吵、臭三個字來概括——尤其是凌晨時分，是店鋪進貨卸貨的高峰，那些木板、油漆、鏟車、電鋸，能不髒不吵不臭麼？

記得好幾年前，老母親曾來我這裡住過幾天，只因說住不慣，後來就一直沒來。現在的那個裝飾城規模又擴大了，比以前更髒更吵更臭了，老人當然就更住不慣了。我驚異這麼多年，我自己是怎樣熬過來的？每天最擔心的是聞了那些化學臭氣，會不會得癌症？

我不能讓我的老母親冒這個險啊。但我又不能把她送回老家去，這可怎麼辦好呢？

最後，我還是想出了一個主意：決定把老人家送到她孫子（亮亮）家裡去，他那裡的居住環境不錯。再說奶奶天生和孫子親近。

果然，老人也欣然同意了這個方案，說住兩天就走。

我和老婆說好了，一起過去陪她老人家住一陣子。那房子眼下正好空著——亮亮因「黑車」事件還關在拘留所裡，正等著我去解救他（兒媳婦早就回娘家避難去了，好像救亮亮的事與她無關似的）。當然以上這些情況都不能跟老太太說，只說亮亮混出息了，單位送他出國進修去了。老太太聞言，果然眉開眼笑，臉上露出了難得的幸福的笑容。

在我們隨身帶去的物品中，有大哥送給我的一個隨身碟，那裡面有大哥攝下的有關老家的大量照片和視頻。亮亮家的電視機很先進，插上隨身碟就能放映。老太太在家待得煩悶時，就喜歡打開電視來看看。

大哥的住宅是U字型的小三層樓，牆上茵茵然爬滿了「爬山虎」；院子有籃球場那麼大，乃貨真價實的百花園；院子前面是一望無際的稻田，左面是一片鬱鬱蔥蔥的竹林，右面是個方方正正的大魚塘（夏天可游泳）；後院也有籃球場那麼大，兩旁分別種著銀杏和香樟樹；後院正對著一條小河，東面是乒乓室和健身房，西面的車庫可並排停放四輛轎車……

要是放在舊社會，大哥夠不上劉文彩，也夠得上黃世仁了。

老太太是邊看邊抹眼淚。我忽然覺得，她心裡其實什麼都有數，什麼都清楚。她大概也是在盡力「哄著」我們玩罷了。

等亮亮「出來」後，我一定要帶著他，專程去一趟老家。我想。大哥魚塘裡的那些魚兒，肯定養肥了，養大了，是釣它們上來的時候了。

第4條婚規

中國式母愛

小鴿子、小田都要告那個男的強姦未遂。我們全家也支持他們告。不過，小鴿子有點顧慮，她怕告那個男人時牽連她的親生母親……

一、未婚生子

俗話說無事不登三寶殿，我來找你還真有點麻煩事。有人說，做醫生、律師的朋友最好不要找——找醫生要看病，找你這個律師就要打官司。嘿嘿。不過我這個事跟別人不大好說，只有來找你諮詢諮詢，我們多年的老朋友了，無話不談的。

是我家裡的一件事。唉，說起來，真是一樁醜事。還是從頭說吧。

我妹妹小鴿子你認得吧？不過你不知道，她不是我媽親生的，是小時候帶來的。她的生母叫葉春，我們一直喊她姨娘姨娘，現在住在豐莊鄉下。我媽沒有姐妹，說起來我們就她這麼個姨娘。領養了小鴿子後，兩家就一直當親戚來往，處得蠻好的。

我媽怎麼會領養小鴿子的呢？

年輕的時候，我的這個姨娘葉春未婚先孕，她家裡又不同意這樁婚事，因為她要嫁的這個人是個瘸子，是個殘疾人。但葉春本人的決心很大，她偷偷跑出去，躲起來，偷偷地把肚裡的孩子生了下來。這個孩子就是小鴿子。

後來，歷經波折，葉春最後還是嫁給了那個瘸子，他叫王成，我們一直喊他姨父。

那是七〇年代的事情，那時的人思想好，真正的是愛人不愛錢。我那個姨父雖然腿不好，但其他地方長得還不錯，白白淨淨、乾乾淨淨的，高中文化，當時在一所小學裡教書，一手字寫得很漂亮，比起那些鄉下小青年，他就有文化多了。

我姨娘葉春當年長得也很漂亮的，又有初中文化，是村上的五朵金花之一，好多小夥子都在追她。有段時間，葉春在那所小學裡代課，就認識了王成，並和他好上了，還懷上了。這一來就引起了村上那些小夥子的嫉恨、圍攻。很快，他們在那個地方待不下去了，就一齊逃走了——也就是逃到了現在的豐莊——結了婚。附近人家都不曉得她生過孩子。

結婚第二年，他們又生了一胎，還是個姑娘，取名叫小燕子。

對這個小燕子，夫妻兩個不知道怎麼慣才好，真是含在嘴裡都怕化了。其實他們的經濟狀況並不好，他們相當於逃難逃到豐莊的——那是我姨父的老家。當時家裡有個老母親，還有個八十多歲的外婆，都要他負擔。

我的姨父王成逃到豐莊後，由於腿的原因，人家不要他做教師，他失業了很長一段時間。後來求爹爹拜奶奶的，好歹進了一家小商店做會計，但只拿正常人的一半工資，算是勉強糊口。

這麼多年來，我媽一直在接濟他們。你想啊，一個農村戶口的青年，四肢健全的還找不到工作呢，何況一個殘疾人？

二、斗米養仇人

最近這幾年，我姨娘和我媽鬧起來矛盾來了，而且鬧得很厲害。我姨娘罵我媽黃鼠狼給雞拜年，不懷好意；我媽則罵我姨娘忘恩負義，不識好歹。

我姨娘和我媽的矛盾，說到底，主要是為兩個小孩子。

先說小燕子——我們都喊她小胖。我已經好幾年沒見到她了，因為姨娘已和我們「斷絕」了好幾年關係。

記得前幾年看到小燕子的時候，她還在上初一，成績報告單上大紅燈籠高高掛，體重卻有七十七公斤，一個名符其實的大胖墩。

這完全是她父母慣出來的。比如說，這十幾年來，我們帶下去的一些補品，像人參蜂皇漿、龜鱉丸、紅棗、桂圓這些，本來是給他們大人補身體的，他們卻全部餵了小燕子。你想，一個小姑娘如何經得起如此的大補？不像麵包一樣發起來才怪呢！

有一次在鄉下，我媽媽開玩笑說，小燕子你別叫小燕子了，乾脆叫小熊算了。我姨娘聽了，當時臉色就很不好看。

在背後我曾跟我媽說，你別管小胖的事，哪怕她是一個疤，在她父母眼裡都是一朵花，容不得別人說的。我媽卻很固執，說沒事的，我是她的長輩，說她還不是為她好？

所以，我們每次過年過節到鄉下去，我媽都要「說」小胖子。尤其是我姨娘患了癌症以後。

你問什麼癌？乳腺癌，後來開刀，兩個乳房都切除了。

我媽「說」小胖太懶了，都這麼大了，上初中了，個子都比她媽媽高了，體重有她媽兩個重，每天早上還要媽媽給她攤床疊被、穿衣穿褲、刷牙洗臉梳頭，甚至還要喂她吃早飯，這太過分了吧？

不僅我媽這麼認為，哪個看了都會這麼認為的。但哪個也不說。說穿了，哪個也不喜歡別人來干涉自己的內政。

但我媽媽是下了決心要「說」的，不說是害了她，哪怕她不高興，我也要說，我要盡到我的責任。

結果她就說了。說的還很婉轉。我媽媽說：

「小胖啊，刷牙是自己刷得舒服還是別人跟你刷的舒服？」

我媽還說：

「小胖啊，你長這麼大了，你媽媽身體又不好，你要多幫你媽媽做點事，比如倒馬桶，你就要主動為你媽媽拎到茅坑邊上去，你媽媽身體不好，不能吃力。」

我姨娘一旁聽了，臉拉得像絲瓜一樣，越來越長，後來終於忍不住反擊了：

「你老是喊她小胖小胖的，她哪塊沒有名字啊？她也大了，哪個人沒有自尊心啊？」

我姨娘說得也對，哪個人沒有自尊心呢？可小胖明擺著這麼胖，你不准人家喊，她就不胖了嗎？

自從冒了這次火花之後，我姨娘就越來越翻臉了。先是不要我媽去看她，然後又宣佈不歡迎我們去，要和我們家斷絕關係。弄得我們一頭的霧水——我們怎麼得罪她了？就算小胖是你心尖的嫩肉，碰不得，我們也沒有碰她呀！

我們只能把她古怪的行為理解成是女人的更年期在作怪，或者是癌症病人的垂死掙扎——用鄉下話說，就是「作死」。你想，一個失去了乳房的女人，一個臨死的人，整天悶在家裡，與其說養病，不如說等死。

她雖然沒有了乳房，可她還有愛心呀！她一早起來，為她女兒穿衣、刷牙、洗臉、梳頭，也是她在這個世界上能做的最後一點事了，也算是最後的一點母愛、一點權利，最後的一點享受了，我們為什麼要去剝奪她呢？

對對，你說得對，我們也只好這麼去理解了。

你不知道，為了我姨娘看病，我媽和我們家出了多少錢，找了多少人，費了多少神。

我姨父是個瘸子，又在鄉下，是幫不上她一點忙的。我姨娘住院、開刀以及後來的化療、輔助藥品的費用，都是我們家給出的。開刀以後，光是中藥偏方就花了一萬七千多元。姨娘跟我們徹底翻臉的時候，那中藥還沒有吃完，大約還有三分之一的樣子，她一氣之下，全給倒進茅坑裡去了。

還有，為了這個小胖，我媽媽光是為她買各種各樣的減肥藥，就花了多少冤枉錢？真是吃力不討好，花錢買仇人。正應了那句俗話：「一碗米養恩人，一斗米養仇人。」

說老實話，我們一家人啊，為小胖的肥胖和她的長相都煩死了，她學習成績的好壞倒放到了第二位。

尤其是我媽，整天發愁：一個姑娘家，長這副豬八戒模樣，怎麼嫁人呢？

現在？現在小胖賴在家裡做啃老族，又饞又懶又胖，又沒得工作，哪個肯要她？

我姨父現在幹什麼工作？唉，哪有什麼工作，都失業兩三年了。他工作了十幾年的那個小商店於前幾年倒閉了，關門之前大家瓜分了店裡的東西算是下崗費。我姨父還不錯，分到了一隻電話。我姨父回家，又不敢把失業的事情告訴我姨娘，怕她精神受刺激。他對她歷來是報喜不報憂的，只說單位福利怎麼好，每人免費裝一部電話。於是姨娘的心情就會好上幾天。

我想姨父是對的。對這樣的一個病人，你對她報憂，又有什麼用呢？

姨娘在歡喜之餘，還警告姨父，不得把電話號碼告訴我們家人，不許和我們家人有任何聯繫。姨父只好答應了，還真不敢把號碼告訴我們。當然那個號碼我們後來還是知道了（是小鴿子告訴我們的，不過她特別強調說：沒有緊急情況，千萬不要打那個電話）。

由於沒人打電話，那個電話三天倒有兩天不響。

三、如此演戲

我姨父失業後，怕我姨娘一不小心找到店裡去，穿了幫，就騙她說，他們店由於效益太好，又擴大規模，搬到了一個新地方，還改了名，叫昌盛商廈。平時我姨父還真的天天一早起來搖著個破輪椅往昌盛商廈趕，然後就整天坐在人家會計辦公室裡「上班」——其實是為兩個個體戶老闆做賬，人家一個月才給他一百元，另一個給得更少，只有六十元。

他的會計朋友都說他：老王你發瘋了，一天兩元，你也給他做，一包煙還十元呢。

姨父只好苦笑笑，說閒著也是閒著。

我姨娘在家裡悶得慌，便不時地往昌盛商廈打電話，說一些芝麻綠豆的事情，還怪他為什麼不打電話回家？我姨父有苦說不出，借人家的地方坐坐就不錯了，哪能再打人家的電話？有時姨娘在家悶得實在慌，也會晃呀晃的晃到商廈來，這時就有人通報一聲：「王師娘來了！」我姨父就趕緊坐到主辦會計的位置上，把算盤打得劈啪亂響。像演戲一樣。大家幫著他一起演戲——瞞著這位可憐的、快要死的、胸部癟塌塌的、更年期的女人。

他們家的生活來源？那還不是主要靠我們家接濟？每個月我媽、我姐和我、還有小鴿子各出二百元，再以小鴿子的名義把錢送到鄉下——她親生父母手上。我的姨娘因此非常高興，逢人就誇她的小鴿子：「我這個閨女，從小把了人家，現在比親閨女還親，比兒子還有用呢！每個月都把我八百元呢！」

四、更年期的母親

你問小鴿子？她還沒結婚，剛談了朋友。下面就要說到她的事了。

小鴿子比小燕子大三歲，今年二十七歲了。她也是上的職高，學的賓館服務，畢業後分到了市政府對面的繁榮賓館。

人家都說私生子都特別聰明，漂亮，是因為做愛的時候情投意合，有比較強烈的性高潮。我不知道這種說法有沒有理論根據？但放到小鴿子身上卻是很靈的。

小鴿子你認得的，但我從來沒告訴過你她是我媽帶來的養女。我們都把她當親生的看待。你看她長得像哪個？有點像趙薇吧？一雙大眼睛，也是能說會道、能歌善舞的——小燕子跟她姐姐簡直不能比，她們站到一起，你絕不會相信她們是嫡親的姐妹。

小鴿子剛分到繁榮賓館時，單位效益還可以，每月能掙兩千元。加上她晚上到賓館歌舞廳去彈古箏，一次能掙五十元，她的總收入加起來，竟然比我這個大學講師還多。剛開始她也在餐廳裡端盤子，但由於她聰明討喜，又多才多藝，端了不到半年，領導就讓她做了領班，後來又做大堂副理。小鴿子還不滿足，業餘時間又自學會計，不到一年就拿到了上崗資格證書，後來領導又把她調到了賓館的財務科。

不過，她調到財務科的時候，這個國營賓館就開始有點不景氣了。

要說這個小鴿子才懂事呢，不管單位景不景氣，不管掙多少錢，她從來都是一分不少地交給我媽媽，我媽媽再一分不少地給她存起來。後來我姨娘診斷出乳腺癌，要開刀，小鴿子要求把她所有的存款都拿出來給她的親生母親治病。她自己不穿好的，不吃好的（她們在賓館食堂代夥，一個月只要交六十元），也不玩，不談朋友，把每個銅板都節省出來，給她媽媽治病。一家人都喜歡她不得了。她豐莊的媽媽更是逢人便誇，說她比兒子還頂用，頂人家三個兒子還不止呢。

可能是受癌症的刺激吧，加上手術、化療、更年期這些因素，我姨娘的脾氣開始變得越來越古怪了。她悶在家裡沒事，免不了胡思亂想，漸漸地就打起了小鴿子的主意。開始是要求小鴿子不要和我們家來往，過年過節都不准去，連電話也不准打。小鴿子怕刺激她，表面上都順著她。後來，她就提出了一個過分的要求，要求小鴿子登報聲明，和我媽媽脫離關係（指養女關係），而且要把報紙拿給她看。小鴿子不好說不，只是含含糊糊地答應她，把這件事一天天地拖著。小鴿子想她已經活不了多久了，何必跟她較真呢？

大概就在這時候，小鴿子開始談朋友的。男的叫小田，是我的同事，也是好朋友，當時還在南京讀在職研究生。有一次在我家玩的時候，小田老師看到了小鴿子，一見鍾情，非要我跟他作媒。我家裡人也認得小田老師，都說這個小夥子人不錯，很正派，很勤快，聰明好學，待人接物方面也很懂事。我去問小鴿子，她心裡也很願意，只是擔心對方是研究生，會嫌她職高學歷太低吧？其實當時小鴿子參加全國自學考試已經拿到了專科文憑（她是學的經濟管理）。

小田老師家裡條件也比較好，市區還有一套空房子，兩室一廳，就在離繁榮賓館不遠的地方。兩個人很快就好得熱火朝天，小鴿子也從單位的集體宿舍搬到那套空房子裡住了。

讓小鴿子苦惱的是：談朋友這麼大的事，要不要告訴自己的親生父母呢？如果瞞著他們，萬一他們通過其他途徑知道了，還不鬧翻了天？

於是，有一次回鄉下，小鴿子便硬著頭皮，轉彎抹角、試探性地把這事說了。想不到她的親生父母蠻高興的，尤其是她媽，說你們如果真的感情好，就儘快把事辦了，我還來得及抱抱我的小外孫呢！

當問到男方單位時，小鴿子存了個心眼，說小田是化工研究所的。她媽突然沉下臉問：「不是他家人介紹的吧？」

「不是不是，」小鴿子忙不迭地否認，「是我們賓館財務科長×××介紹的。」

她媽這才陰轉多雲，多雲轉晴。並要求下個禮拜就把小田帶下來給她看看。

當然，她還沒忘了問登聲明的事兒。小鴿子說我現在正談戀愛，突然登這麼個聲明，人家還不知道我家裡出了什麼事呢，等一段時間，等我和小田熟悉了，再登好不好？

她媽臉色又陰沈下來：「小鴿子我告訴你，不管你找什麼對象，立場都必須堅決站在我們這邊，如果你登個聲明他都不同意，他就不可靠，我們就不要他！」

她媽還說：「現在這個社會，光有文憑有個屁用，能大把大把掙錢才是真的。」

小鴿子只有陪著笑臉，點頭稱是。她那個瘸腿爸爸也只有附和她媽的份兒。這麼多年來，家裡的大事小事都是她媽作主。

一個禮拜以後，小鴿子把小田帶到鄉下去的時候，一路上都忐忑不安。她反覆地給小田打預防針，讓他特別記住，他的工作單位是「化工研究所」，千萬不能說是水江大學；還有，千萬別說認識我家人，更別說到我家去過。

小田何等聰明，到了她家裡以後，嘴勤手勤，也就是不停地叫爸叫媽，不停地誇他們，尤其是不停地誇小胖聰明、可愛，不停地幫他們做家務事，中午還親自燒了兩個拿手菜，飯後又陪瘸子爸爸下了幾盤象棋，「艱苦地」贏了一盤，其他的都故意輸掉了。臨走，他還給了小胖妹妹一個紅包，裡面裝了價值一千多元人民幣的各國貨幣，如美元、日元、港元、歐元，等等，小胖妹妹的嘴都差點笑豁了。小田的指導思想是破財消災，何況錢是給的自家人，連破財都談不上哩。

果然，這趟相婿，小田小鴿子覺得大獲成功。尤其是瘸腿爸爸和燕子妹妹對小田是鍾愛有加。失去雙乳的媽媽看上去也是滿面笑容，滿眼的喜悅和慈祥。俗話說丈母娘看女婿，越看越歡喜……

可他們哪裡知道，一個病態的人，一個更年期的母親，心靈有多脆弱、多敏感？倒不是說小田或者小鴿子當場露出了什麼破綻，而是說偽造一個人的身份畢竟不是一件輕而易舉的事。在回市區的汽車上，小田和小鴿子認真梳理了一番在鄉下的這三四個小時，覺得只有一件事讓他們有點擔心——就是她媽媽向小田要了他單位的位址和電話號碼。

對單位的地址他們事先倒是做了準備了，但忽略了電話號碼這個細節。幸好當時小田靈機一動，隨手寫了一個他父母家的號碼，他準備一回去，就跟父母訂立攻守同盟——只要是豐莊打來的電話，就謊稱這裡是「化工研究所」。

小鴿子對小田的聰明才智再次表示了自己由衷的敬佩。

然而他們哪裡想到，還沒等他們到達市區，他們的西洋鏡就已經被人戳穿了。我姨娘家裡不是有個一天響兩天不響的電話麼？這下正好派上了大用場，小鴿子小田剛一離開，我姨娘就按小田留下的號碼撥了電話——下面的情形可想而知，我那個有病的姨娘差點沒把電話摔成碎片。

我姨娘認定小鴿子欺騙了她，背叛了她。

第二天下午，她瞞著我姨父，一個人親自來到了水江，並於傍晚時分找到了小鴿子原來的宿舍。同宿舍的小姐妹們認得她，也不知內情，連忙打的將她送到了小鴿子住的地方。

當時房子裡只有小鴿子一個人（小田不在）。我姨娘一進門就撲上去，揪住小鴿子的頭髮，又哭又喊，又蹦又跳，一口咬定她和小田已經睡到一起了，做了傷風敗俗的事，丟盡了她的臉；她要小鴿子立刻跟她回去，她說：

「我生的女兒，不能給姓田的那個壞小子便宜了；你是我身上掉下來的一塊肉，我要你生就生，我要你死就死，你要是給姓田的小子睡，我不如把你掐死算了，就算我沒有生你這個小鱉！」

她反反覆覆說著這些話，根本不聽小鴿子的辯解。

小鴿子一邊疼得哇哇大哭，一邊在想脫身之計。當時她想的無非這麼兩條：一，叫小田帶人來，把她娘強制送到鄉下或精神病院去；二，用緩兵之計，假裝聽話，立刻跟她回鄉下老家，再見機行事。

出於善良的本性，小鴿子選擇了後者。小鴿子哭著說：

「媽媽，媽媽，你別罵我了，人家鄰居聽見了會笑話的，我這就跟你回家去，還不行麼？」

我那個有病的姨娘還懂得要臉，一出門，她就用手緊緊地拽著小鴿子的衣服，不再高聲叫罵了。

她像押一個犯人似的把她的親生女兒押回了家。

她們是打車走的。可見，我那個有病的姨娘要奪回她的女兒，是不惜一切代價的。

回到家以後的小鴿子完全被她媽媽看管起來，哪怕上廁所，她媽媽也寸步不離地跟著。她媽媽為了防止她打電話，當她的面把小鴿子的小靈通摔碎了，又用剪刀把自己家的電話線剪成一段一段的。

小鴿子說：「我總要打個電話給單位領導請個假吧？單位有規定，無故曠工三天是要開除的。」

你猜她媽媽說什麼，她說：「我連你人都不要了，還要你的工作做什麼？」

小鴿子看著她媽媽古怪而駭人的眼神，心裡才真正害怕起來——難道她對我真的起了殺心？我可是她的親生女兒啊，用她的話來說，我可是她身上掉下來的一塊肉啊！

五、失蹤的女兒

一連五六天，除了她的親生父母，沒有一個人知道小鴿子上哪兒去了。包括小田。單位的人都說：小鴿子失蹤了！

小田聽小鴿子同宿舍的姐妹說，她媽媽曾經來找過她，他心裡便有數了。他叫上我，我們兩個人悄悄地打車來到了豐莊，悄悄地摸到了我姨娘家。

我姨娘家養著一條狗，就栓在院子裡，一聽見有生人走近，便汪汪叫個不停。狗一叫，我姨娘便衝到院門外面張望一陣。我們倆繞著院牆，如此接近了好幾次，都不能成功。

還是小田機靈，他躲在附近的一個角落裡不停地學狗叫。他相信如果小鴿子關在裡面，一定會聽出他的聲音。我覺得這是個好辦法，於是我也學了幾聲狗叫。然後我們就穩住陣腳靜觀屋裡的動靜。

如此再三，我們每隔十分鐘便像狗似地叫喚一陣。好在我那個有病的姨娘沒有防到我們這一手，否則她出其不意地衝出來打「狗」，我們即使不被打破頭，也至少會讓她失去理智的。

就這樣，不知過了多長時間。天漸漸地暗了下來。

小鴿子在不在裡面？

我幾乎失去了信心。

但小田比我沈著，他說他的第六感覺從來沒有欺騙過他。

正嘀咕著呢，突然就來事了。我們聽見前面不遠的院牆外邊噗的一聲響，好像掉下來一件東西。我們趕緊輕手輕腳跑過去查看，原來是一本書，一本初中的數學課本。我們抑制著內心的狂跳，連忙找個安全的角落，打開課本尋找起來。果然，在其中一頁的空白處寫著這麼一行草字：

「快帶人來救我！今晚！」

我和小田都不禁大驚失色。

看來情況比我們預料得還要危急。否則，小鴿子是不會這麼寫的。

眼看天漸漸黑了下來。我和小田悄悄地靠近院牆，在腳下摞起幾塊磚頭，顫顫地站上去，往裡窺視。院牆上豎的防盜的碎玻璃差點劃破了我的手。

不時什麼時候，我那個瘸腿姨父已經「下班」回來了。堂屋裡亮起了燈。他們圍著桌子，似乎在準備吃飯。

我們發現屋裡除了我姨娘姨父，好像還有一個人——是個年輕的男人，不知他是什麼時候進來的？但就是看不見小鴿子。

桌上只有三個人。那個年輕的男人在同我姨父喝酒。我那個有病的姨娘則不停地往那個男人碗裡搛菜。

那麼小鴿子呢？她病了？

或者她根本就不在這裡？

那麼，那本數學課本是怎麼回事？那書裡的一行字又是怎麼回事？

我和小田小聲交換了意見，決定沉住氣，再觀察一會兒再說。

狗不停地叫著。終於，我們聽見我姨娘頭朝裡屋方向喊了一聲：

「小賤貨你再不出來吃，我們就收碗啦！」

我旁邊的小田身體一晃，差點栽下去。

狗又放聲叫起來。幸好沒有人理會它。

停了會兒，我們又聽見我姨娘朝屋裡說：

「小賤貨，你把門反鎖起來就有用啦？你再不開，我就把門衝散了，我人都不要了，還要門做什麼？我倒不相信，我們幾個人降不住你一個！你一天不答應，我一天都不放你出門！除非我死了！除非你死了！小賤貨哎！」

我和小田趕緊從磚頭上下來，退到一個角落商量對策。

現在基本可以肯定了：小鴿子在這兒，她正把自己關在房間裡，而且不肯開門，不肯出來吃飯。

她把自己關了多久了？

更重要的是，那個年輕的男人是誰？

他們要把門衝散了幹什麼？

什麼叫「我們幾個人降不住你一個」？

小田的推理是：為了爭奪她的女兒，她媽又幫小鴿子找了個對象，而小鴿子不肯。而且看那陣勢，再聯繫小鴿子扔出的那句話，他們大概想盡早將生米煮成熟飯——否則小鴿子不會這麼強烈地抗拒。小鴿子是個極聰明的姑娘，如果事情不危險到這個程度，她是不會這麼明火執杖地反抗的。

怎麼辦？

六、霸王開弓

當時我和小田共同的看法是，事不宜遲，今晚就救人！一個人去報警、叫人，一個人留在原地繼續監視事態的發展。

我說我留下來吧，因為這裡我熟，還有鄰居認得我。但小田執意不肯，他說小鴿子就在這裡，他不能離開她。那麼，只好我去報警了。

豐莊這地方我以前來過許多次，我知道派出所在鎮上，離這村子大約有五華里。跑去是來不及了，我想到了電話。我走開幾步，用我的小靈通打一一〇。對方聽說我是豐莊，便要我找當地派出所。我說我不知道當地派出所的電話，他們就告訴了我號碼。

我又打通了派出所。對方問我出了什麼事？我竟一時語塞了，一時不知怎麼說才好。我結結巴巴地說：「我妹妹給我姨娘關起來了，關在家裡，還幫她找了個對象，情況很危險。」

對方沒好氣地說：「什麼亂七八糟的！我問你，發生搶劫了嗎？」

我只好說沒有。

「發生強姦了嗎？」

我只好說沒有，但我妹妹給他們關起來了，很可能會對她非禮的！

「你可能喝多了吧？」對方有點醉醺醺地說：「我這裡是什麼地方？不是婦聯，不是居委會，煩你們那些婆婆媽媽的家務事！」

接著就掛了電話。

我只好再次打一一〇。我說我報警。我只好把情況說得嚴重一點，我說我妹妹被壞人綁架了，現在正關在豐莊什麼地方，我們剛剛找到她，我們在門口聽見裡面有好幾個壞人，他們要強姦我妹妹，我聽見了我妹妹的呼救聲。

停了會兒，對方問：「你是不是剛才報警的那個人？」

我只好說是的，我說我找了派出所，他們說這是家務事，不管。

對方說：「現在我們正式和你核實一下，你必須說真話，報假案是犯法的知道嗎？」

對方問：「你說綁架你妹妹的到底是什麼人？你認識嗎？」

我只好說我認識，是我姨娘。

「她為什麼綁架你妹妹？」

我說，她有病，她有嚴重的神經病，她硬要跟我妹妹找對象，我妹妹不同意，她就把我妹妹騙回家，強迫我妹妹服從，不服從就霸王開弓——硬上……

哎，總之話多了，而且越說越多，沒完沒了。我心裡都急死了，還不能發火，求人的事嘛。

長話短說吧，好不容易打完這個電話，我撒腿就往我姨娘家跑。老遠地，就發現情況不對——出事了！只見我姨娘家門口人哄哄地，十幾條手電筒光閃來閃去，路都堵起來了。我一路打著招呼往裡擠，老遠地就聽見院子裡小田的叫喊聲、我姨娘的叫喊聲、以及瘋狂的狗叫——

「救命啊！汪汪汪！殺人啦！汪汪汪汪！抓強盜啊！」

走近了，隱約還聽見院子裡的打鬥聲。我發現院門鎖著，門外黑影幢幢地圍了足有百十號人，但就是沒有一個人進去。

我喊：「你們快衝進去救救小鴿子吧，小鴿子在裡面，有危險！」

手電筒光裡有人說：「聽春哎說，小鴿子在城裡不學好，跟野男人亂搭，就把小鴿子帶了回來，大概是這個野男人找了來了。」「哦，是這回事……」

七嘴八舌，議論紛紛。就是沒有一個人進去。

後來，我只好撿起一塊磚頭，砸碎了插在院牆上的碎玻璃，再脫下外衣蓋在牆頭上，翻了進去——只見我姨娘手上拿著菜刀正站在裡屋的房門口，阻止小田衝入，嘴裡還不停地喊著——

「救命啊！殺人啦！抓強盜啊！」

一會兒又喊：

「我看你們哪個敢進來？我家的事不要外人管！來一個我砍一個！反正我也活不長了，拚一個夠本了！」

我沒看見我姨父，不知他躲到哪裡去了。小田手裡拿著一張凳子自衛，但又不敢傷了我姨娘，怕惹出人命。他只是不停地喊：

「救命啊！快來人啊！殺人啦！」

七、家醜外揚

唉，以後的事情，可想而知的，不說也罷，真是醜死人了。好在那個男人沒有得逞。後來派出所的人趕到了，小鴿子才被救了出來。

現在的問題是，小鴿子、小田都要告那個男的強姦未遂。我們全家也支持他們告。不過，小鴿子有點顧慮，她怕告那個男人時牽連她的親生母親。

所以，我想來想去，還是跑來先問問你。你是律師，懂法的。

還有，一旦上了法庭，是不是審得很細，我家小鴿子要不要在法庭上一遍遍地陳述她被強姦的細節？記者會不會報導？假如真是那樣的話，小鴿子她一個姑娘家，能挺得住嗎？

第5條婚規
處女控

當胡昆發現黃杏是處女時，他便及時停止了所有動作，退到一旁，嘴裡連連說著對不起之類的話。說到底，是大學時代強交冷豔的那段經歷，把他胡昆弄怕怕了。

一、曖昧的約會

這個情緣茶館，胡昆以前去過幾次，印象上比較清靜。可這天有幾桌人在那裡打撲克，不時大呼小叫的。為了離他們遠一點，小姐給胡昆在樓上找了個半封閉的包廂。

胡昆和黃杏坐下來後，開始找話說。

胡昆問黃杏：「你有沒有來過茶館啊？」

她說：「和同學去過兩次的，不是這家，是市中心的一家。」

胡昆問她：「和男生還是和女生？」

她說了班上幾個女生的名字。

胡昆心中竊喜——儘管她還是面無笑容，但畢竟能接你的話了。而剛才在辦公室，她一句話也不肯說。可能這就是茶館和辦公室的不同之處吧。

欲擒故縱、拋磚引玉、以守為攻之類的處世策略，我們都知道一些。胡昆當了多年的班主任，自然也不會例外。喝了兩口茶之後，胡昆便開始主動引火焚身，談起了自己大學時代的戀愛經歷。（他發誓那些都是真的。只不過有些故事並沒有親自發生在胡昆身上。）當然在關鍵時刻，胡昆適時地停了下來，希望黃杏能順著這個路子談下去。不想黃杏莞爾一笑，說：

「胡老師你猜錯了，我不是為這方面的原因。」

「那是什麼原因呢？」胡昆笑問，「你也承認了，你最近成績大幅下降，這次考試考這麼差，是有原因的。」

「沒什麼，」她低下眼睛說，「不過是家裡的，一些瑣事，不值一提。」

「假如不牽涉到個人隱私，我倒希望你能和誰說說，說出來就好了。」

「對不起，我不想說……」她忽然雙手掩面埋下頭去。

胡昆看了看錶，發現已經五點半鍾了。外面的天色已暗得一無是處，好像又下起了雨。

胡昆說：「外面下雨了，我們就在這兒吃點便飯，你打個電話回家說一聲，行嗎？」

最多只猶豫了一秒鐘，黃杏就應允了。

黃杏到吧檯去打投幣電話。胡昆聽她輕聲叫了一聲媽，說了幾句，很快就掛了。看來她媽對她的管束不那麼令人生畏，或者說她媽對她比較放心。

二、陪你喝一杯

吃飯就在情緣酒店裡。胡昆和黃杏選了那種「火車座」包廂，坐下來。空間雖小，卻很清爽，也很適合談心。

謙讓了一番之後，胡昆點了四樣家常菜。在點酒水的時候，胡昆有些為難，因為黃杏堅持說她不喝酒，什麼酒都不喝。胡昆只好給她點了一杯椰子汁。胡昆自己則要了一瓶啤酒。

他們邊吃邊聊。感覺氣氛又比茶館裡好了一些。胡昆開玩笑地用筷子把一盆燉雞蛋一分為二，說：「那一半是你的，我們也實行承包制。」

黃杏笑了，說：「我媽以前也是這樣，怕我不吃，經常把菜和我一分為二，逼我吃。」

「以前這樣？現在不逼你吃了？」胡昆想繼續調節氣氛。「你媽管你嚴不嚴？剛才你打電話回家，你媽跟你怎麼說？她沒盤問你麼？」

黃杏睜大眼睛怔怔地望著胡昆：「這並不好笑！」

「怎麼了？」胡昆迷惑不解地問。

黃杏仍然睜大著眼睛：「我媽不在了！」

「什麼？你媽不在家？」

「我媽不在了，她去世了。你不知道？」她怔怔地盯著胡昆的眼睛。

「……對不起。」胡昆的臉一下熱了。作為她的班主任，怎麼會？不過，剛才她打電話時，胡昆明明聽見她叫了一聲「媽」，難道是胡昆的聽覺出了問題？

一時無話。胡昆竟然找不到一句合適的話說。胡昆只好朝她舉起杯子，說：「來，我們喝一點，好吧？」

這就是酒桌上的好處。

黃杏一口喝完了杯裡白色的椰子汁，將杯口朝胡昆傾斜過來：「胡老師，我陪你喝一杯酒吧。就一杯。」

這就對了，胡昆高興起來，說：「你知道碰杯的來歷嗎？古時候敵我雙方在一起談判，為了表示酒裡沒有下毒，就要互相將酒倒給對方一點……」

三、我知道你會找我的

事後胡昆怎麼也不相信，黃杏只喝了一杯啤酒，就醉了。而且醉得不能動了。但她的意識卻很清楚，她說她醉成這個樣子暫時不好回家，能不能找個地方休息一下？

她就是這樣說的，說得清清楚楚。胡昆去問了一下，該酒店就可以開休息房，按鐘點計費。當時胡昆身份證沒帶在身上，就用工作證登記了一下。

進了房間以後，事情的發展肯定是有個過程的，而且這個過程花費的時間並不短。

在這裡，胡昆並不想把責任推到黃杏身上，因為畢竟她只是一個二十歲的大學生，最重要也最有說服力的是，她還是個處女。

當胡昆發現這一點時，他便及時停止了所有動作，退到一旁，嘴裡連連說著對不起之類的話。說到底，是大學時代強交冷豔的那段經歷，把他胡昆弄怕了。

黃杏一直將臉捂在被子裡，嚶嚶哭泣。她一直光著身體，縮在被子裡（兩隻手也藏在裡面），不肯穿衣服。胡昆怎麼勸也不行。胡昆坐在旁邊的沙發上，束手無策，只有發呆的份兒。

後來——謝天謝地——後來，她的臉終於從被子裡露了出來，胡昆看見她的臉上淚水縱橫，卻掛著一種怪異的微笑：

「我知道你會找我的。」她說。

這讓胡昆有點毛骨聳然。胡昆說：「對不起，今天我多喝了點酒，頭腦不太清楚，做錯了什麼，請你原諒……」

黃杏聞言，又將被子一拉，蒙住了臉。她仍然光著身體，縮在被子裡（兩隻手也藏在裡面），不過，她不哭了，也不動，好像睡著了一樣。

也許她真的不能喝酒，哪怕是一杯啤酒，也能讓她失態？……也許，她睡上一會兒，就會好的。胡昆這樣想。

胡昆也將自己的身體更舒適地陷在沙發裡，閉目養神。

過了一會兒，胡昆睜開眼睛，看看床上的黃杏，一切還是剛才的模樣，被子裡的黃杏依然沒有什麼動靜，似乎還在熟睡之中。只是被子沒有剛才那麼鼓凸了。

胡昆似乎預感到了什麼。愣了一會兒，胡昆從沙發上站起來，慢慢走近她床邊，小心掀起她身上的被子——

胡昆腦子裡頓時一片空白……

被子裡空空如也，只是床單上留下了一汪鮮紅的血跡，猶如一團火焰燃燒在一片空曠的大水中央……

第6條婚規

洞房控

過了好長時間，田傑和小鴿子才將信將疑地弄清了這樣一個事實：他們互相換了個位兒，不僅體位換了，連臉蛋、頭髮、身體、性別——除了思想意識，凡是與肉體有關的，都換了一下。也就是說，小鴿子變成了小田，而小田變成了小鴿子。

一、守口如瓶

最近，我一直想把發生在自己身上的一件怪事講出來，可是我想，我應該怎樣講給別人聽呢，或者說，我怎樣講別人才會相信——這是真事呢？

這個故事的題目，準確地說，應該叫「變性記」才對，因為在那個莫名其妙的新婚之夜，我和妻子雙雙改變了性別，即她變成了男的，變成了我——田傑，而我在那一剎那變成了女的，變成了她——小鴿子，也就是說，在那麼一個剎那，我們互換了角色——在我們事先毫不知情、事後也毫不情願的情況下。

這樣的怪事，我不知道別的夫妻之間發生過沒有，因為我幾乎沒有聽別人提起過，也許他們都把這樣的事當成了自己的絕對隱私，甚至是絕對醜聞，對外不露一絲風聲。

一開始我們也是這麼想的，在變性的那些日子裡，我和妻子無不懵然，惶然，巨大的羞恥感和恐懼感使得我們像兩隻老鼠似地縮在洞裡，戰戰兢兢，抖抖活活，不敢輕易見人，甚至都不敢見戶外的陽光。

當時我們也曾想到去醫院問問醫生，但細細一想，這不是自討沒趣、授人笑柄嗎？這就如同新郎新娘新婚之夜不知該如何做夫妻而跑到醫院去問診一樣——這個小城就這麼小，這事一旦傳出去，今後不給人家笑上個三四十年、笑掉了大牙？這麼考慮的結果，我們就沒有去醫院。也沒有告訴和請教任何人，包括自己的父母。

當時我們做了種種猜想，猜想最多的是：這大概是每對夫妻結婚時都要碰到的事情吧，要不然，「結婚」這事怎麼會搞得那麼隆重、那麼神秘，給人的感覺那麼猥褻和羞恥呢？也許，這本屬於很正常的事情，就像新人在新婚之夜都要履行性交手續一樣——你又聽誰、聽哪個新郎新娘事後對別人談起過他們履行手續的詳細經過呢？

最後，我們猜想後的結論是：很有可能，很多人對他們經歷的事都不約而同地做到了守口如瓶。也許，人生的經驗就是這樣慢慢積累起來的，人，就是這樣成熟的。

順便說一句，在我們那個小城，只有結過婚的才被人看成是大人（當然生過子更好），換句話說，「大人」的標準並不是用一個人的年齡大小來衡量的。以前我們不太懂得這個風俗，現在似乎悟出了點什麼。

二、變性之夜

直至現在，每當回想起那個奇怪的新婚之夜，我仍然會有一種夢魘之感。

前面說過，當時我和妻子正在履行一項必要的成長儀式，這種儀式當然是在曲終人散之後、兩個人在床上赤裸裸地單獨進行的，其中的詳細過程在此就不必多說了——相信大多數讀者都直接或者間接地體驗過——現在還是讓我直奔主題吧。

當時，我只記得身下的小鴿子扭曲著身體、痛苦地叫喊了一聲，我周身便像遭到電擊一般酸麻顫抖起來，並像條砧板上的活魚似的蹦了一下，然後就失去了知覺。

事後問小鴿子，她也說她的感覺和我差不多。

問題是當我們重新恢復知覺後，我發現自己被別人壓在了身體下面——而這個人恰恰就是我自己！

這讓我吃驚不小，我的第一反應差點兒把我自己從自己身上掀翻、掀到床底下去。接下去的感覺是自己的下身（身體內部）一陣撕裂了般地劇痛，讓我不由得呲牙咧嘴地叫起來，我聽見自己的叫聲尖細而無力，與此同時，我用力想掀開壓在我身上的人（我自己？），可怎麼也掀不動。

事後看來，我的第二感覺並沒有錯，我身體內部確實有什麼東西被撕裂了——當時，我看見那部位（兩腿之間）正有鮮紅的血在不停地流出來，把身下的床單洇紅了一片；而我身上的那個人也懵了，因為他身上的一件貌似香腸的東西正軟綿綿地從我流血的部位飄蕩出來——很顯然，他臉上的表情顯示：他對這件東西感到非常的驚異和陌生！

過了好長時間（總有十分鐘左右吧），我們才將信將疑地弄清了這樣一個事實：我們互相換了個位兒——不僅體位換了，連臉蛋、頭髮、身體、性別。這麼說吧，除了思想意識，凡是與肉體有關的，都換了一下。

直到現在，我在講述這件往事的時候，還是有一點沒想通：既然連腦袋都換了，大腦皮層裡的意識豈有不換的道理？可話說回來，如果連意識都換了，你還會有「變性」的感覺嗎？

當時我們都驚呆了，愣在那裡不知所措，還是我率先覺醒，用力推開「他」，跑下床，一直跑到衣廚的鏡子跟前。

在跑動的過程中，我感到兩腿之間刀割似地疼，頭顱顯得特別沉重，好像戴了一頂大草帽，後來到了鏡子跟前才知道，那頂大草帽原來是一頭亂草似的長長的頭髮！

到了鏡子跟前，一時間我更糊塗了，因為鏡子裡面出現的竟是我新婚的妻子！

我掐掐自己的臉，還有自己的腿和屁股，我感到了疼，於是我知道了這不是做夢，但到底發生了什麼事，我還是懵然不知，因為事先沒有任何人哪怕暗示過我一句，我也沒有在任何書上看到過這樣的預告，難道這是每個結婚者必然遇到的情況？

我衝著鏡子擠眉弄眼地做鬼臉，鏡子裡的妻子與我做出了同樣的表情，我還從鏡子裡看到，我兩腿間鮮紅的液體正順著兩條白生生的大腿呈若干的「人」字形汩汩地流淌而下。

隨後我妻子也跑到了我的身後，她也通過鏡子證實了一個事實，即自己成了自己的丈夫。她也像我一樣，驚異地到處摸著、掐著自己，她對自己的那張臉，尤其是兩腿間那根香腸似的東西很不習慣，好像那是一件她身上多餘出來的東西。

這情景讓我想到了一個笑話，說一隻猴在樹上看見一個男人洗澡，笑得差點從樹上掉下來，別的猴問它為啥笑，它說人長得真奇怪，他們的尾巴那麼短，而且長在了身體的前面！

按理說，在那種驚魂未定的情況下，我是無心想什麼笑話的，但我確確實實是想了，這連我自己也感到奇怪。當時我也是在鏡子前不停地摸著、拍打著自己的身體，我對自己身上那一堆雪白的細皮嫩肉，尤其是一頭亂糟糟的長髮和胸前那一對沉甸甸的突出物很不習慣，感到實在無法接受——而在過去，這恰恰又是最吸引我視線的風景。

不知過了多久，我們才陸續重新躺到床上。記得當時是五月份，江南的氣候溫暖宜人，我們身上僅蓋了一條薄薄的毛巾被，但我的身體一會兒熱汗涔涔，一會兒冷汗津津，像「打擺子」一樣。至於性方面的興趣，早就降到了零度以下。

當時我還有點擔心對方會攻過來，但看看「他」下面那個玩意兒一直軟耷耷的像一截無用的闌尾，料「他」在這一突然事變中還沒有回過神來哩。這麼一想，我才放心了一些。

當時我們躺在床上，誰也不敢看誰，但不時又忍不住想偷偷看對方一眼，因為我們誰也沒有和一個如此酷似自己的人離得這麼近，並且同床共枕。

後來「他」乾脆用毛巾被把自己整個兒包括臉都捂了起來，而且身體一聳一聳的，好像躲在裡面哭哩——別看「他」長著個男人樣兒，骨子裡頭大概還是女人軟弱的心理。這麼一想，我又放心了一些。

三、兩性戰爭

夜晚的事情總有點像夢似的不真實（加上我們在婚宴上被迫喝了很多酒），但到了白天，感覺似乎就發生了質的變化。

那天早晨，應該說我是被一陣奇怪的聲音和氣味弄醒的。睜開眼睛一看，我再次為眼前的景象嚇了一跳：和我睡在一頭、正歪著嘴打呼嚕的人竟是我自己！粗魯的鼾聲和一股難聞的氣味就是從那張歪斜的洞裡冒出來的。說實在的，那股撲面而來的氣味真讓人受不了，那是一種隔夜的煙臭、酒臭、蒜臭以及飯餿味等等的組合，直讓人窒息，讓人的胃子翻江倒海。

我趕緊翻過身，將臉朝著另一邊。這時，我才恍惚記起昨天夜裡我們之間發生了什麼事情……

想不到「他」（也就是我自己）的睡相如此難看，氣味如此難聞。我趕緊朝自己手上哈了幾口氣，用鼻子聞了聞，雖然不香，但也不至於讓人作嘔。我這才放心了一些。

我再也睡不著了。我輕輕地起床，去刷牙洗臉。後來，我對著鏡子，對著頭上亂蓬蓬的一頭長髮，不知如何處理。

正發愣的時候，我在鏡子裡發現「他」悄悄來到了我的身後，「他」用那隻粗大的手抓起梳粧檯上的一把木梳，說：「我來幫你梳吧。被我惡狠狠地拒絕了。」

「這是怎麼回事？怎麼回事啊？」我叫道，「我怎麼會變成這個樣子？你說，這是怎麼回事，我怎麼會變成這個樣子？」

「他」表情怯怯地，說：「我怎麼知道，我正要問你呢。」

過了會兒，「他」又說：「也許結婚都是這個樣子，只是我們事先蒙在鼓裡不知道罷了。」

「不可能！不可能！」我又喊起來，「我不要！我不要！」

「你不要，我還不要呢，」「他」說，「你以為我喜歡你這副樣子，渾身皮膚發癢，到處害著皮癬，腳臭得要死，還害著腳氣，這兒怎麼搞的（「他」手指著褲衩凸出的地方），也是一陣陣地癢，你這兒，不會有病吧？」

「放你的屁，你才有病呢！」我禁不住怒火沖天，也指著自己同樣的部位嚷道：「你這裡到現在還疼得鑽心，路都不能走。」

「他」的眼睛立刻就低了下去，「還不是你，昨天晚上我讓你輕點輕點，你就是不聽……」

「那你為什麼不說，說我疼……」

「我說了，我說我疼，我疼呢，身體還直往上讓……」

「你讓有什麼用，扭來扭去的不讓我更、更難受嗎？你為什麼不喊，不大聲喊，喊我疼，我非常疼，喊不要，我不要！你要是喊了，我們也不會變成現在這個鬼樣了……」

經我這麼一喊，「他」的頭終於低下去了。

女人畢竟是女人，我想：「女人像彈簧，你強她就弱，你弱她就強」，女人的智商總是有問題的，她們總是「拎不清」的，她們做錯了事都不知道錯在哪兒，這就是女人！可是，這樣的角色現在卻落到了我的頭上，真他媽的見鬼了！也許這正是上帝賜給人類的「公平」之處吧！

這天早晨，我雖然贏得了兩人戰爭中第一回合的勝利，可是心情卻一點也沒有因此而好起來。因為我知道，我的勝利其實是女人的勝利，關於這一點，你只要瞧瞧眼前的鏡子就知道了——那個勝利者不正是個不折不扣的披頭散髮的歇斯底里的女人嗎？

在這一刻，我忽然悟到了，人們常說的「氣管炎」是怎麼回事，還悟到了人們常說的「陰盛陽衰」是怎麼回事，我還想起有個叫海明威的老頭說過的一句名言：「一個男人一生中最重要的事只有兩件，一是結婚，二是死亡。」還有以前上大學時一本《人生哲學》教科書上也說，結婚是人生最大的轉捩點。

「轉捩點」！天哪！以前我怎麼沒有注意到這個詞？這三個字原來指的竟是這麼回事啊！

冷靜，冷靜，在這個早晨，我對著鏡子反覆地告誡自己。

於是我漸漸地冷靜下來，命令自己用一副男人的頭腦來思考目前的困境。我發現事情並沒有到了不可收拾、不可救藥的地步。至少我們還有個共同點，即我們都不滿意眼前的「變性」，我們都想變回原來的自己。

「去問問別人？或者去問問醫生？」「他」愁容滿面地建議說。

但「他」的建議很快被我頭腦裡堅硬的男性的邏輯否定了。去問別人，別人會相信嗎？如果他（她）沒有變性，他（她）根本就不會相信，如果他（她）是變性的，他要麼早忘了這茬，要麼死也不會承認這種丟臉的事。我說這年頭，自己惹的麻煩還是自己設想去解決吧。誰也幫不了你。

沉默了一會兒之後，「他」又說：「要不我們像昨晚那樣再來一次？說不定又會變回來的。」

我想「他」說的不是沒有一點道理。但這種方式很難讓我接受。我實在不想讓他髒兮兮、臭哄哄的身體來碰我——而且要進入到我的體內，這是無論如何不能忍受的。現在他那種粗俗的醜樣，我連看都不願意看「他」一眼。當初我怎麼會——不，是她，她怎麼會看上我這個粗人呢，而且甘心和我在一起過一輩子？

我說過，女人的思維真他媽的奇怪，就像一盆乾乾淨淨的水，偏要弄些泥摻在裡面，就不怕把水搞混了、搞臭了。如果我是這樣清純的女孩子，我就要學古人說的那種蓮，「出於淤泥而不染」。

我說：「樣的可能性不大，如果每搞一次，夫妻雙方就變一次，還不把人折騰死？再說我下面疼的厲害，一時半會兒恐怕好不了。」這

聽了我的話，「他」低眉順眼的不吭聲了，沒有再堅持。

這天早晨，兩人不吃不喝的，「他」坐著，我站著，連續討論了幾個小時，提出了不下三十種方案，但事後看來，那純粹是瞎子摸象，最多是摸著石頭過河，心裡一點數都沒有。

眼看日上三竿，兩人的肚子都餓得咕咕叫了，於是我提議先弄點早飯吃吃，吃飽了再討論不遲。

「他」在屋裡四處翻找了一番，說沒有什麼現成的可吃。也是，本來這一周的婚假，我們準備今天上午出發去黃山渡蜜月的，家裡什麼吃的也沒有準備。生米倒是有好幾十斤。

「要不就煮點稀飯，買點醬菜來搭搭，蠻清爽的。」「他」建議說。

我表示同意。

「他」負責煮稀飯，叫我出門去買東西。可我這個樣子，披頭散髮的像個女鬼，能出門嗎？於是只好又把任務換過來。

「他」一邊換衣服一邊抱怨，無非說衣服太髒了，襪子太臭了，鞋也太臭了等等，我懶得聽「他」女人式的嘮叨，直接進廚房去了。

我把米淘好，放好水，讓電飯煲的工作燈亮了起來，一掉頭，發現「他」還站在鏡子跟前沒有走，手裡拿著一支口紅在發愣——也許「他」不知道該把它往哪兒塗抹吧。

「你是不是拿錯了什麼東西，」我譏諷地說，「你大概想抽支煙吧？」

對了，提到香煙，我倒忘了，從早晨起來直到現在三四個小時過去了，我竟然一支煙還沒抽，以前我可是個「煙囪」，尤其是打麻將的時候，一支接著一支，中間都不用打火機，一宵能消滅兩三包。

對了，提到香煙，我不得不在「他」身後提醒一句：「煙在我西裝口袋裡，你帶著，見了男人別忘了給一支，這是喜煙，你不給人家會跟你要的。」

「他」從我衣服裡找到煙，放到鼻子上聞了聞，深深地吸了口氣，又吸了口氣，有點奇怪地說：「咦，這味道怎麼這麼好聞，以前我最怕聞煙味了。」說著很熟練地從煙盒裡彈出一支，叼在了嘴上，兩手在身上亂摸，好像在找火，找著找著，「他」的眼光就碰上了我的，「他」愣了愣神，趕緊又將嘴上叼的煙送回了煙盒。

我每天早晨起來有抽煙的習慣，可今天卻不知不覺灌了幾杯白開水，也許這是她的愛好吧，我揣摸。

「他」剛出門，我就不得不進了一趟衛生間。可笑的是，開始我居然還習慣性地站在那兒，伸出手去掏那玩意兒，結果可想而知掏了個空。等我明白過來之後，我不得不採用一種陌生而彆扭的姿勢來解決這一問題。

「他」從外面買東西回來咚咚敲門時，我正在衛生間忙著用水，一時無法脫身去給「他」開門。結果「他」就把門越敲越響。

我蹲在地上，頭衝著客廳發脾氣說：「敲什麼敲？你自己沒長手，不會自己開呀？」

「他」在門外聽見了，說：「我沒帶鑰匙。」

後來「他」進來的時候，我看見「他」嘴上居然熟練地叼著一根燃燒的香煙。

大致說來，情況就是這樣，那天早晨我們不得不臨時取消了我們的蜜月旅行計畫，我們像兩隻受驚的老鼠悄悄地躲在自己的洞裡，門邊都不敢出，好像洞口外面佈滿了無數的黑貓和白貓。

第一天我整天都躲在房間裡，在「他」的指導下，學習怎樣穿胸罩，穿連褲襪，穿連衣裙，怎樣穿著高跟鞋走路，怎樣用那些摩絲、胭脂、口紅、髮卡、眉筆、香水、面膜之類的玩意兒，開始還有那麼一點興致，可學著學著我就不耐煩了，感覺這樣下去簡直要活活把人煩死！再說，「女為悅己者容」，我又沒有「悅己者」，打扮好了給誰看？再說我這是臨時的（不知為什麼，我堅信這一點），我想我總是要想方設法變過來的，我對當女人實沒有什麼興趣。

第二天在家裡悶到中午，兩個人都悶不住了，都說要出去透透氣兒，再這麼悶下去非把自己活埋了不可。好在經過前一天的學習，我們出門也能勉強遮人耳目了，一般的不太細心或者不太熟悉我們的人一下子並發現不了我們的破綻。

走路的時候，我下體那個部位還在隱隱作痛，步子邁不大，也邁不快，再說腳下的高跟鞋一扭一扭的，搞得腳跟腳腕一陣陣酸疼，我幾次停下來，賭氣要將鞋脫了拎在手上，光著腳板走，都被「他」勸阻了。

我又沒完沒了地抱怨下體的疼痛，「他」有點幸災樂禍地說：「誰讓你那麼著急呢，你就會動粗的，一點也不知道憐香惜玉，這下知道了吧？當時我說疼疼疼，疼得受不了，你說都這樣的，不疼才怪呢，處女都疼的，忍一下就過去了，現在正好，用這句話來勉勵你自己吧。」

「我哪知道，我還以為你是裝的，我哪知道你是……」

「是什麼?說，是什麼？」「他」突然停下來，咄咄逼人地盯視著我，臉色一陣陣發白。

「我是說，當時我並不知道你是，是第一次……」

「說穿了吧，你不相信我是處女？」

「說實在的，我並不很在意這個，我已經做好了這方面的思想準備，再說現在處女也能做假，最方便的，都不用做手術，藥店裡就有得賣，幾十元就能買一個。」

「他」的臉色漸漸漲紅了，眼看一股怒火就要從「他」的眼睛、鼻孔、嘴、耳朵裡噴出來。

我呆住了，我發現「我」發怒的時候是這麼恐怖。

可突然，「他」撲嗤一聲又笑了，是那種恨恨的、幸災樂禍的笑。

「報應啊，報應啊，」「他」說，上帝是公平的，「上帝無所不知，感謝上帝，他原來是替我來懲罰你的！你不相信我，所以他就讓你變成我，讓你親自體驗一下，現在，你還敢說我是假的嗎？」

這下，輪到我臉色鐵青，氣喘如牛了。

這還不算最可氣的。接下去，「他」又說了這麼一段話，結婚之前她曾偷偷讀過一本《新婚生活指南》的書，書上說到處女第一次性交的技巧，要很耐心地將男人的性器對準處女膜中央的小孔穿過去，這樣不僅女方不會感到疼痛，男方也能感受到處女膜柔韌的一層卡在性器上那種特殊的愉快，最後到達高潮時，處女膜才會在極度的快感中破裂、流血，但那時女方已經不感到疼痛的折磨了。

聽了「他」這段話，我差點跳起來：「你既然知道這些，那天你為什麼不說？」

「我怎麼說？」「他」反駁道，「我是個姑娘，我怎麼說？我說了，你更要懷疑我了，你幹這事怎麼這麼有經驗?我跳進黃河也洗不清了。」

「那你事先把那本書給我看一下不就行了？」

「你難道沒有看過這方面的書？也沒有問過別人？你心裡一點數都沒有就跟我結婚了？你們男人真粗心哪，難怪上帝要懲罰你，讓你也做上一回女人。」

「唉……」我歎口氣，「現在說什麼都遲了。」

「活該，」「他」仍然幸災樂禍地說，「好好的一個處女被你糟塌了，讓我受罪不說，你自己也享受不到處女之寶，活該！」

然後「他」就喋喋不休地訴說起那天夜裡她下面怎麼疼，像被刀割一般，割破了再往傷口上撒鹽、再來回狠勁地搓揉，她怎麼求饒也沒用，直到最後我的身體硬成一塊鐵，像鐵錘似的一下一下地朝她砸下來，直把她砸昏了過去，然後醒過來就變成現在這樣了。

「這也怪你，」我憤憤地說，「到了關鍵時刻你還羞什麼羞，看我做的不對你還不快說，這種錯誤又不比別的錯誤，一生只能犯一次，今後想改都沒有機會啊。」

「這事怎麼能怪我？」「他」嚷起來，「就是我知道也不好意思做啊，你的東西我看都不敢看，更不用說用手抓了，再說我也絕對不好意思把腿張開來讓你去看去找，除非你自己知道怎麼做，再強迫我這麼做。」

「那麼現在呢？假如現在我們做的話，你好意思做嗎？」

「他」瞪我一眼：「你說呢？」

「你當然敢，你當然好意思，」我沒好氣地說，「女人說到底不就是那麼一層膜嗎，捅破了這一層，她就無所謂了，什麼羞恥心都沒有了，什麼事也就敢做了！說什麼羞啊，不好意思啊，要人家強迫你做啊，我看就是個賤字！難怪有人說，女人都希望男人去強姦她們。」

聽到這裡，「他」忽地變了臉色：「你說夠沒有？現在你是個女人了，你終於有機會去實踐一下你的理論了，你終於有機會讓男人來強姦你了！」

說完「他」邁開大步，咚咚地朝前走了。

此後很長一段時間，我們都板著臉不說話，形同陌生人一樣。我想，天哪，漫長的兩性戰爭、漫長的夫妻吵架的生活就要從今天開始了嗎？

這麼一想，我渾身禁不住就起了一陣戰慄。

四、初試媚術

一個星期的婚假很快結束了。

下面怎麼辦？我不知道。

我只知道，我們再也躲不過去了。一個人可以沒有配偶，卻不可以沒有單位，一個人可以躲著自己的父母，卻不可以不和自己的單位照面。

我在大學的那份教學、科研工作，「他」是無法應付的，好在我們是彈性工作制，假期摳得不是那麼死，只要跟系裡的頭頭單獨打打招呼、續幾天假就可以了。

而小鴿子的酒店就不一樣了，本來有些男領導同志對她擅自結束自己的單身生涯就心存醋意（正如同一個當父親的對女兒的出嫁總不會那麼心甘情願），加上會議接待這一塊歷來競爭激烈（小鴿子身上的指標為一年六十萬），單位不准假原在我們的意料之中（再說你自己也絲毫不敢鬆懈啊）。好在這一行並不需要特別的學問，我決定先代替她去濫竽充數地混幾天，只要不露出馬腳即可。家裡的小鴿子則隨時守候在電話機旁，以便隨時對我進行搖控指揮。

星期一上班的第一天，酒店的那個副頭就召我去他的辦公室個別談話，他先問了我這幾天新婚是否愉快？我說就這樣吧，他問都到哪些地方旅行去了？玩得開不開心？我說就這樣吧……

說話的時候我一直做出一副可愛的樣子，笑咪咪地看著他，有點存心挑逗、報復他的意思，心想我看你這個頭禿了一半的半老頭兒到底有什麼招兒？

與此同時，我又為他眼前的這副模樣感到幾分可笑和悲哀，我甚至猜想，在他年輕的時候，或者在他年輕力壯的時候，他有沒有成功地玩過幾個女人？我想這份答案他也許是可以及格的，這種人的身邊當不乏一些想利用他的女人，但問題是，他有沒有成功地玩過他想玩的女人，抑或那些真正的、高檔次的女人？這些女人一般來說都是心高氣傲的，不會輕易為金錢權力這些小兒科的東西所打動。

此刻，作為一個男人，我倒有些理解和可憐他。你想，一個男人奮鬥了近一輩子，混到這個份上，圖的是什麼？如果再不抓緊時間、抓緊一切可資利用的機會，再不冒點風險，盡量撈（玩）一點自己想撈（玩）的東西，那他很快就要燈乾油盡了，這輩子也就徹底沒戲了，你想這有多麼可怕？

後來，在我的目光和表情的鼓勵下，我看見他的眼睛裡有了一點兒色彩，他的目光稍稍活躍了一些，在我身上轉了一圈之後，便順口讚美起我的衣服來。

「你這件衣服很好看。」

接著他又補充一句：「不管什麼樣的衣服，穿到你身上就變好看了。」

我笑著點點頭，嘴上說：謝謝。心裡卻還在調侃：「勇敢點，再勇敢點。」

我由此想到，男人接近一個女人真是難呢，因為你搞不懂她願意不願意。但反過來，一個女人想要接近一個男人就要容易得多，只要你不是長得很醜，你的主動一般很少會受到男人的拒絕。比如我自己，我過去就沒有拒絕過哪怕一個主動接近我的姑娘。

這麼一對比，你就可以看出女人的傻乎乎之處了。有時候只要輕輕一個媚眼就能解決的問題，她們卻偏偏捨近求遠！細細一想，這不是自討苦吃嗎？

想到這裡，我又朝那個副頭笑了一下，心想別跟我兜圈子了，我沒這份閒心，還是我主動一點得了。我說：「副總找我，一定是有什麼好事要賞我吧？」

副總眼睛亮了一下：「咦，你怎麼知道？」

我身體扭了扭，衝他做了個媚眼：「什麼叫做默契，什麼叫做知音，什麼叫做士為知己者死，女為悅己者容，什麼叫心有靈犀一點通？」

桌對面的副總笑成了一尊彌來佛：「這件事很機密的，你別跟其他人說。是這樣，我們酒店要組織一個代表團到西歐四國訪問學習，我給了會議部一個名額，你如果想去的話，我會全力支持——對了，還要填張審批表格（他在抽屜裡裝模作樣地翻了一通），不好意思，表格丟在我家裡了，你是現在去拿，還是明天去填？」

我故意逗他：「你明天帶到單位來給我不就行了？」

他臉上很快閃過一絲不快：「這表格不能帶到單位來填，被別人看見會打破頭的。」

我裝作心領神會的樣子說：「我懂了，那就明天吧，明天上午我打你的手機好不好？你的手機號碼呢？」

他立刻快活得像個五歲的孩子，一邊掏他的名片一邊說：「不好了不好了，小鴿子小姐連我的手機都忘了，說明小鴿子小姐平時對我很不關心啊？」

在接名片的時候，他的手故意在我手背上摸了一下，我也故意停頓了一下，讓他多接觸了一秒鐘，然後再用一個嬌羞的動作閃開了，還說了一個國產電視劇裡常用的詞：「嗯，你真壞！」

告訴你吧，就這麼一個臨時編排的、很不成熟也很不高明的動作，就引得我們副頭的臉上一片雲蒸霞蔚，像剛喝了一壇茅臺差不多。

見了這個情景，你會有什麼樣的感慨呢？你難道不會悲哀地想，我們這些男人們其實是多麼的可憐、多麼的容易滿足啊！

五、變回原形

故事講到這裡——請原諒——我不知道該怎麼繼續講下去了。

首先，我並不認為我是在講什麼故事，而是在講發生在自己身上的一件怪事，一件真實的怪事。

其次，我開頭就說過，我不知道我該怎樣講，別人才會相信——相信這是一件真事。因為此刻的我還是原來的那個我，一個叫田傑的三十歲的男人，並不是變性後的那個小鴿子，這一點我還是弄得清自己的。

前面講的變性後的那些事，現在想起來真像一場惡夢似的，你如果要追究它的真實性，我拿不出一個人證，也拿不出一個物證。因為在變性的過程中（前後約八天時間），我和妻子均守口如瓶，沒有向任何一個人透露過半點風聲。

在此期間與我接觸較多的有這麼兩個人，即黃杏和副總，他們能證明些什麼呢？他們能證明的也許恰恰是「小鴿子」一切正常。由此可知，這事是怎麼也說不清楚了。

不過我想，這事也不是沒有一點希望。你想啊，假如酒店的那個副總能夠平心靜氣地把「小鴿子」婚後上班的第一天與第二天的表現認真、仔細、反覆地回憶、推敲一番的話，他並不難發現她們之間存在的差別。因為第一天的「小鴿子」其實是我，而第二天出現在他們酒店的才是真正的小鴿子。

因為就在這天夜裡，事情再一次發生了突變，即我和小鴿子發生了再一次的變形，我們又變回了原形。不過這是我們事先無法預知的，你說是吧。

實際情況是這樣的，在當天夜裡，我和小鴿子成功地進行了一次婚後的性愛活動。

也許你還記得，這天的白天我在酒店答應了副總明天去他家「填表格」的要求（本來我也可以當天就去的，來個現場兌現，但想到這樣豈不太便宜了那個禿頭，於是就臨機改成了第二天）。

當天晚上，我是下了決心要把自己給一回我的那個「他」的——不管碰到多大的困難、多大的障礙，不管心裡有多麼委屈、多麼難受（因為總要比第二天給禿頭副總的時候好受些吧）。

那天夜裡，我就是抱著這樣的心理，主動向「他」請戰。

「他」開始還不肯，說：「我們別瞎折騰了，沒有用的。」

「他」還說：「你別把我弄得興奮起來之後又把我蹬下床。」

我說：「不會的，絕對不會的，這次肯定能成功的，你就把它當成最後一次好不好？」

「他」這才將信將疑地同意了。

當然，在這裡，我不能向你詳細描寫我們做愛的具體細節，也沒有這個必要。我只想告訴你這麼兩點：

第一，我們事先做了很長時間的準備工作，在整個過程中我始終閉著眼睛，把身上的這個人想像成另外一個人（具體什麼人我不能告訴你），於是我們做得很成功，我想我們雙方都達到了高潮（假如那就叫做高潮的話）。

第二，在一陣激烈的抽搐和昏眩之後，我睜開眼睛，發現身體上方的小鴿子正用雙手慢慢撐起她的上身，她垂著她兩隻潔白驕挺的乳房、垂著她一頭長長的黑髮，臉上開放著一種無比滿足、癡迷甚至淫蕩的笑容。

至於這以後的事，我就沒法再跟你講了。

最近，我一直想把發生在自己身上的一件怪事講出來。現在，我想，我似乎已達到了這個目的，我想我應該是把這件事情講清楚了。信與不信，只好由你自己了。

第7條婚規
明珠暗投

耿曄終於等不及了。在她過三十三歲生日那天，向小野下了最後通諜：要麼買房，要麼散夥。耿曄本來就比小野大五歲，當然更是等不得。

一、小野的女人

小野的女人耿曄找上門來，哭哭啼啼的說：「不好了，出大事了，我不想活了，鍾老師你一定要幫幫我，一定要幫我說話……你勸勸小野，放我一條生路吧，不然的話，我真的不想活了，我是沒法活了！」

在故事展開之前，還是先說一下小野吧。

小野是我以前的一個棋友，現在棋下得少了，也就是偶爾在一起吃吃飯、喝喝茶、吹吹牛什麼的，談不上有什麼大的交情。不過，有個事實明擺在這兒，我是先認識小野，後認識耿曄。兩者相比，我和前者的關係還是要近一些。

嚴格地說，耿曄並不是小野的老婆，儘管他們已經同居快五年了。不過，大家「老婆老婆」的喊慣了，如改稱「女友」、「未婚妻」，反而覺得畫蛇添足，不知所云。

耿曄原是個有夫之婦，比小野年長五歲，因丈夫遠征深圳，她就把寂寞快樂轉交給了小野。兩個人如膠似漆，海誓山盟。護士先是離了婚，繼爾又懷上了小野的種子。小野跪在父母面前，哀求他們網開一面，允許他和這位護士小姐結婚；父母也齊齊跪在小野面前，又是跳河又是上吊，拚命阻止這門親事。

耿曄上門找我哭訴，已不是一回兩回了。特別是近幾年來，次數越來越頻繁。按她的說法，小野最服的人是鍾老師，鍾老師說句話比他娘老兒還管用。

我知道，這是她抬舉我了。我有幾斤幾兩，自己心裡還是清楚的。不過，話說回來，人都是喜歡別人抬舉、崇拜的，加上耿曄一副弱者的姿態，楚楚可憐狀，我內心自然是想幫她的。

令我為難的是，小野畢竟是我的朋友，他也頻頻找到我，要求我幫他說話，也就是勸說耿曄就範。面對小野的懇求，我怎麼能說不呢？哥們不幫哥們，卻去挺他的老婆，是何居心？會不會被大家的唾沫淹死？

聽我這麼一說，你大概就能體會我此刻的處境有多麼的尷尬。

你也一定很好奇，這對男女到底在搞什麼名堂？

二、小野的小聰明

在我看來，他們的事情其實很簡單：女的要求和男的正式結婚；男的呢，也同意結婚。表面上看，雙方目標一致，並沒有矛盾。只不過作為同居女友的耿曄附加了一個條件——要求小野先買房。

大家都知道，小野有錢，買得起房。

若干年前，因為土地被徵用，小野有幸進了一家電廠當機修工人。大家還知道，國有電廠是臭名昭著的壟斷企業，效益不要來得太好。當初小野追耿曄的時候，就有意無意透露過自己的財富——他說自己是個炒股高手，幾年來賺的錢超過一百萬。

當然，我們不排除這裡面有吹牛的成份，男人不吹牛怎麼能騙到女人呢？況且小野又是一個自作聰明、特別喜歡虛張聲勢的人。他動不動就要收購人家企業，包括一家文學雜誌社，揚言要買斷人家的刊號，結果當然都是不了了之。

但耿曄是個老實人，是個四肢纖細、頭腦簡單的女人，小野說什麼她就信什麼。老實人一旦認起死理兒來，就像王八咬筷子死不鬆口——哪怕頭被斬斷了。耿曄就是要求小野先買房，再去領證。

小野家在農村，老家有瓦屋三間。男方的意思是拿其中的一間瓦屋充當新房。耿曄當然不幹，這對一個城上姑娘來說，太沒面子，太傷自尊了。她的姐妹們比她還激動，還憤慨，都罵小野不是個東西。她們說：「你又不是沒有錢，又不是買不起房，留著錢想娶小老婆啊？」

耿曄好歹是個醫務工作者，事業編制身份，她丟不起這個人。

小野遲遲不答應買房，主要有兩條理由：其一，房價漲得太快，肯定會回落。這和炒股是一個理兒，買跌不買漲嘛；其二，一步到位，要買就買最好的別墅。他們電廠正在開發一個別墅區，職工可以優惠，算下來，只有市場價的一半。

兩條理由冠冕堂皇，尤其是後一條，不由人不動心。耿曄信以為真，望眼欲穿地等啊等，三年過去了，五年過去了，十年都過去了，房價不僅沒跌，而是兩三年就翻個跟頭；至於電廠的別墅，永遠都是躁動於傳說之中……

耿曄終於等不及了。在她過三十三歲生日那天，向小野下了最後通諜：要麼買房，要麼散夥。耿曄本來就比小野大五歲，當然更是等不得。

小野使出渾身解數挽留耿曄，史無前例地給耿曄寫了一份保證書，保證在兩年之內買房，面積不小於一百坪。

小野的策略是，能拖就拖，拖一天就等於勝利一天。拖到你人老珠黃，看你嫁給誰去？

前面說過，小野就是喜歡玩小聰明，他總是以為能把天下人都玩弄於他的股掌之中。

其實所有的人都看穿了小野的小把戲，認為他既沒有誠意買房，也沒有誠意結婚。只有耿曄，捧著那張廢紙堅信不疑。

接下去的兩年，對小野來說如白駒過隙；對耿曄來說，則如蝸牛爬牆。馬也好，蟲也罷，它們其實是同時到達了終點。小野還想繼續玩拖延戰術，又寫了一張保證書，不過把期限縮短到了一年。

小野說：「看，我還是有進步的，我還是有誠意的。」

不過這次耿曄居然無視他的進步，甚至都沒有打開他的誠意，就將他的保證撕得「碎得不能再碎」。

據說一頭牛犯強時，九頭牛都拉不回頭。耿曄毅然決然地離開了小野，從他的生活裡徹底消失掉了。

女人鬧起事來，有的是光打雷不下雨，有的是雷雨交加，有的則像耿曄這樣，不聲不響地，傾盆大雨只顧一個勁地悶下……

三、真玩還是假玩

一見耿曄動真格的，小野這才慌了手腳。這才顛顛簸簸跑來找我，要我幫忙。他來的時候，還要撐面子，找藉口，說是要和我切磋切磋棋藝，手談一番。

別看小野身材矮小，瘦不拉嘰的，在穿著打扮上還是很講究的。在家裡如此，出門更是如此。記得那天小野跑到我家裡來找我的那天，是九月十號教師節。秋老虎還未撤退，天氣十分悶熱。小野卻西裝領帶中跟皮鞋全副武裝，頭上汗漬漬的冒著熱氣，一副金絲邊眼鏡在臉上直打滑，鏡片上還蒙著一層霧氣。

我連聲請他隨意，請他卸裝，他都禮貌地謝絕了。

這天他穿了一身絳紅色的西裝，打著一條大紅的領帶，很是晃眼，加上油光發亮的頭髮向後梳得一絲不苟……這讓人更加惋惜起他的個頭——即便是穿上了中跟鞋，也不過一米五的樣子。

令人費解的是，小野的自我感覺總是特別良好，精神狀態總是相當不壞。這常常讓人懷疑他的腦子有沒有問題？比如他下棋時，總是一副正襟危坐的架勢，盡力把胸脯挺到極限。下棋的動作也相當標準——用中指和食指穩健地夾住一枚棋子、極有力地「啪」一聲拍到棋盤上，何等乾脆俐落！總之是自信到了極點。哪怕棋下輸了，也影響不了他自得其樂的情緒，比如他的自我表揚、自我欣賞：「我這步棋下得妙不妙？標準的手筋啊！簡直是妙手啊！」

自從和小野交往十年來，我總是弄不明白，他的那份良好的自我感覺是從哪裡來的？因為他是電廠的合同工？年收入十萬，高出我這個大學教師一倍多？

總之，這小矮子太令人敬畏了，難怪我的棋總是莫名其妙地輸給他。他身上肯定有某種神秘的東西，促使他如此的氣宇軒昂。但那是什麼東西呢？

不過這天的情況有些反常。在棋盤上，他明顯有些心不在焉。雖然他照例把棋子拍得很響，但東一榔頭西一棒的，簡直不成套路。我一邊下，一邊好笑地拿眼睛瞄他。不多會兒，他舉起兩隻小短胳膊，伸了個懶腰，隨後站起身來，頗有風度地衝我點了點頭，做了個中盤認輸的手勢，說聲「失陪一會兒」，然後昂然去了衛生間。

我收拾好棋盤，等他回來後，故意說：「怎麼？故意讓我啊？哄老人開心啊？」

他很有風度地端起茶杯，咪了一口，裝腔作勢地聳了聳肩膀：「下棋是不能讓的，那是對對手的不尊重，甚至是污辱。」

「那就再來一盤？」

他蹺上二郎腿，點燃煙斗，還問我：「對不起，我能抽煙嗎？」

我沒好氣地笑他：「你已經抽上了！還問！」

小野到哪裡總喜歡拿著他的煙斗，與其說在抽煙，不如說是在擺弄他的道具。

他又一次聳聳肩，終於承認：「今天不在狀態。」緊接著又反戈一擊：「正常狀態下，你不是我的對手！」

「怎麼？你也有不在狀態的時候？」我刺他說：「我看你的狀態很好嘛，還是那麼自以為是，一點沒減。」

話題由此而導入小野求助的主題。他還時刻不忘自作聰明，搶先往自己臉上貼金：「幸好我沒有買房子，英明啊！要是買了房子，結了婚，她現在一鬧離婚，我一半的財產就泡湯了。」

我這才搞明白，小野「八年抗戰」、把耿曄拖到三十五歲也不買房的真正原因。

「恐怕你多慮了吧？」我說。「我記得耿曄曾經表示，願意簽個婚前協議，證明房子是你的個人婚前財產，或者用你老爸的名義買房，她只求在城市有個安身之所。」

小野口吐煙圈，學著某個偉人的樣子，一揮手打斷了我的話：「她那點小陰謀、小詭計，能逃過我的火眼金睛？女人哪，就是頭髮長，見識短，她就是想撈我半套房子！」

「你怎麼那麼肯定，她結婚後會和你離婚？」

「她除了年齡大些，有過婚史，其他條件都比我好，她憑什麼看上我這個矮子？我又不是呆子，哈哈哈。」

原來，這個傢伙內心還是有點自知之明的，甚至是十分自卑的。難道平時他的強勢、他的良好感覺、包括他拿煙斗的架勢，都是裝出來的？據說他對矮偉人拿破崙崇拜得五體投地，每天晚上睡覺之前，都要把《拿破崙傳》讀上幾頁，從中汲取力量。今天看來，他只學了皮毛，學了一點表面文章而已。

「你幫我去探探虛實，」小野求人幫忙也是一副頤指氣使的神氣，「看她是真玩還是假玩？」

「真玩怎樣？假玩又如何？」我饒有興趣地問。

「她要是玩真的，我當然也跟她玩真的。知彼知己，百戰不殆嘛，哈哈哈。」

小野笑起來，總是三個字，點到為止。這讓我感到很不快。這哪是笑，簡直就是裝腔作勢嘛。

我倒是勸他，小耿既然要求分手，你就成全人家吧！她畢竟比你大五歲，有過婚史，你父母又死活不同意，何必呢？我看你也不誠心想娶她做老婆，是吧？

「哪個說我沒有誠心？現在我就可以跟她去領結婚證！你問她敢嗎？」小野說著說著居然激動起來，將煙斗在空中揮來揮去：「是她！提出這個條件那個條件的！是她沒有誠意！什麼是真正的愛情？真正的愛情是不講條件的！」

我說我就搞不懂了，你到底看上她什麼了？「總有個原因吧？你不告訴我真正的原因，我很難幫你說話。」

小野忽然又故作神秘狀，頭湊近我，壓低聲音說：「當然是性功能，她的性功能特別好！我玩過很多女人，她的功能最好！你說這個理由我能跟娘老子說嗎？說不出口啊！」

我一聽，覺得小野還有救！他還有起碼的羞恥心。而真正的精神病人還有沒有這樣的羞恥心呢？

四、聰明誤

小野後來果然跟耿曄玩起了真的——當他聽說耿曄「別攀高枝」後。小野自作聰明的玩法是：將他和耿曄的親密照片發到自己的ＱＱ空間，公開拍賣。並設法將此情報轉告給了他的情敵。

據說小野的這個情敵來頭不小，是一家國營企業的老總，四十歲不到，離異無子女，長得相貌堂堂，且捨得大把花錢，令耿曄十分傾心。

耿曄沒想到她的前男友使出如此齷齪的一招。遭此奇恥大辱，連死的心都有了。本篇開頭「她找上我的門來」，就是為這個事——與其說是找我幫忙，不如說臨終告別來得更實惠——因為她知道小野的為人，沒人能勸得動他。

她說一旦彭總看到那些照片，她就不活了，肯定不活了。

她說這句話的時候，她的男友彭總其實已經看到了那些照片，只是沒有告訴她罷了。此刻彭總正和她的前男友搞緊急談判呢！

關於這次談判的消息，我是從小野嘴裡聽來的。小野頗為得意地對我說：「我要發一筆小財了。」他故意停頓一下，擺弄一下他的煙斗，才又說道：「那個姓彭的願意拿五十萬買斷那些照片。」

我故意表示不信。小野於是拿出一份列印好的「協議」給我看。我一看也呆住了：還真有這麼一紙荒唐協議啊？真有這麼傻的老總啊？想著想著，我忽然覺得不對勁——我雖然不認識這位姓彭的老總，但常識告訴我們，一個老總，不是那麼好對付的，更不會傻得這麼明顯——也就是說，他很可能給小野設了一個圈套。

於是我勸小野說：「這錢不好拿啊，燙手！從法律上說，你這是敲詐啊！」

小野用看透一切的神情白了我一眼，頗為不滿的說：「鍾老師，我沒搞錯的話，耿曄跑去找過你了吧？你現在是不是在幫她說話啊？」

我差點給他鬧了個大紅臉。我後悔沒有一上來就告訴他耿曄找過我，把底牌先亮給他看。我知道，這一來，我是怎麼解釋也無濟於事了。不過我還在做最後的掙扎。

「耿曄昨天確實來找過我，但現在我是站在你的立場，為你考慮，為你著想，信不信是你的事。」看著他一臉譏諷的表情，我有些急了：「小野啊，你這麼一個聰明好學的人，不會不懂法吧？特別是這個協議，明明是個圈套，你絕對不能簽的啊！這明擺著，他要你落個敲詐勒索的證據啊！」

小野聽了，雙手叉在胸前，右手舉著他的道具煙斗，用這樣的拿破崙式還是福爾摩斯式的姿勢思考了片刻，然後點了點頭：「嗯。你說的也有一點點道理。雖然概率極小，卻不得不防。」接著，他用左手做了一個列寧演講式的手勢，往斜下方那麼一劈道：「協議可以不簽，錢不可以不拿。你看吧，我要一步一步地玩死他們！」

我又苦口婆心地勸了許久，遺憾的是，小野聽不進去。他認為當老總的都是蠢貨，都是些腦滿腸肥的低能兒。當前的形勢和任務是六個字——人傻，錢多，快來。

見他那麼自信，那麼自負，我也不想多說什麼了。再說就更有幫著耿曄說話的嫌疑了。但願我的擔心是多餘的。

不幸的消息還是耿曄帶給我的。那是面諫小野一個星期以後的事了。

耿曄再次哭哭啼啼地找上門來，說不好了，出大事了，小野被抓進去了！「鍾老師，你一定要幫幫我，幫幫小野啊！」

第8條婚規
純屬虛構

初中一畢業，柳梅就經常睡在張揚家了，她父母象徵性地管了幾次，也就睜隻眼閉隻眼了。七年過去，柳梅打了幾次胎，連她自己也記不清了。到了兩人都二十二歲的時候，女方家長就託媒人到男方來提婚事了……

一、少年小夫妻

祝家灣在江城的西北角，是江城有名的「貧民窟」之一。據說很早以前，這裡靠著長江邊，有很多從蘇北、安徽、山東或更遠的地方逃荒過來的難民，在這裡搭個蘆席棚歇腳，然後扎下根的，便逐年發展、壯大起來。原先這裡是農村，後來成了江城市的郊區，現在的祝家灣則漸漸有了市區的味道。

張揚和柳梅從小生長在祝家灣，兩家靠得很近，兩人年齡也差不多，一個生在冬天，一個生在初春，就差了個把月，上小學、初中兩個人一直是同班同學，可以說是標準的青梅竹馬了。在讀書上，兩個人都不怎麼開竅，但在男女之事上，他們倒也一點不比同齡人差。初中沒畢業，兩個人便早早地、半公開地做了「小夫妻」。

張揚家的房子要比柳梅家的好一些，是磚頭砌的小三間，上面有個小閣樓，前面還用竹籬笆圍了個小院子，而柳梅家的還是土坯房，潮濕，漏雨。初中一畢業，柳梅就經常睡在張揚家了，她父母象徵性地管了幾次，也就睜隻眼閉隻眼了。

在祝家灣，這種事很普遍，大家也見怪不怪了。一般來說，只要男方條件比女方好，女方就不算丟臉。男方父母對此當然更是睜隻眼閉隻眼了，他們認為那是自己家兒子有本事，佔了便宜。

七八年來，柳梅打了幾次胎，連她自己也記不清了。到了兩人都二十二歲的時候，女方家長就托媒人到男方來提婚事了，張揚的父母總是說孩子還小，等兩年再說。

又等了兩年，兩人都二十四歲了。在祝家灣，這個年齡的小夥子大姑娘已經不多了。女方家長又托媒人來說，兩個加起來四十八歲，合「事事發」，正好吉利。男方父母卻說二十四歲不吉利，諧音「兒死」。女方家長聽了，也只好忍氣吞聲，不便發作，只是私下裡關照女兒說，下次要是再懷了，就不要打胎了，把生米煮成熟飯再說。

這話說了不過一個月，柳梅便又有了孕娠反應，張揚讓她去打胎，她表面答應著，並沒有去做，回頭卻對張揚說打掉了，張揚也沒有懷疑。

柳梅在一家私人承包的巢絲廠工作，可能因為懷孕、身體虛弱的原因，有一天，她不小心出了事故，半個臉被燙傷了。柳梅全家一起跑到廠裡去鬧，迫使廠主答應承擔醫療費用。父母帶柳梅去上海治療，一去就是兩個多月。

柳梅的臉燙壞以後，張揚的父母就更不想娶這個媳婦了。張揚本人也有這個意思。他們找到原來的媒婆，提出給女方一筆錢，了斷這件事。但女方父母堅決不同意，他們告訴他們，柳梅肚子裡的孩子已經快五個月了，而且在醫院裡順便做了B超，是個男孩。他們還向他們出示了柳梅在上海拍的近照，是全身的，那體態、那肚子的弧線，可以證明此話不虛。況且照片上柳梅的臉一點也不難看，經過整容，甚至還比以前漂亮了許多。

「既然如此，不如把他們兩個人的事情辦了吧。」雙方家長終於達成了共識。「而且宜早不宜遲，再遲了，柳梅的肚子就勒不住了，婚禮上現象就難看了。」

經過向算命瞎子緊急諮詢，張揚、柳梅的婚期就定在了十二天之後，這天的陰曆、陽曆都是雙數，而且是星期六，據說是大吉大利之日。

二、三打祝家莊

婚禮這天，清晨，天濛濛亮，張揚迎親的車隊就浩浩蕩蕩地向柳梅家出發了。兩家本來靠得很近，步行也不過五分鐘，而且有一大截路轎車並不能通行。披紅戴花的車隊照例先開上大街，在新拓寬的引資大道、朱方路、長江路、珍珠項鏈……開了一大圈，繞了半個江城，然後再浩浩蕩蕩開進祝家灣。

剛才開出來很容易，現在再開進去，就難了。在祝家灣路口到柳梅家約五百米的七彎八拐的路口上，密密麻麻佈滿了攔親的人群，男女老少都有，其中以中年男人和老頭老太為多。

好在大家事先都做好了「三打祝家莊」的思想準備，所謂兵來將擋，水來土淹——無非是要煙，要糖，要紅包，「留下買路錢」。張揚迎親的車上事先準備了大量的香煙、糖果和十元十元的紅包。這裡的風俗，辦喜事，來鬧的人越多，主人越有面子，也越吉利。這時候是不能吝惜金錢和笑容的。於是一路上用糖衣炮彈開路，過關斬將，車隊以平均每小時一百四十五米的速度向前推進著。

上午十點鐘左右，迎親小轎終於推進到了柳梅家門口。

開門禮一千，過門禮三千，見面禮五千……這是第一關：進大門、見親家。親家相見，分外眼熟。雙方坐下來，吃棗參茶、桂圓蓮子湯和煮雞蛋。接下去一關，便是姑娘的閨房了：開門禮一千，過門禮三千，見面禮五千，一一來過。禮錢都要逢單，這是規矩。

按程式，閨房門一打開，柳梅便開始在門裡號啕大哭，彷彿即將上刑場一般。這時候哭得越響，越傷心，表示姑娘越孝順，越金貴。還有，按規矩，姑娘是不能自己走出閨房的，要男方的人衝進去把她給「搶」出來。這是為了事後夫妻吵起架來，女的更加理直氣壯：「哪個想跟你啊？當初不是你硬把我搶到你家來的嗎？……」

話說閨房門口女方早佈置了幾個彪形大漢，他們的任務是保護新娘，不給搶走。於是乎，閨房前的這場戰爭總是不可避免的。這仗不能真打，又不能不打。打打，停停，談談；再談談，再停停，再打打。每個回合下來，都要消耗男方不少的香煙和紅包。新娘當然要一直嚎哭著。這種光打雷不下雨的嚎哭比真哭還累人。

後來大概是新娘哭不動了，閨房門口的防錢才終於被打開一個缺口，男方的兩個壯漢衝進去，將新娘抱上小轎，一路抬著就跑。這時轎中的新娘要拿出最後一點吃奶的力氣，大聲哭喊：

「媽——爸——我不走啊，別讓我走啊，我不嫁人啊，我要一輩子服侍你們啊，我走了，哪個來疼你啊，到了人家，哪個來疼我啊！」

當然，這些話，事先會有專人教給她的。

剛才是出去容易進來難，現在的情況正好相反——簡直是出不去了。他們被層層疊疊鬧婚的人群圍追堵截著，幾乎是寸步難行。自然還是要用糖衣炮彈來開路，但在對方的人海戰術面前，他們很快就彈盡糧絕了。更要命的是，面前的廣大人民群眾根本不信，他們嚷著：就這麼幾條煙，這麼幾個包，就想把人搶走啊？

還有很多人嚷著要看新娘，要新娘唱歌。好像他們在祝家灣活這麼大，從來就沒有看過柳梅似的。柳梅只好從小轎裡露出臉來，讓他們看。只聽人們七嘴八舌紛紛議論說：「想不到燙了一下，這臉更漂亮了。」有的說：「那是一層膜貼在上面的，不透氣，難受呢！」還有不懷好意者說：「現代醫學多發達了，處女膜都能給你裝上。」柳梅聽到這些話，趕緊把頭縮了回去，再也不肯伸出來了。

周圍的人民群眾當然不答應，還是鬧著要看新娘，要新娘唱歌。

雙方對峙了兩個多小時，眼看到下午一點了，他們還沒有走出五十米遠。

這時男方的領隊使出了絕招，他將兩把十元面額的鈔票分別朝兩邊凌空一撒，那些鈔票借著風勢，像彩色的雪花那樣飄飄揚揚、從天而降……

趁周圍人忙著四處捉拿鈔票的當兒，領隊讓柳梅趕緊下轎，從亂軍之中悄悄溜走了。

三、洞房驚魂

下午的節目是車隊載著新郎新娘，到江城的各風景點騷首弄姿，拍照，攝像，一套程序，不必細表。傍晚時分，再趕到某大酒店吃喜酒。共有九十九桌，取天長久之意。

酒足飯飽之後就是鬧洞房。本地的風俗，洞房鬧得越熱鬧，表示主家越有面子，越興旺發達。張揚在酒宴上已被灌得東倒西歪、目光迷離了，鬧洞房的好多高難動作，他根本做不起來。比如將一顆生雞蛋，從新娘的褲管內放進去，沿著大腿滾動，再從另一隻褲管裡拿出來。張揚一連將三個生雞蛋滾碎在了柳梅的褲子裡。再後來，張揚就癱倒在新房的梳粧檯下，打起了很響的呼嚕。

大家也不去管他，又繼續和柳梅鬧。他們要在柳梅身上滾生雞蛋。這次不滾褲管了，而是改滾袖管，從這個袖管滾進去，再從另一個袖管滾出來。說誰滾成功了，就拿著這個雞蛋退場。

可是，滾了一個多鐘頭，卻沒有一個滾成功的。

這些男人忽然間都變得笨手笨腳了，他們的手在柳梅胸口摸來捏去，裡面的雞蛋不是碎了，就是從襯衣下面掉到地上，跌了個粉碎。而且每個人都要搞很長時間。到後來，後面的人等不及了，就一齊起哄往前擁，結果一大堆人剎不住腳，一起跌倒在新房的婚床上。

只聽得最底下的柳梅慘叫了一聲。人堆裡有人喊：「快起來快起來，柳梅有身孕的，壓不得！」其中有個不懷好意的人，趁亂揪了一把柳梅的臉，頓時將她臉上的那一層化妝膜給扯掉下來了。

當時柳梅只顧著肚子了，臉上的事竟沒有察覺到。但別人都看到了。大家一看柳梅這副模樣，便沒了再鬧下去的興致，紛紛散了。只有張揚的媽媽見狀被嚇得驚叫一聲，暈了過去。

四、畫皮新傳

翌日早晨，當八九點鐘的太陽從雲層裡探出頭時，張揚新房的門也打開了。

張揚從裡面搖搖晃晃地走出來，懷裡抱著一床帶著血跡的床單，把它晾在了院子裡的竹竿上。過了會兒，張揚的媽媽出來了，她手腳顯得有些忙亂地打開院門，在外面撐起一隻三腳叉，然後將這根晾著床單的竹竿高高地舉了出去，遠遠看去，好像是在揮舞著一面日本的國旗。

張揚和柳梅結婚不到半年，就生了一個孩子。不過不是兒子，而是個女兒，取名叫張小蝶。

婆母的臉一直陰沉了好幾個月，背後跟兒子說：「她家騙了我們，我咽不下這口氣，她家不仁，我家也不義，只要你點個頭，老媽就是賣血，也要重新給你找個稱心的，給祝家留個種……」

張揚歎口氣說：「媽，這種罪受一次就夠了，還要我受第二次？」

婚後的張揚明白了一個道理——人們為什麼要那樣大操大辦婚禮？就是為了讓你不敢再來一次。

時間長了，當奶奶的便漸漸喜歡上了孫女，臉上漸漸淡出了陽光。張小蝶真是一個美人坯子，看見的人都說，這孩子真像現在的柳梅，活像是從她臉上扒下來的。

人人都知道柳梅臉上有層皮，即化妝膜，但你不在近處仔佃勘察，是看不出來的。柳梅白天走在大街上，仍能贏得很高的回頭率。晚上睡覺的時候，她才把化妝膜從臉上揭下來，讓皮膚透透空氣。從過門的第二天起，她就一個人睡在小閣樓上。家裡人除了婆婆，誰也沒有見過她傷殘的真面目。

張揚和柳梅的夫妻感情看上去還不錯。鄰居們說，結婚幾年來，從沒聽他們小倆口吵過架，難得啊。

鄰居們還知道，生下小蝶後的第四個月，柳梅就到醫院做過一次人工流產，醫生硬是在她的子宮裡放了環，說她不能再流產了，再流子宮就保不住了。

第9條婚規
八面埋伏

你們的糾紛不屬於我們警方管轄的範圍，甲魚妹如果要告自己的丈夫華冰重婚罪，或者想索回自己給柳冰冰女士的5萬元賞金，可以直接上法院去解決。

一、三角關係

一男二女吵吵嚷嚷鬧到了派出所。

華冰先生和甲魚妹女士，是一對三十歲左右的夫婦；而柳冰冰女士，則是人們常說的「第三者」。後者看上去比較年輕，約有二十五歲的樣子。不過，他們三個人的關係，又不是人們想的那樣簡單。

民警問道：「柳冰冰女士，你與這位華冰先生同居多長時間了？」

柳冰冰說：「有兩年多了。」

民警問：「同居之前，你知不知道華冰先生是已婚男士？」

柳冰冰說：「不知道。」

民警問：「你有沒有問過他的婚姻狀況？」

柳冰冰說：「問過。他說他沒結過婚。」

這時華冰插話說：「她說謊！她從來沒有問過我！」

柳冰冰生氣地反駁道：「你還好意思說我沒問過你，我問過你何止一次兩次？你騙我說，從來沒結過婚，不知道女人是啥味兒……說這些話，我都替你害臊！」

民警和藹地阻止了他們的爭吵，說：「下面請柳冰冰女士詳細地說一說，你與華冰先生相識的過程？」

二、中了埋伏

「那是二〇〇〇年吧，」柳冰冰回憶說，「我才二十二歲，大專畢業不久，我來到濱城創業，在服裝城裡盤下一家服裝店。」

「當時華冰的店正好埋伏在我的隔壁，他想方設法主動接近我，和我攀談。他對我說：『咱們兩個有緣啊，今後咱們一起相互幫襯吧！』」

「大家都是做生意的，我又不好意思拒絕他。有時他有事外出一會兒，就叫我幫他看店；有時我外出進貨、結賬什麼的，他也主動要求陪我一起去。一路上他主動把苦活累活包了。漸漸地，我對他就有了好感。」

「在一次進貨途中，他主動和我好上了。回來之後，他就搬進了我的住處，把他自己的出租屋退了。」

「為了慎重起見，我還帶他回家見了父母，我父母對他也比較滿意。可你一個已婚男人，這麼做是什麼意思？不是騙色騙財是什麼？」

華冰忍不住插話說：「你帶我見你父母，介紹說，我是你的朋友，又沒有說我是你的未婚夫，也沒談結婚的話，我有什麼錯？我騙你什麼了？」

柳冰冰氣得說不出話：「你！……沒見過像你這麼噁心的男人！」

「就是這個噁心的男人，他騙我和他同居。」柳冰冰繼續向民警訴說道，「不久，在他的再三要求下，我們一起將店面轉讓了，將所得資金合起來，到市中心盤下了一個更大的店面，我們兩個人一起經營，生意漸漸好起來。」

「我好幾次向他提出結婚的事，但他總以生意太忙為由，一推再推，一直沒有坦白他已婚的事實。直到二〇〇二年夏天，他才鬆了口，說來年的五一節一定把婚結了。過了不久，大約是〇二年的九月份吧，我無意中在《濱城晚報》上看到一則尋人啟事……」

說到這裡，柳冰冰出示了一張報紙。

民警接過報紙念道：「本人甲女士，家住蘇丁水江，丈夫華冰外出三年，杳無音信。現有消息說華冰在外做生意發了財，如有幫我尋到丈夫華冰及財產者，本人願支付現金五萬元以表酬謝！」

「甲女士，這個啟事是你登的嗎？」民警問道。

甲魚妹點了點頭。

「為什麼會登在《濱城晚報》上呢？」

甲魚妹說：「有人在濱城看見他的，告訴了我，我才想到尋人啟事這個辦法的。」

柳冰冰說：「當時我拿著這個尋人啟事，問華冰，他還不承認，還想繼續騙我，說那人不是他，是同名同姓。後來，這個尋人啟事又登了一次，這次加了華冰的照片，我一看，腦袋就炸了……」

柳冰冰邊說邊掩面而泣。

三、男人的辯解

民警轉而問華冰：「你妻子說你離家出走三年，華冰先生你怎樣解釋呢？」

華冰想了想，慢吞吞地說道：「我和甲魚妹都出生農村，甲魚妹比我大三歲，她看我家庭條件不錯，上中學時就開始主動追求我，後來我經不住她的誘惑，上了她的床，就像魚咬上了她的鉤，再也甩不掉了。後來經不住她的死死糾纏，被迫跟她結了婚，我家裡一直不同意的。結婚以後，她就露出了霸道的母老虎本色，逼得我離家出走……」

甲魚妹插話說：「你瞎說！你騙人！明明是你拋棄了我，拋棄了這個家！我比你大三歲不假，可是我從來沒有瞞過你呀，是你在中學時代千方百計的引誘我，把我騙到手的，說什麼女大三，抱金磚……沒想到結婚後不久，你就開始嫌棄我，扔下我一個人跑了，一跑就是三年……」

說到傷心處，甲魚妹忍不住哇哇大哭起來。

民警轉過來問柳冰冰：「當華冰先生有老婆孩子的真相暴露後，柳冰冰女士，你當時是什麼態度？」

柳冰冰說：「我非常傷心，當時我堅決要求和他分手，華冰他不同意分手，還恐嚇我，說我們已經同居好幾年了，如果讓我老婆知道，她告我們重婚罪，我們都要蹲監獄……」

華冰打斷她說：「我的意思是，我們先到外地去躲一躲，等安頓下來後，如果你實在要分手，到時咱們再算賬；如果你願意跟我過，我就回老家跟老婆離婚。」

柳冰冰說：「當時我違心答應了他的要求，同意他把服裝店盤了出去，總共得到了五十多萬資金，然後，他就帶著我跑了。我們跑到寧波，租了個房子住下來。」

第三天，他出去找開店的門面，我在家整理東西時，無意中發現了他的一張手機卡，出於好奇，我將這張卡放進自己的手機，一開機就蹦出來一條簡訊：「老公，你回來吧，我一定原諒你！」我急忙又翻看前面的簡訊，果然發現這麼一條，是華冰發給他老婆的：「親愛的妻，我現在還沒賺到多少錢，無臉回家啊！」當時我的心就涼透了……

華冰又打斷她說：「你蠢！你根本不懂我的心！我當時的想法是，既不想跟柳冰冰分開，又不想讓老婆繼續追蹤，這才買了一張新手機卡來糊弄老婆的，這點竅門，你還看不出來麼？」

四、絕不放過你

第二天，趁華冰出門找店面之機，柳冰冰不告而別，也來了個離家出走。又過了兩天，華冰先生的店面終於找好了，他去銀行拿錢，才發現大事不好。銀行的人告訴他：「你的帳號被法院凍結了。」

原來，柳冰冰出走後，想方設法找到了登「尋人啟事」的甲魚妹，將華冰「出賣」了。作為交換，柳冰冰說出了華冰的銀行帳號，甲魚妹則兌現給了她五萬元的賞金。

在此過程中，柳冰冰一直沒有暴露自己「小三」的身份。她說她只想追回一些自己受騙的損失，然後遠離這個可恥的騙子，遠離噩夢。

但華冰並沒有放過她。

華冰先是回到老家，回到老婆身邊，取得了老婆甲魚妹的原諒；然後華冰又追到柳冰冰的老家，向她討還5萬元的賞金。

「柳冰冰女士，當時你是怎麼回答他的？」民警問。

柳冰冰說：「當時我氣得渾身發抖，我對他說，幾年來，我被你騙得身破店亡，是五萬元能夠補償的嗎？你還好意思跑來跟我要這點錢，我真是瞎了眼啊，瞎了眼！」

華冰憤怒地插話說：「你這種態度，那我們只有通過法律來解決了。」

柳冰冰說：「大不了我們一起坐牢，我怕什麼？」

民警再次阻止了他們的爭吵，很平靜地對他們說：「你們的糾紛不屬於我們警方管轄的範圍，甲魚妹如果要告自己的丈夫華冰重婚罪，或者想索回自己給柳冰冰女士的五萬元賞金，可以直接上法院去解決。」

於是，這一男二女又吵吵嚷嚷地出了派出所，一路扭打著向前走去……

第10條婚規

亂是佳人

「這是什麼？」華冰指著甲魚妹的大腿根那兒問。

她低頭一看，那兒好像用簽字筆劃著一朵花什麼的。她的頭頓時轟的一聲，臉上騰地一下燒了起來，她嘴裡不知咕了句什麼，用力將腿從老公手裡拔了出來……

一、狂風大作

那天下午甲魚妹走在大街上，突然狂風大作，她的裙子被吹得翻捲上來，幾乎裹住了頭，頓感涼風在光裸的大腿間恣意穿行，她的雙手只好拚命地往下壓住裙子，眼前到處是紙片、塑膠袋兒、樹葉之類的亂飛亂舞，源源不斷的灰塵、沙粒打在臉上，加上亂髮纏繞，她根本無法睜開眼睛……

就在這時，她被撞倒了。

和甲魚妹相撞的是一個男人。這個男人和她一起摔倒在了地上。甲魚妹感到兩隻膝蓋頭疼得鑽心，她想看看自己的膝蓋，看看是什麼東西撞了她，可她什麼也看不見，她的裙子完全被風吹得翻捲上去，裹住了上半身。

如果當時有部攝影機把這個場面拍下來，甲魚妹看了以後肯定連鑽地洞的心都有。幸好當時並沒有什麼攝影機，周圍倒是有許多人，可是大家都被風吹得七倒八歪，且睜不開眼睛，有幾個人看見甲魚妹這狼狽的一幕，還真不好說。

當時甲魚妹躺在地上，第一本能反應是把裙子往下捋好，這才看見和她相撞的那個男人——他正忙著撲救滿地飛揚的雜誌和報紙——那些雜誌被風吹的，像野兔一樣滿地亂竄，那些報紙就更不用說了，像鴿子一樣早飛得沒有了蹤影……看到男人這副撲來撲去的狼狽像，甲魚妹忍不住坐在地上笑了起來。

男人關心地問她有沒有傷著，她說：「沒有沒有，你能幫我叫一輛計程車嗎？」男人聽罷，就跑到馬路上去叫計程車。只見他張開兩條手臂，像打旗語似的衝著計程車大幅度擺動著，可那些計程車像被他嚇著一般，紛紛繞開他逃走了。

在這個城市裡，碰上惡劣天氣，打車比買車還難。甲魚妹看見男人這誇張、古怪的動作，不覺又笑了起來。這一笑，恰好被轉身過來的男人看見了，他也有些害羞地笑了起來。

男人看見了她正在流血的膝蓋，對她說：「你可以先休息一下，處理一下傷口，等風小一些再走。」甲魚妹沒作聲。男人又說：「我家就住在樓上（說著他的手向頭頂上指了指），如果你信得過我的話……」甲魚妹還是沒作聲。男人又說：「那你坐在這裡等一下，我回家拿點碘酒什麼的，送過來。」

說著，男人就住一個門洞裡走，進門之前，他又停住了，轉過身來，笑著問：「你會在這裡等我嗎？」

甲魚妹這才第一次正面看清這個男人（剛才太近沒好意思看），只覺得臉上一熱，趕緊移開了目光……

二、紅杏出牆

此後，兩人陸續有一些交往，但只限於喝喝茶、聊聊天、聽聽音樂之類。

約半年之後，他們的關係才進入實質性階段。

這天下午，甲魚妹從單位裡溜出來，來到男人的單身寓所，聽一張新唱片。然後男人邀請她跳舞。由於地方小，他們只能跳那種貼在一起的情人舞。兩人跳著跳著就進入了狀態……

甲魚妹在他的親吻中忽然夢中驚醒似的說：「不行，我不能這樣，我不能失去我的家庭……」

男人說：「你可以什麼都不失去，我不會這麼要求你……」

甲魚妹通紅著臉，一邊喃喃著「不行，不行……」一邊往外走。

男人也沒有強行攔她。甲魚妹出門後不久，又回過頭來敲門，說她的包丟在這兒了。這次男人在門口不由分說地把她抱住了。

坐公車回家的路上，甲魚妹一直沉浸在對剛剛發生的往事的回憶之中。她滿面紅暈，臉上的表情變幻莫測，嘴裡不時喃喃自語，別說別人，連她自己都覺得自己不正常了。後來她碰巧找到一個座位，她坐下來之後，就一直把臉埋在臂膀裡，再也沒抬起來，以至坐過了好幾站路……

在整個進入實質的過程中，她記得自己一直是反抗的，他每往前走一步，她的反抗就進一步，不過這樣的反抗反而激起了他雄性的慾望，他的動作越來越粗野，兩個人從床上滾到床下，扭打成一團……

當然，這也是她有生以來感覺最新鮮、最濟淋盡致的一次。

三、私處的花朵

萬事開頭難。有了第一次，以後的第二次、第三次便接踵而至。

每次從他那兒回來的路上，甲魚妹幾乎都要咬牙切齒地下一次決心：「這是最後一次，最後一次，下次再也不能了，再也不能了……」因為馬上一到家，她就要面對老公的眼睛，這是她最難受的時刻。一旦過了這個時刻，一切的一切，便又重新回到了起點。

有一次甲魚妹從他那兒回到家，老公還沒有回來，她匆匆吃了點飯就躺到浴缸裡洗澡。洗到一半，老公回來了，不知怎麼他忽然來了興致，說要和她共浴。她也不好拒絕，但總覺得心裡挺彆扭的。老公進來後，她不得不坐在浴缸裡，給他騰一塊地方。她藉口浴缸太小，太擠，站起身要出去。這時老公一把拖住了她：

「這是什麼？」華冰指著她大腿根那兒問。

她低頭一看，那兒好像用簽字筆劃著一朵花什麼的。她的頭頓時轟的一聲，臉上騰地一下燒了起來，她嘴裡不知咕了句什麼，用力將腿從老公手裡拔了出來……

華冰自然要追著她問個究竟，她的大腦經過幾分鐘的運轉後，想到了一個神秘的理由：「這是算命瞎子叫我畫的，說是避邪的，誰曉得它是什麼意思？」

甲魚妹就這樣藏著她的秘密，一天一天、一次一次地過著她的日子。

一天中午，她應男人之約到一家餐館吃龍蝦。不想在那裡她碰見了不該碰見的熟人——老公的表姐和姨娘。她們問她和誰來的？她只好說是自己一個人來看看的。姐姐和姨娘當然要邀請她一起品嚐龍蝦。她想推掉是不可能的，也沒有理由。她只好假裝欣喜地應承下來，並說她要請客。

甲魚妹藉口上衛生間，趕緊給她的情人打電話，告訴他今天不要來了，因為她在這裡碰見了不該碰見的人。

甲魚妹坐回餐桌旁，抓起第一個龍蝦，這隻渾身通紅的龍蝦卻像活的一樣從她手裡跳開了，並從桌上一直滾到姨娘的大腿上，而甲魚妹的眼睛並不看著這隻犯事的龍蝦，而是盯著門口剛進來的一個男人。

她們順著她的目光看去，立刻就隱約猜到是怎麼回事了。

當然這過程也就一兩秒鐘的時間，但對有些事情來說，有這點時間也就足夠了。

姐姐倒先不好意思了，問甲魚妹：「你認識他啊？」

甲魚妹支支吾吾地：「不，他很像我們的一個同事，我的頂頭上司。」

那男人一邊往裡走，一邊朝這裡隨隨便便看了一眼。甲魚妹的表情又怔了一下。這一下又被精通此事的另兩個女人看在眼裡。

男人一直走了進去，估計是進了哪個包廂。甲魚妹一面故作鎮定，一面不安地蠢蠢欲動。

為了掩飾自己的不安，她低下頭去，全力以赴地對付著一隻紫紅的龍蝦，然而由於用力過猛或者力用的不是地方，龍蝦在身體斷裂的同時，也將牠體內的湯汁濺到了不該濺的地方，比如甲魚妹的身上、臉上……

甲魚妹說：「今天的龍蝦都成精了……」

說著，甲魚妹站起身，說要再去一趟洗手間。

甲魚妹直奔他們預訂的包廂。

自然，他正在裡面，眼睛直直地盯著門口，好像知道她要來似的。他走過來，銷緊了門，然後一把抱起她，坐到餐椅上，並讓她騎在他身上。甲魚妹喘著粗氣，困難地說：「不行，她們在外面呢，她們會來找我的……」

然而，和以前一樣，事情在她的掙扎扭動中很快地解決了。

甲魚妹對著自己隨身攜帶的小鏡子，梳理打扮一番，但她怎麼也抹不掉臉上騰雲而起的一片紅暈。她等了一會兒，又等了一會兒，直到她認為不能再等了，才咬著牙，打開門，走了出去。她臉上的那一片紅雲，自然是有增無減。

四、最後一次

時間又過了半年左右。甲魚妹和她的情人終於鬧翻了。

這天中午，甲魚妹在市中心的一家大商場逛著，忽然她瞥見了一個最讓她動心的身影，不過這個身影旁邊還有另外一個美女的身影。甲魚妹悄悄走近了看，那情種正在悄悄地吻那姑娘的後頸呢。

失控的甲魚妹立刻就衝了過去，她用手上的小坤包連連拍打著那個多情種。

那男人反應過來，用他的老辦法很熟練地將她制住，然後像挾持人質一般，將她一直挾持到商場外面，一直挾持到計程車上，然後再一步步往他寓所的樓上挾持。

男人的寓所在四樓，挾持到第三層的時候，甲魚妹的反抗越來越激烈起來，挾持變得寸步難行了。甲魚妹滿臉淚水，頭髮披散，兩眼通紅，活像個女鬼，她一邊咬牙切齒地罵著騙子、流氓之類的字眼，一邊毫無章法地企圖掙脫他的控制，男人也不得不全力以赴地下狠勁對付她。

男人暗想，這女人真不願意的時候，還真拿她沒辦法，除非殺了她。

這樣子又搏鬥了一陣，男人忽然心一橫：「不上樓就不上樓，就在這裡辦了吧！」

接下來的事，說它是一個強姦事件也毫不過分，因為它具備了強姦的一切要素，特別在它的開始階段。整個過程兩個人是站立著完成的，而且整個過程，這樓道裡居然沒有一個人經過。

當然甲魚妹是不會告他強姦罪的。每次甲魚妹都是反抗的，都是說了無數個不行不行的，雖然每次也是她自己送上門來——這樣的反抗和不行，除了增加當時的快感，事後也會削弱她內心的愧疚。

「這次是真的最後一次了，這個騙子，流氓……」回家的路上，甲魚妹一遍又一遍地抹著眼淚，發著狠。

五、失蹤的情人

接下來約有兩個星期，甲魚妹沒有給她的情人打電話，對方也沒有打她的手機。以前他們之間也發生過這樣的事，但從來沒有超過兩星期。

在打破記錄的這一天上午，甲魚妹在單位被告知有人找她。

甲魚妹以為是那個厚臉皮男人來了，她準備好了應有的表情，忐忑不安地來到接待室，一看——來人卻是兩個員警。

他們告訴他，那個男人失蹤了，他們來向她瞭解一些情況……

這天晚上，洗衣服的時候，甲魚妹在老公的衣服口袋裡發現了一只信封，信封裡裝著幾張照片，上面的主人公正是她和那個男人，至於地點一眼就能看出來——就在那個男人住的公寓的樓下。

甲魚妹的頭轟地一下，全暈了……

「這是誰照的？什麼時候照的？老公怎麼從沒提起？他不是一直都被蒙在鼓裡嗎？」

甲魚妹的頭都要開裂了。最後，她把信封和照片按原樣塞進衣服口袋，扔進了洗衣機。

六、狂風再起

第二天，甲魚妹在單位無心上班，找個機會溜了出來，來到了以前她經常來、又經常發誓不再來的地方。

她抬起頭，朝那幢公寓的四樓望去。

突然間狂風大作，她的裙子被吹得翻捲上來，幾乎裹住了頭，頓感涼風在光裸的大腿間恣意穿行，她的雙手只好拚命地往下壓住裙子，眼前到處是紙片、塑膠袋兒、樹葉之類的亂飛亂舞，源源不斷的灰塵、沙粒打在臉上，加上亂髮纏繞，她根本無法睜開眼睛。

就在這時，她被撞倒了。

和甲魚妹相撞的是一個男人。這個男人和她一起摔倒在了地上。甲魚妹感到兩隻膝蓋頭疼得鑽心，但她的第一本能反應是把裙子往下捋好，這才看見和她相撞的那個男人——他正忙著撲救滿地飛揚的雜誌和報紙——那些雜誌被風吹的，像野兔一樣滿地亂竄，那些報紙就更不用說了，像鴿子一樣早飛得沒有了蹤影……

看到男人這副撲來撲去的狼狽相，甲魚妹忍不住坐在地上笑了起來。

男人關心地問她有沒有傷著，她說：「沒有沒有，你能幫我叫一輛計程車嗎？」男人聽罷，就跑到馬路上去叫計程車。只見他張開兩條手臂，像打旗語似的衝著計程車大幅度擺動著，可那些計程車像被他嚇著一般，紛紛繞開他逃走了。在這個城市裡，碰上惡劣天氣，打車比買車還難。甲魚妹看見男人這誇張、古怪的動作，不覺又笑了起來。

終於有一輛計程車停住了。

男人殷勤地為她打開車門，甲魚妹兩手直直地護住裙子，亂髮飛舞著，走過去，鑽進了車。

隔著車窗，她朝那個男人做了個拜拜的手勢，燦爛一笑。男人也報以一個瀟灑的手勢。計程車頂著狂風，絕塵而去。

第11條婚規
鮮花牛糞

小卞整天在電腦上看黃A片，時間長，聲音大，黃杏提了幾次抗議，讓他把房門關起來看，別影響小孩子。小卞就是不聽。最後小卞終於發作了，隨手操起一張塑膠凳子劈頭蓋臉地暴打了她一頓……

一、活著是硬道理

蓓蓓打電話來，哭哭啼啼地告訴父親，小卞打了黃杏，把黃杏打傷了，把她的鼻樑打斷了，滿臉的血，現在她正陪黃杏在醫院裡看急診。她還補充說，小卞是用板凳砸她的。

父親說：「小卞是哪個啊？我不認得！」說罷就故作平靜地掛了電話。

但老頭子的這句話，還是被耳朵不好的老太聽見了。她一下子警覺起來，像警犬嗅到了可疑的氣味，盯著老頭子問：「哪個啊？小卞啊？那個神經病啊？他怎麼了？出什麼事了？」

老頭子渾身還微微地顫著，聲音因而也微微地顫著：「小卞是哪個啊？我不認得！」

很快，電話又響了。這次是老太搶過去拿起了話筒。

這天是二〇〇三年的五月一號，勞動節。這段時間因為鬧「非典」，各地五一長假都取消了。所以在這天，這個江南小城的不少單位都在正常上班，正常勞動。人們被一遍遍地警告：「平時應盡量待在家裡，不要上街，不要去公共場所，更不要擅自離開本地。」

「黃杏和小卞今天大概都放假在家吧？多好的事啊。」老頭子心想，「你不好好享受勞動者的光榮節日，打什麼架呢？」看來人不能閒著，老頭子心裡琢磨，更不能悶在家裡沒事幹，又無處可去，無人可交。俗話說：「下雨天打孩子，閒著也是閒著。」他們一定是孩子捨不得打，就自己親自幹上了。

隨著非典在全國、在這個小城鬧得越來越凶，老頭子心裡就越來越為這對女兒女婿擔心了。你想啊，這樣嚴峻的精神壓力，普通人、正常人都難以承受，更何況小卞這樣的精神病人呢？……

雖然老頭子嘴上從來沒有承認過小卞這個小女婿，但在心裡，他還是希望他們能好好活著，別出什麼事。誰都知道，活著才是硬道理嘛。

老太婆接到大女兒蓓蓓的電話報告，激動得滿面通紅，在家裡又蹦又跳，又吼又叫的：

「活該，活該，打死了都活該，誰叫她不聽我們的話，嫁給那個神經病的？我早就說過了，她黃杏早晚有這一天，她早晚要被那個神經病打死，打死了都沒處申冤，他神經病，打死人都不帶償命的啊！我家黃杏命怎麼這麼苦啊！」

氣歸氣，罵歸罵，女兒的事卻不能不管啊。老太婆還是立馬丟開家裡的事情，屁顛顛地趕到醫院看黃杏去了。

二、吃錯了藥

老太婆這天很晚才回家。她還從醫院裡買了個小藥包，說是放在身上抗非典的，五元一個，好多人排長隊買呢。

回到家的老太婆精神亢奮得不行，一二三四五六七，與其說向老頭彙報情況，不如說是她在慷慨激昂地發表演講。

聽了半天，老頭才理出點頭緒，今天他們夫妻打架的原因很簡單。小卞整天在電腦上看A片，時間長，聲音大，黃杏提了幾次抗議，讓他把房門關起來看，別影響小孩子。小卞就是不聽。黃杏替他關房門，小卞就開房門，如此重複幾次，小卞終於發作了，隨手操起一張塑膠凳子劈頭蓋臉地暴打了她一頓……

「幸好是塑膠凳子，如果是木頭凳子，黃杏今天肯定要被砸死了。」老太婆聲淚俱下地說。

「活該，誰叫她去惹他的？」老頭終於小聲咕嚕了一句。

老太婆立刻就憤怒了：「放你的屁，照你這麼說，小卞看A片，打老婆，倒是黃杏不對了？」

老頭立刻又裝聾作啞了：「小卞是哪個？我不認得。」

說罷，老頭顫微微地開了門，跑到院子裡去了。

老頭子嘴上不說，但心裡也是在家翻江倒海一整天了。老百姓的一句名言是怎麼說的：「黃杏是鮮花插在了牛糞上。」不過老頭心裡一直另有看法，如果一個人明明知道那是一堆牛糞，他還把鮮花往上面插，這又怪誰呢？

當然，結婚前，黃杏並不是「明明知道」那是一堆牛糞的。也許，那堆牛糞被小卞掩蓋得很好，美化、偽裝得很好，讓黃杏一點都看不出來，一點都不知道那是牛糞，還以為那是一堆金子。這不能怪黃杏不聰明，只能怪小卞太狡猾了。

當時小卞是怎麼掩蓋、美化那堆牛糞的，老頭亦略知一二。這是老頭事後總結出來的，說出來那點騙術並不複雜，無非：一是他吹噓自己是個大款，炒股票炒了幾十萬，幾百萬；二是他很早就把黃杏辦了，並讓她懷上了，讓她根本沒有多餘的時間來嗅出牛糞的味道。

小卞和黃杏可以稱得上是閃電式的結合：從介紹認識到領結婚證，他們只用了三個月不到的時間。而他們的女兒，在他們婚後第七個月就出生了。

結婚前，黃杏沒看出小卞是一堆牛糞，這不是黃杏的錯。但當時，很多人都看出來了，都偵察出來了。他們大多是黃杏的親朋好友，他們得到的可靠情報是——

小卞根本不是什麼大款，他在電視臺的工作也不是正式工作，不過是個臨時性質的合同工。要命的是，小卞曾長期和一個有孩子的有夫之婦同居，直到現在關係還沒斷；這條還不是最要命的，最要命的是，小卞有過精神病史，曾在精神病院裡住過一年多。直到現在，他單位裡的同事提到小卞，都說他是個神經病，平時沒人敢答理他。

好了，現在，如果一定要打鮮花與牛糞這個比喻，這話可以這樣說了，黃杏在「明明聽說」對方是一堆牛糞的情況下，還堅持要把自己這朵鮮花往上面插，這，怎麼好單方面追究牛糞的責任呢？

黃杏決定和小卞領結婚證時，老頭老太都堅決反對過，堅決阻止過，甚至最後不惜以斷絕關係相威脅，但黃杏不知是吃錯了什麼藥，還是烏龜吃秤砣——鐵了心，堅持要跟小卞，這能怪誰呢？

小卞和黃杏的婚禮，老倆口沒有去參加。以後的好長時間，老倆口都堅持不理睬他們。

但女兒畢竟是自己身上掉下來的一塊肉，可以一時不認，但很難做到一世不認。時間從來是治癒一切創傷的最有效的良藥。終於，小外孫女兒成了老倆口下臺的臺階，他們認了小外孫女兒，不就等於認了女兒這門婚姻嗎？

但事情並非如此簡單。認了小外孫女兒，老倆口還是堅持不認小卞這個女婿，更談不上讓他進門了。老頭更絕，他打心眼裡根本就不承認小女婿的存在，假如有人在他面前提到小女婿，提到小卞，他總是裝聾作啞地問：「小卞是哪個？我不認得。」

三、神秘光環

在婚後的好幾年時間裡，小卞一直沒有放棄對牛糞的掩蓋、偽裝和美化工作。雖然這項工作的難度比起婚前要艱難了許多。牛糞的氣味、形象什麼的，時不時會出其不意地暴露出來，這時候，小卞都會盡最大的努力去掩蓋，去補救。小卞對黃杏一直成功地保持著「大款」和「藝術家」這兩大神秘光環。

直到去年，小卞出了點事。這事直接影響到了他頭上的那第二個光環。

小卞出了點事的情況是這樣的：由於受經濟不景氣的影響，俄羅斯的紅燈區已經呈公開的經營景象，俄羅斯的電視臺，已經有了女播音員邊播音、邊脫衣的驚世駭俗之舉，新聞與脫衣女郎成為最搶眼的俄羅斯的一道靚點風景……

當然，俄羅斯的「裸播」事件和小卞並沒有什麼直接關係，但如果小卞把這個「裸播」的鏡頭長時間地播放出去，那就是另外一回事了。這天夜裡，輪到小卞在電視臺值夜班，為了消磨難熬的時間，小卞習慣性地從資料片庫裡找出幾盤碟片，其中就有前面提到的俄女「裸播」資料，他像往常一樣，舒服地坐在沙發椅裡，翹起二郎腿，一邊抽煙，一邊進進退退地欣賞了起來，沒有想到的是，他居然忘記關閉向外發射的機器了……

結果可想而知，此事一出，小卞就很難和電視臺有什麼關係了。

事後大家都嘲笑小卞，說只有他，會把最不應該忘記的事情忘記了。

電視臺的領導還由此受了上面的一陣刮：「怎麼把一個神經病放在電視臺這樣重要的崗位，還讓他值什麼夜班？」電視臺領導有苦說不出：「你不讓他值夜班，那讓他值白班？白天出豁子，影響豈不更大？」

這下好了，電視臺給了小卞一筆錢，總算除掉了一個心腹之患。

從此，小卞就成了一個名符其實的「坐家」，或者說，從一個職業電視人，變成了一個職業的電視觀眾。

但過了不久，小卞就對坐在家裡當職業電視觀眾厭倦了。當然這怪不得小卞，換了任何一個男人，也會對中國的電視節目產生厭倦的。

幸好現在江城普及了網路，而且是寬頻，網上有很多小卞感興趣的東西，可以線上觀看，也可以下載保存，那是小卞怎麼也看不完，怎麼也下載不完的。

時間長了，家裡人不免要為小卞煩工作的事。可沒聽說嗎？這年頭，找工作比找老婆還難呢。小卞，一個三十多歲的大專畢業生，要文憑沒文憑，要技術沒技術，上哪去找好工作呢？再說那些亂七八糟的工作，和原來的電視臺能比嗎？小卞絕對丟不起這個臉啊。

那些為小卞到處找工作的人，統統被小卞罵了一頓，就再也不敢在小卞面前談工作二字了。他們問小卞：「這輩子，難道你就不想再找工作了嗎？」小卞回答說：「哪個說我沒有工作？炒股不是工作嗎？再說，就算我不炒股了，吃股本的利息也夠吃一輩子了。」

大家一聽，作聲不得，因為誰也不知道他的股本到底有多少。

小卞雖然不慎丟掉了頭上的作家、藝術家的光環，但剩下的這個大款、炒股專家的光環，他還成功地保持著。

四、枯萎的鮮花

再說黃杏這朵鮮花。

黃杏自從懷孕、生養小孩起，就一直下崗在家，算得上是個年輕的職業家庭婦女。

後來，她看到老公下崗，心裡就沉不住氣了。夫妻兩個，一個都沒有工作，這算怎麼回事啊？就像小船上沒有槳，風箏上沒有線，叫人怎麼有安全感？

雖然小卞還是和以前一樣，每月給她一千元生活費，但她知道，這一千元和一千元是不一樣的。現在這錢，給一千就少一千，就像是水缸裡的水；而以前的一千元，這個月給了，下個月單位還會發，就像是井裡的水。水缸裡的水和井裡的水能一樣麼？

更重要的是，她一直嚮往的房子和車子，還會有麼？

這裡要補充說明的是，黃杏和小卞結婚後，一直沒有房子，他們現在住的這一室半廳的舊房，是臨時租來的，所以也沒有裝潢，看上去灰不溜秋、破破爛爛的，裡面的幾件舊傢俱，有的是朋友送的，有的是從舊貨市場買來的。從結婚到現在，黃杏都不曾把她的親戚、朋友帶到家裡來過，因為這「家」實在是太寒酸了，她總是跟他們這樣說：「等我們買了車子、房子、搬了家，再請你們來玩啊。」

從結婚到現在，小卞幾乎每天都在談他的房、車計畫，有時是對黃杏談，更多的是對他的朋友們談。他說房子車子是大事，不能馬虎，要搞就要一步到位，比如房子一定要別墅，帶花園和車庫，最好要帶游泳池，車子呢，至少是全進口的，開國產車沒有名氣，等等。

黃杏也拿這樣的話一遍遍地對她的親朋好友們說。到後來，她的那些親朋好友都這樣問黃杏：

「你的耳朵有沒有長繭？」

「小卞的嘴皮子有沒有長繭？」

他們甚至還半開玩笑地說：「小卞在家裡騙她，她就出來騙我們，我們又不是二十二歲的大姑娘。」

是啊，五年了，黃杏如夢初醒——她是二十二歲認識小卞，並被他上了身的。

黃杏漸漸地也開始懷疑：小卞會不會在騙她？

這個可怕的念頭在她腦海裡一閃，她頭頂上就似乎響起了一陣隆隆的雷聲。

漸漸起，她開始聽得進親朋好友們的勸告了，她還主動和他們商量起對付老公的計策。他們教她，給小卞限定期限，拉著小卞去看房、訂房，等等。

黃杏給小卞規定的最後買房期限是二〇〇二年底。

就在這個期限即將到來的前幾天，小卞在電視臺出了事，被勒令下崗了。

五、「作」愛專「家」

從表面看，小卞對自己下崗一點也不焦急，一點也不懊喪，甚至，看上去還有點沾沾自喜、有點因禍得福的味道。有一天黃杏憂心忡忡地再一次向他提起房子問題時，小卞第一次聲音洪亮、理直氣壯地回答她說：

「都下崗了，能吃飽飯就不錯了，還房子車子呢，以後再說！」

這是小卞自結婚以來對房子車子的第一次明確的反面表態。

黃杏一聽不幹了，怎麼一直說著的、盼望著的、在眼前晃悠著的東西，說沒就沒了呢？黃杏可是把自己一輩子的賭注都押在它上面了——就是說，黃杏這輩子就靠它活了！不是為這個，她會嫁給他小卞？可此刻，黃杏面對小卞，乾張著嘴，一句有力的話也說不出來……

吃飯？是啊，這輩子，他們至少還要吃三四十年的飯呢，這三四十年的飯加起來，得花多少錢啊？……

但黃杏想來想去還是不甘心。難道她這一輩子，還有孩子，就這副窮樣過下去了？他們一輩子就住在這樣一個又小又破的「花子窯」裡面？看她的那些親戚朋友，吃的，住的，家家都比她好，她在他們面前總也抬不起頭來。平時，她除了帶孩子上街，就是和孩子一起縮在家裡，羞於見人。

小卞呢，他反正是個專業「坐家」，一天到晚釘子似的釘在電腦跟前，看看黃片，和美眉聊聊天，懶得和她們母女說句話。但到了深更半夜，甚至凌晨時分，已在被窩裡熟睡的黃杏又常常會被他弄醒，然後被他臭烘烘的身體壓在下面。

下崗以後，他這方面的慾望好像更強了，「那事」好像成了他天天必修的功課了，他簡直成了一個「作」愛專「家」了。

黃杏對這種事，漸漸有了噁心的感覺，而且越來越嚴重。

更要命的事，這種感覺，她還不好和別人說。她總不能傻乎乎地告訴別人，小卞有不洗腳、光身子睡覺的習慣，而且也要求她光身子睡，睡在一個被窩裡。這樣裸睡的結果，夜裡他常要發洩好幾次。

剛結婚那會兒，黃杏也就依著他了，不管男人女人，對什麼事都有個新鮮勁兒是吧。但一年後，黃杏被查出得了一種治不好的婦科病，醫生說這是同房不衛生引起的。從此，黃杏就對「那事」冷淡了許多。特別是現在，都老夫老妻了，女兒都四五歲了，還這樣搞，黃杏就接受不了了。

三個人一個被窩，每次都會把女兒折騰醒，你讓一個女人如何啟齒？

有些話雖然黃杏本人不好意思說，但她的婦科病是瞞不住的，大家都知道是怎麼回事。這事也傳到了老頭老太耳朵裡。老頭當然還是裝著沒聽見，老太卻增添了一個咒罵小卞的理由。

黃杏終於不想待在家裡陪「坐家」了，她想出去找份工作，最好是天天上夜班的工作。

黃杏的這個念頭在心裡變得越來越堅決。她的想法當然也得到了自己父母的全力支持。

黃杏先是把女兒送進了幼稚園，然後把自己送進了一家廣播電臺，做夜間播音員。

小卞開始堅決反對她幹這種工作，說：「你拚死拚活跑來的錢，還不夠小孩交學費。」小卞還說：「你就老老實實在家帶小孩，我又不是養不起你。」

黃杏是這樣回答他的：「你養隻雞，還要給牠搭個雞窩呢。」

小卞大怒說：「這話是哪個教你說的？你硬是被你的那些親戚朋友教唆壞了。」

黃杏說：「我後悔沒有早聽他們的話，我瞎了眼，才跟了你，看看人家，再看看自己，我過的那叫什麼日子？」

走出家門的黃杏，接觸到了更多的人，和別人有了更多的相互傾訴、交流經驗的機會。大家都為黃杏鳴不平，都為她這朵鮮花感到可惜，都紛紛給她出主意，教給她許多和老公及公公婆婆作鬥爭的技巧。

發展到後來，連小卞的姐姐姐夫都站到了黃杏這邊，他們也幫她出主意，教她怎樣和小卞及公公婆婆鬥爭。他們當黃杏的面，罵小卞這個神經病，太不像話了，好好的工作糟掉了，現在又不找工作，又不弄房子，這樣下去，這個家都保不住呢。

六、「糞」相大白

黃杏問他們：「小卞在股市裡到底有多少錢？」小卞的姐姐說：「具體多少我不曉得，最多十幾萬吧。」

黃杏聽了，不禁大失所望，臉都發白了。十幾萬，還買什麼別墅汽車啊，連一般的商品房都買不起啊。

「那他告訴你他股票有多少錢啊？」小卞的姐姐問。

黃杏神情呆呆地說：「他也沒告訴我有多少錢，只是老聽他說，要一步到位，要買別墅，買轎車，也聽他的朋友們說，他是炒股高手，是大款，我想他總有百把萬吧……」

小卞的姐姐轉過臉，捂著嘴，哧哧地笑。

七、戰爭升級

「這個小卞，這個神經病，太不像話，太不像話了！」老太婆看望受傷的女兒回來，通宵未眠，嘴裡一直和老頭子打仗：「這次不好好的教訓他一下，下次他就要拿刀子殺人了！」

老頭子被她吵得整夜沒覺睡，半夜從床上爬起來，跑到院子裡去避清靜。

老太婆卻不放過他，追到院子裡去和他理論：

「你說黃杏還圖他個什麼？老太婆激動地喊道，乾脆離了算了，這次蓓蓓也主張她離，我是堅決支持她離，小卞他一個神經病，一個流氓，一個社會人渣，還有什麼好留戀的？她早就該和他離了——她早就不該和他結婚！這個小×，自作自受，自作自受啊！不聽老人言，吃苦在眼前啊！以後打死她的日子在後頭呢！活該，活該，打死了都活該，哪個叫她不聽我們的話，跟那個神經病的？我早就說過了啊，她早晚有這一天，要被那個神經病打死，打死了都沒處申冤，他神經病，打死人都不帶償命的啊！」

老太婆罵女婿不解恨，又罵到自己女兒身上去了。她全然沒有注意到，這深更半夜，上下左右的鄰居都被她吵醒了。

老頭子壓低聲音斥責老伴：「現在幾點了？你吵得我不得覺睡，也想吵得人家不睡覺啊？你還罵別人神經病，看看你自己，也離神經病不遠了！」

經過老頭的提醒，老太婆的聲音一下子低了八度：「我想找人，先把小卞揍一頓，先替黃杏出了這口惡氣，再到法院去起訴離婚！今天我們一直找小卞，到處找小卞，埋伏在他家門口候他，要揍他，小卞嚇死了，這個神經病，不曉得跑到哪裡去了……」

老太婆說著說著，聲音不知不覺又提高了。

老頭見勢不妙，趕緊拉老太婆踅回了屋內，把門嚴嚴地關上了。

八、暗號照舊

第二天是五月二日，勞動節的第二天。為了防「非典」，防止人們走親訪友或外出旅遊，不少單位都採取了上一天班、放一天假的策略。不少住宅小區都採取了軟性封鎖政策，外人一律不得入內。

黃杏出院後，暫住在姐姐家裡。老太婆幾乎整天都在和她們姐妹倆通電話。她在電話裡遙控指揮著一場戰役，一會兒慷慨激昂，一會兒諄諄善誘，一會兒動之以情，一會兒曉之以理，不停的在出謀劃策，解招拆招……

到了晚上十點多鐘的時候，家裡的電話再一次響了起來。這次是老頭接的，因為老太婆經過一天一夜的緊張戰鬥，已經累趴下了，倒在床上睡著了。

電話裡是大女兒蓓蓓的聲音，她問：「媽呢？」

「她睡了，要叫她吧？」老頭說。

「不要不要了，」蓓蓓說，「我也沒什麼事，就是告訴你們一聲，黃杏回家了……」

「啊？」

「剛才小卞喊了計程車，到我家來，把她接走了……」

「啊。」

「他向黃杏賠禮道歉的，說他當時喝多了……」

「噢。」

這時老太婆從床上警覺地抬起頭來，問：「哪個啊？」

老頭趕緊放下電話，說：「沒有哪個，是語音資訊，……」

「什麼語音資訊？」老太婆的神情越發警覺了。

「防非典的。」

「說什麼啊？」

「說是……我想想……」老頭想起了白天在晚報上看到的一條手機簡訊，就把它大聲背了出來——

「專家提醒：戴口罩並不能有效防範非典，因為肺在人的胸部，所以，欲防非典，帶胸罩才是必須的，無論男女，外出時一定要多帶胸罩……」

第12條婚規

裝聾作啞

鍾山問冷豔：「既然你知道我沒什麼病，為什麼還要按摩這麼長時間？」

她想了想，答道：「你的病只是沒有你說的那麼嚴重。你的耳朵我看主要還是精神障礙，從精神分析角度看，一個人聽到噪音或者聽到他怕聽見的聲音時，耳朵會突然失聰……」

一、霸王別姬

這天下午，我正躲在家裡玩遊戲機，突然聽見有人敲門。我豎起耳朵，沒錯：「是我家的門，防盜門。」嘡嘡嘡，又聽見了三下。我打不定主意要不要答應。我猜會是哪個呢？一些可疑的人飛快地在我腦子裡閃過。我無法確定。我準備聽聽他的聲音再說。他如果有急事，一定會再敲的。

防盜門又輕微地響了兩下，然後就沒聲了。

一個小小的懸念。不管它。我操起滑鼠，繼續玩我的遊戲。

我慶幸自己有一份不算太糟的工作——電大教師，用不著天天去辦公室坐班，一年至少有一半時間可以實現把自己鎖在家裡打遊戲的願望……

噹噹噹！門又被敲響了，而且敲得很響。我心裡一驚，忙憋住呼吸。

噹噹噹！「鍾山！」有人憤怒地喊我的名字。

是孫燕！我老婆！「對不起。」我說。

老婆回家是特意叫我去看電影的。一部挺紅的片子：《霸王別姬》。

二十六元一張票。她找了個熟人，可以不買票。

「怎麼回事？叫半天門你都不睬，你耳朵聾了？」當時老婆很不滿地說。

「什麼？你說什麼？」

「什麼，什麼？你就會裝聾作啞！」

老婆這句話倒是提醒了我，我決定順水推舟繼續裝下去：「你說什麼？」

「我說你裝聾作啞一等的本事，標準的殘廢！」

「什麼？菜貴了？什麼菜貴了？」

電影院門口的廣告片上寫著八個大字：「婊子無情，戲子無義」。

看完電影出來，我對這八個大字產生了深深的懷疑。

我們是從電影院步行回家的。據說這樣有利於健康。

一路上孫燕口頭發表著電影觀後感，說：「這部電影算是把中國人的臉丟光了，怪不得又在外國得了什麼大獎。一個唱戲的從小吃那麼多苦，打就給師傅打死了，好不容易唱出名了，你也來糟蹋，軍閥、日本鬼子、國民黨，都來糟蹋，可再怎麼也比不上文革糟蹋得厲害！唉，有名又怎麼樣？什麼文人，戲子，全是砧板上的肉，哪個時代來了都是先剁他們，撿肥的先剁……」

我老婆在文化部門工作，說話還真有點文化水平。

不過，我全裝著沒聽見。一直走到家，開門時，她終於對我大吼一聲：「哎！我說的你聽見沒有？」

「什麼？你說什麼？」我問她。

她氣得嘴唇發抖：「！」看過電影你怎麼一聲不吭啊？

「你說電影？唉，聲音太小了，一句都聽不清。」

她立刻瞪大了眼睛望著我：「你耳朵真有毛病啊？」

二、同林鳥

都說「夫妻本是同林鳥，大難來時各自飛」。幸好我這個還不算什麼大難。看來老婆還經得起這個考驗。她一刻不停地催我到醫院去看耳朵。兒子卻不行，都快十歲了，還不懂事，反而幸災樂禍地拍手稱快：「哦，哦，爸爸的耳朵聾掉嘍！爸爸的耳朵聾掉嘍！」

這天晚上，兒子還跑到他媽身邊，揪住她的耳朵小聲問：「爸爸的耳朵聾了，我們罵他，他也聽不見是吧？」於是他雙手做喇叭狀喊道：「爸爸是個大壞蛋，二百五，十三點！」見我沒反應，他高興地跳起腳來：「哦，哦，他聽不見嘍，他真的聽不見嘍！」

他媽氣惱地給了他一下子：「十三點，還高興呢！爸爸要是真的聾了，哪個來掙錢給你花？」

「媽媽，十三點是什麼意思啊？」

「問你爸去！」

兒子於是又跑到我面前，用手揪住我的耳朵，大聲問了一遍。

再裝聽不見就過分了。於是我用手指蘸了點水，在桌上寫下一個「癡」子，對兒子說：「你數一下，這個字的筆劃是多少？」

晚飯後，幫兒子把作業忙完，一家三口才能坐下來看看電視。

這陣子中央台播的電視連續劇《北京人在紐約》挺火的，連兒子都看得津津有味。老婆主動把音量開得大大的，回頭問我：「能聽見嗎？」

「——什麼？」我還要裝一下。

兒子立刻機靈地撲過來抱住我的頭，小嘴吹喇叭似地貼緊我耳朵：「媽媽問你，聽不聽見電視？」

我點點頭。又說：「我再坐近一點……行了，能聽見點兒。」

電視裡的王起明也是，放著北京大樂團的大提琴手不好好做，夫妻倆冒冒失失就跑到美國去，身家尚未來得及安頓，就得為一頓飯、一瓢飲而拚命。男的去洗盤子，差點兒把寶貴的手指給泡爛了；女的去做織衣工，當場累昏在車間裡，又被美國老闆看中，糾纏不休。俗話說人窮志短，王起明竟以到垃圾堆裡拾破傢俱、破電器為樂，為妻的看在眼裡實在心酸，於是鬥氣、吵架就成了家常便飯，最後免不了分道揚鑣

——最後老婆竟果真跟了那個有錢的美國老闆……

看到這裡，我還是為王起明慶幸——慶幸他在美國沒生什麼大病，那樣的話，他就徹底死路一條了。

夜裡，兒子睡熟了，老婆輕輕走進我睡的小房間。當時我正躺在床上看一本雜誌。這是我一天中感到最為踏實的時刻。四周比白天要安靜許多，加上十月的天氣溫暖宜人，人在床上的睡姿也可以隨心所欲一點，自由舒展一點——不知金聖歎的三十三個「不亦快哉」裡有沒有這一條？……

老婆拍拍我的肩膀，一臉焦慮地問：「你明天什麼時候去看病？」

你看，麻煩又來了。我佯裝沒聽清。老婆於是貼近我耳朵又大聲說了一遍。我說：「哦，就去，就去。」

她卻不依不饒：「明天上午我請假，陪你一起去？」

「不要不要，」我忙說，「還是我直接找陳醫生吧。」

陳醫生是我幾個月前在一家資訊公司打工時結識的一個朋友，此人脾氣特好，搗鼓了幾百天，一筆生意沒做成，仍然笑嘻嘻的。

在老婆的要求下，我不得不當時就撥通陳醫生家的電話。是他本人接的。一陣問好客套之後，正要進入正題，老婆卻狐疑地瞪起眼睛：「你能聽見電話啊？」

可惜她這句話問早了一點。我隨即醒悟過來，搖了搖頭，對著話筒大聲說：「喂！你是不是陳醫生？你大聲點兒，我一點也聽不清！」

電話那邊的陳醫生幾乎是在怒吼：「我已經大得不能再大了！鄰居都以為我在跟老婆吵架呢！你的電話有毛病吧？」

我忍住笑，把電話遞給了老婆。於是，他們就一是一、二是二地透過電話講起話來。

三、精神病患者

按照約定的時間，我一早就來到精神病院，找陳醫生。

這麻煩是我自找的。什麼叫啞巴吃黃蓮，有苦說不出？生活就是這樣，當你躲開了一些麻煩，又會出現更多、更大的麻煩。

對精神病院我一貫是持懷疑態度的。那裡面的人吧，你簡直分不清哪些是醫生哪些是病人。甚至對我的朋友陳醫生，我也有些竊想：整天笑嘻嘻的，說話繞七繞八、顛三倒四的，他的精神就一定比我健康嗎？更要命的是，在他面前還要扮演一個耳朵不好的人，其難度是可想而知了。

陳醫生正在他保健科的辦公室裡等我。臉上依舊掛滿了笑容。我對他一連串的問題笑而不答，然後對他做了個「安靜」的手勢，說：「我耳朵裡嗡嗡的，像灌滿了水一樣，憋住了氣，聽不大清楚。不過也能聽見一些，想找個醫生檢查一下，開個證明更好。」

「好好好，我帶你到五官科去。」陳醫生有著一口婆婆媽媽的吳語口音，「早上一上班，我就跑去跟那個冷醫生打過招呼了，說我有一個好朋友要來——哦，對不起啊，我倒忘了，你現在聽不見我正常說話吧？」

「能聽懂一些意思。」我說，「嗡嗡的，耳朵發脹。」

穿過一層層藥水味兒，七彎八拐，陳醫生幫我在裡面掛了號，然後帶我進了五官科的一間醫療室，指著一個身穿白衣、頭帶白帽的女醫生說：「這就是冷醫生，我們醫院的名牌專家。又介紹我：這就是我的好朋友，鍾山，大學老師，有名的作家，鋼琴也彈得很好，舞也跳得好，還是個業餘攝影家，照片得過獎，下次請他為你拍幾張美人照，保證迷倒幾十萬人哦。」

我看見冷醫生白帽子下面那對漆黑的眸子閃過一道光芒。

「我大概很難對這樣的一雙眼睛說謊。」我暗想。

「一看就知道，真是多才多藝啊，難得的才子啊！」冷醫生矜持地笑道。

「別聽陳醫生吹，我就是好玩，什麼都喜歡玩玩。」我說。

「說說你的情況吧。」

等我坐下後，冷醫生這樣對我說。她的聲音很溫柔，很好聽。

我有點不明白：「讓我談？談什麼？談病情？」

於是，我就把我的「病情」簡單說了一下。我知道越簡單越好，說得越多，破綻越多。也不知道我編得像不像。

冷醫生在我的病歷上刷刷地寫著。我看見她寫的字很秀氣。她離我很近，我看見她的臉型很漂亮，標準的瓜子臉兒，眼睛不算大（單眼皮兒），但和臉上其他零件配合得很協調。當她出神地看著你的時候，你會覺得心裡有一隻冰淇淋正在融化。

「他的病因倒很怪，」冷醫生對陳醫生說，「可能有點精神方面的原因。他平時脾氣是不是很焦躁？性生活壓不壓抑？」

陳醫生笑道：「他的性生活我怎麼會知道？」

冷醫生也笑：「你不是他的好朋友麼？」

陳醫生笑道：「你說的好玩呢，我們是好朋友，又不是同性戀。哎，他聽不到吧？」
陳醫生轉頭望望我。我裝著渾然不覺的樣子。心想他們醫生談性就像喝茶一樣普通。
陳醫生又低聲地和冷醫生咕嚕了一陣子，說我平時的脾氣是有點耿，容易和人頂，會衝人，前些時候還找他開過補腎方面的藥，說是替朋友開的……
我在一邊聽得耳根一陣陣發熱，恨不能跳起來給他一個耳刮子。
冷醫生戴上一個反光鏡似的東西，走過來為我檢查。我感到一個冰涼的東西伸進我耳朵裡，把耳孔道盡量擴開。她的臉離我很近，甚至有幾絲頭髮摩擦著我的臉，她的呼吸輕輕地停留在我的脖頸上，同時逼近的，還有她的體香……當她彎下腰觀察我耳朵內部時，她胸前的衣服往下墜，讓我無意中看到了她內部的風景……我頓時僵在那兒，不敢動彈。
不知過了多久。她在我耳邊說了句什麼，我沒聽清。這次是真的沒聽清。她示意我進入一個布幔後面。我看見裡面有一張治療用床，白枕頭白床單。她示意我躺上去。少頃，她手持幾枚長長的銀針站到我床前。我幾乎是驚恐地叫起來：
「不，不！我，我害怕……對不起，我不能……」
我想我不能弄假成真啊！我知道，我身上那些將要被刺的穴位，都是與耳朵密切相關的，甚至是致命的，我不能冒這個險啊！
她平靜地看著我，想了想，說：「那先不用針。我先給你按摩一下穴位，看看感覺怎麼樣？」
我忙點頭，心想還有這等好事？她眼神裡閃過一絲疑惑，我忙用手指指自己的耳朵，示意她靠近點說。她果然照辦了。於是我正式點頭表示同意。又問了她一句：「陳醫生呢？」

「他為你繳治療費去了。」她的嘴唇再次貼近我耳朵說。

我很喜歡她以這樣的方式對我說話，喜歡她那種吹氣如蘭的感覺。

她示意我仰臥在床，然後用雙手在我頭上、頸上及耳朵周圍的穴位上做輕輕的按摩。我閉起眼睛，全心感受她溫柔的手指與皮膚接觸時潤滑的那種美妙……

她對我說了句什麼，或是問了句什麼，我沒聽清。真的沒有聽清。於是她又一次俯身貼近我的耳朵：「有什麼感覺？」

我睜開眼睛，恰好又無意間看見了她衣內的風景。我張了張嘴，說：「感覺好極了。」

她悠地紅了臉，笑了笑說：「把頭轉過去。」

我的頭聽話地轉過一個角度，可我的眼睛卻不肯轉。她拿一條毛巾遮住我的眼睛，輕輕問道：「你能告訴我嗎，你為什麼要裝病？」

我聞言渾身一震，耳根一陣發熱，可表面還想裝糊塗：「什麼？」

她撲嗤一笑：「還裝，可惜你裝得不夠像。」

我沉默片刻，索性耍無賴說：「那你教教我，怎樣才能裝得比較像？」

她咻咻笑了一陣，然後說：「等我申請了專利再說吧，嘻嘻……」

「告訴我，你是怎麼看出來的？」

她莞爾一笑：「好奇是嗎？」

我承認。

「那你先回答我的問題呀。」

「唉，一言難盡。」我伸手拿開眼睛上的毛巾

「我會慢慢講給你聽的。」我說，「其實也不是全裝，我耳朵有時確實會產生那個症狀，像灌滿了水，嗡嗡的發漲，或者耳鳴什麼的，不過一會兒就好了。」

她讓我翻過身，取俯臥姿勢，雙手仍在我耳邊按摩著。

我正尋思怎樣進一步和她套近乎，陳醫生一掀門簾進來了。

「哦，沒用針灸啊？」

冷醫生站起身來，摘掉口罩，對陳醫生說：「先用按摩看看效果。」

我發現她很年輕，一張臉紅暈暈的像熟透的蘋果。

陳醫生走近我，彎下腰，貼著我的耳朵大聲說：「費用我全繳了。我在辦公室等你。」

我忙點頭表示明白。

陳醫生走後，冷醫生繼續給我做按摩。我們一時陷入了沉默。我試探性地說：「冷醫生真不簡單，二十幾歲就成專家了？」

「你聽陳醫生瞎吹呢。她忸怩不安地。」

「我可以叫你冷小姐嗎？」

她這次沒回答我，而是戴上口罩，低下頭看了看手錶，說：「時間快到了。今天就這樣吧。以後如果有什麼不適，可隨時來找我。」

我從治療床上坐起來，盯著她的眼睛：「冷小姐，我能問你兩個問題嗎？」

她口罩上方的眼睛眨了幾下，不置可否。我發現她的睫毛很長。

我故作輕鬆地問：「你是不是對每個病人都、都這麼好？」

她低頭一笑：「你說呢？」

我又問：「既然你知道我沒什麼病，還要按摩這麼長時間？」

她想了想，答道：「你的病只是沒有你說的那麼嚴重。就像近視眼，你近視到什麼程度，醫生一查就知道了。對於輕度近視，做按摩還是很有效的。你的耳朵我看主要還是精神障礙，從精神分析角度看，一個人聽到噪音或者聽到他怕聽見的聲音時，耳朵會突然失聰，暫時的，或長久性的，這很難講。用你的話說，一言難盡。」

「謝謝。」我說。「冷小姐現在是不是住在醫院集體宿舍？」

她莞爾一笑：「對不起，這已是第三個問題了。」說罷一掀門簾，走了出去，緊接著又回頭瞥了我一眼——其狀不勝嬌媚。

臨走時，陳醫生說要送送我。我本不想他送，但為了打聽冷小姐的情況，就讓他送了。

我故意把話題引到醫院住房上來。記得前不久，他跟我說過，醫院要分配一批房子，他也打了申請，但估計這次還輪不到他。

「你都四十歲的人了，難道要等到五六十歲、人生快完的時候才能住上一套房子嗎？」我憤憤不平地說。

陳醫生倒不著急，笑嘻嘻地解釋說：「醫院跟你們學校一樣，窮單位，不少人都是在退休之前提要求才分得一套，嘻嘻。」

我問：「那麼像冷醫生她們都住集體宿舍了？」

他指著不遠處幾棟二層樓的舊房子說：「喏，她們醫生住這種，兩個人一間；護士都住在後面的新樓裡，五六個人合一間。」

他說話都是靠近我耳邊說的，聲音挺大，弄得我很不舒服。

「冷醫生她喜不喜歡跳舞？」我又問。

「挺喜歡的哦。」

「下次我多送她幾張舞票，她有男朋友了吧？」我終於問了我最想問的。

「她呀，傲得很哩，一般人看不上呢。」陳醫生笑嘻嘻地介紹說，「有一個老闆在追她，為她都離了婚了，小冷現在騎的摩托車就是那個老闆送的，聽說兩萬多元呢……」

我覺得耳朵裡嗡的一下，好像被打進了一針筒水。

這個城市有著太多的擁擠，太多的喧囂，太多的灰塵。市中心的道路不停地拆，不停地擴建，還是時時發生「腸梗阻」。江城流傳的一句民謠說：「馬開拓，馬路修了掘；賈光明，到處都不平。」馬開拓和賈光明是這個城市的前任書記和市長。這樣天天被老百姓罵，不知道他們自己曉得吧？

我後悔剛才沒有繞道走，現在只得下車推行。說是推行，其實是推而不行。今天不知道又是什麼好日子，又是哪家商場開業酬賓了？怎麼到處是人山人海？……

你不能怕出門。越怕出門你越怕出門。我現在這是這狀態。這路也是，越堵越急，越擁擠就越爭先恐後，好像領先一步就沾了多大的便宜。上班時間可以看報喝茶、悠哉遊哉，一到了路上就分秒必爭，好像後面有追兵掩殺過來一般。我注意到十字路口維持交通的老頭已由四個增加到了八個，他們各守一角，張開兩臂，像黃繼光堵槍眼似的，不惜用自己的身體擋住滾滾而來的車流人流……

不得不承認：我怕。每次跌跌撞撞地騎車到家，回想起路上的種種險狀，都禁不住害怕得發抖。我覺得每一次遇險都有被撞死或撞傷的可能，連我自己都搞不清楚我怎麼會一次次死裡逃生？

很多人都怕退休。真的。很多人。一退二線或一退休就像丟了魂兒，癌症就特別容易上身。

我想我不怕。真的。現在讓我退休我都願意。特高興。那樣我至少能做一個形式上的「隱士」，幹一些我想幹的事，不幹我不想幹的事，也用不著這個樣子去裝精神病、去裝聾作啞了。

四、尋找刺激

電話又響了。

猶豫著，要不要接？按理說，我是「聽不見」電話響的。「兩耳不聞窗外事」——連窗內事都不聞。但又怕錯過了什麼好事，或者急事。你不得不承認，每一次電話響都是一個懸念，極富吸引力。

一聽聲音，發現既不是好事，也不是什麼急事。

「你好，這是鍾山的住宅電話，對不起，由於我的耳朵有點問題，聽不清你的話。請你在中午或晚上再打過來，那時我老婆在家可以接聽。對不起，我掛了。」

要知道，你接一次電話就有失去一個朋友的危險。朋友無事是不會打電話給你的。現在都是些什麼事呢？無非是五花八門的生意經：推銷這個，推銷那個，找這個熟人，找那個熟人……

上次有個挺好的朋友打電話來，動員我參加一個什麼直銷網，他說我是大學教師不坐班，有的是時間，再給我介紹個第二職業幹幹。最後他說網費要繳一百八十元。我知道，這種介紹都可以拿回扣的。如果我稍微有點興趣，我會考慮參加的。可是我實在沒有這個興趣。當時老婆在一旁聽見了，就批評我說：「你真笨，你怎麼好這樣直統統地回絕人家呢？你應該找個藉口，比如說我本人很感興趣，等我和老婆商量一下再跟你聯繫——你往我身上推一推嘛！這下好，又得罪一個！」

說起家裡的這個電話，是去年剛裝的。

去年，這座小城掀起了一股家庭電話熱。用孔老二的話說：是人是鬼家裡都裝上了電話。孔老二就是住我對門的孔家的二兒子。他還有一句名言是：全社會的人談生意都談瘋了。

孔老二三十多歲了，他急於想談個對象、談個戀愛什麼的。看到大家都在談生意，他當然十分惱火。

你看吧，無論是我們學校還是我老婆工作的文化館，大家在辦公室裡整天談的都是水泥、鋼材、三合板……公家的電話被抓起來就別指望再放下。每個人都在絞盡腦汁挖自己隱藏多年、失去聯繫的同學、老鄉、朋友、親戚、熟人，甚至同學的同學，熟人的熟人，一面之交或者一面未交……挖別人，也被別人挖。雙方一旦接上頭，則大呼小叫，驚喜萬分，親熱異常，像闊別半個世紀的臺灣同胞找到了離散的親人。記得當時，精神病院的陳醫生一見面就向我報喜：他又挖到了深圳的總經理、北京的副處長什麼的，希望越來越輝煌。

別的不說，就說我自己吧，當時也頗有收穫。我那些大學同學混得好的已經當上了副廳、正處，當廠長、經理的就更多了，只是對方得知我在電大做教書匠不免流露出幾分失望。當然他們中的大多數人都表示不相信，說我在大學裡一直是學生幹部，一直是頭兒，現在就算在院校工作，不是校長也該是個主任吧？我不知道他們說的真心話，還是統一的客套之辭。有的時候我也只好就這麼含糊過去。因為當時，我的周圍總有那麼多同事眼巴巴地等著打電話，我總不能當著他們的面一個勁地解釋自己為什麼沒當上校長、主任，連中級職稱都沒有解決吧？這又不是什麼光榮偉大的事情。

苦只苦了學校的電話。電話費直線上升，連續翻番。有人彙報到領導面前，居然把我列為「主犯」之一，說我一打就是個把小時。領導居然也就深信不疑。

後來為這事，我和系裡一個關係不錯的同事鬧翻了。這老師比我大十幾歲，據說和我還沾著點兒乾親，平時我把他作為老大哥看待。當時我不知道說了一句什麼蠢話，老大哥突然勃然大怒，拍案而起。「他媽的你跟我甩什麼東西！」同時把桌子一掀——還好，沒掀翻，桌腿重重地砸在樓板上發出沉悶的轟鳴……當時我都驚呆了，僵在原地動彈不得。我實不知道他為什麼對我發那麼大的火，弄得我一點思想準備都沒有。後來聽說，當時老大哥正在做一筆一千噸的柴油生意，最後當然沒有做成，似乎好幾十萬的財富就這樣白白地流走了，他正愁找不到藉口來出這口惡氣……

那天回到家，我就發狠說家裡要裝一部電話。老婆對此也深表贊同。看樣子她在這方面也受氣不少。如果要談生意的話，在家裡談最方便，什麼話都好說。在辦公室人人的耳朵都豎著，他做不成，也要把你的生意搞了。

裝電話的兩千六百元是向老丈人借的。巴巴結結繳了錢，左等右等，左找人右找人，就差磕頭下跪了。等電話裝起來，我都不敢相信了。或者說，打電話的興趣都沒有了。時間也過了半年多。接著中央冷不丁來了個什麼「宏觀調控」，銀根這麼一抽，做生意的人便紛紛落下馬來。許多隻電話因此也紛紛啞了。

以前我是經常給陳醫生打電話的。也許由於他是醫生，有交往的價值？但願這不是我的潛在動機。

當時陳醫生在醫院負責一部分家庭病床，其中不少病人是官兒或款兒，他們開家庭病床其實也就相當於是公費請的私人醫生，為他們全家老少做上門醫療保健服務。陳醫生於是就利用這些關係來做生意。每次都很有希望，看看成功在即，總是虧於臨門一腳，滾滾財富頓成泡影。

這是很有刺激性的事情。陳醫生以其驚人的耐性和極好的脾氣，不厭其煩地周旋其間。屢戰屢敗，然屢敗屢戰，從不氣餒。

我似乎是隨意按了陳醫生的電話號碼。他那個醫院的號碼我是很熟悉的。當總機小姐漫不經心地哼出聲「你好」時，我竟隨口說道：「請轉五官科。」

正慌呢，電話那頭已有女聲在問：「喂，找哪個呀？」

我慌不擇路地說：「就——就找冷醫生吧。」

「我們這裡有兩個冷醫生，你是找男冷還是女冷？」

「當然是女冷，女冷！」

那個亂勁兒！

我從話筒中隱約聽那女聲叫道：「冷豔，冷豔，男同志找。」還有調皮的一笑。我衝著話筒連說了兩個「謝謝」。是啊，難得碰上這麼好脾氣的小姐，連「女冷」的名字都透露給我了。

「喂？請問哪位？」一聽就是她的聲音。清清純純。

「聽出我是誰嗎？」我用普通話說。

她笑了笑：「你聽出我是誰嗎？」

我說：「當然，一聽就聽出來了。」

她說：「你的耳朵還挺好使？恢復得這麼快？」

我說：「還不是多虧你妙手回春。」

她說：「你打電話給我就是為了說這句話？」

我說：「我本來想打給陳醫生，不想轉到你這兒來了。現在我明白了，我本來想打的人就是你！」

她咯咯笑了：「打給我？」

我也忍不住笑了：「真的，我是說我非常感謝你。還有，就是，我想告訴你，和你談話是一種特別愉快的享受。」

雙方都沉默了一下。

她說：「噯，我聽陳醫生說，你發表了很多小說，出了好幾本書，能不能帶幾本給我欣賞欣賞？」

這正中我下懷。我問她：「你晚上在宿舍麼？」

「在的呀。」她說。

「有事嗎？」

「沒有呀。」

「開會嗎？」

「不開會呀。」

「學習嗎？」

「不……哎呀，你真壞！」她終於明白上當了，開心地笑起來。那笑聲真是動人極了。

「你真壞！她又嬌嗔地說了一句。下次打電話可別再打錯了哦？」

說完她就掛了電話。

結尾這個小小的「報復」，惹得我更喜歡她了。我記得自己已經好久沒有這麼輕鬆幽默過了。

五、未到傷心時

中午，老婆下班回來了。她總是那麼風塵僕僕、匆匆忙忙的樣子。她腳還沒有跨進門就大聲問：

「去看過了？怎麼說的啊？」

等她跨到我面前又大聲問了第二遍，我才把病歷遞給她，說：「醫生講問題不大。一個星期讓我去針灸兩次。」

「什麼原因引起的啊？」她又大聲問。

我指指病歷，雙手一攤。這樣挺省事的。

「哦？耳朵不好了一天，啞語都學會了嘛？」

吃完中飯，老婆拉我上街，說要給我買一輛自行車。

「你耳朵不好，車子再不好，出了車禍怎麼辦？這個錢不能省！」

聽了這話，我心裡一熱，老婆強烈關心起丈夫來了，不再喋喋不休地責怪我這也不行那也沒用了。這難道不是我希望得到的效果嗎？

老婆又說：「以後兒子上學、放學也不要你用自行車帶了，出了事不得了。」

我說：「我能帶。我眼睛又沒壞。」

老婆想了想忙叫道：「不行不行不行！人家打鈴你聽不見，汽車喇叭你又聽不見，我不放心！別讓我提心吊膽了！再有啊，你以後沒事也少出門，盡量別騎車，坐公共汽車算了。哎！你耳朵不好上課怎麼辦？」

「這個我早想好了，先停兩周，看治療情況。再說我又不是一點都聽不見。今天在醫院針灸了一下，感覺就比昨天晚上好些了。」

「那你就堅持去！」老婆說罷，忽然一拍大腿：「對了，你可以坐三輪車！這樣最安全！來回總不會超過二十元吧？」

我心裡又是一熱。但我搖搖頭。我心想：我一天又能掙幾元呢？

老婆頓時氣得大罵：「別這麼沒出息！錢算個屁！錢是人掙的，錢是人花，人是最大的本錢！要是人出了問題，要錢有個屁用！」

原來真理人人都懂。就是「忙」起來就忘了。小車不倒只管推。不見棺材不落淚。男兒有淚不輕彈，只是未到傷心時。

為什麼又要等到傷心時呢？

整個下午，我都在家裡翻箱倒櫥地找書。

以前好多小說都是發表在各種期刊雜誌上的。小說集一直丟在出版社，因為沒錢，我也拉不到贊助，所以總也出不來。長篇小說倒是寫了好幾部，但每部只寫了前幾章，更別說變成鉛字了。現在要找幾篇「像樣點兒的」，拿給冷豔這樣的小姐，還真不好找。

什麼叫「像樣點兒的」？連我也搞不清楚。也許十年來，我根本就沒寫出什麼「像樣點兒的」的東西。大學時代開始寫詩歌，工作以後寫過一陣反映改革的小說，接下去寫婚姻、家庭、戀愛之類，八十年代末又攻紀實小說，總之什麼時髦、什麼好發就寫什麼。

這也難怪，不時髦誰給你發？不發你又寫它幹什麼？我還沒有修煉到曹雪芹、卡夫卡那樣的程度，等死了以後再發表，或者根本就不指望發表。知道巴爾扎克吧？挺偉大吧？卻沒有多少人知道，他是為了還債才寫了那麼多的小說。舒伯特，賣曲子討飯吃；梵高呢？一星期只吃三天飯，還有三四天得餓著肚子。也許不餓肚子，他們的天才作品會誕生更多？也許有了錢，他們就去享受了，不搞藝術了——看，我又繞進去了。這是一個迷宮。我常常會不知不覺地繞進去，找不到出路。

再看貝多芬，終身未娶；梵谷，割耳成瘋；曹雪芹呢？據說小曹年輕時身邊美女如雲，他和她們整日玩耍在一起，汲盡了她們的女兒嬌情和靈氣，僅這一點，就讓人羨慕得不想活。後來家境敗落，這些美女一個個走的走，嫁的嫁，小曹的聽眾終於消失殆盡，於是他感到了空前的孤獨，他無法傾訴，這才抓起了筆……

歌德在他晚年的時候，一位不速之客從天而降——她是一位美麗動人的少女，歌德過去的情人的女兒，他現在的崇拜者，一個在夢幻中生活的理想主義者——貝蒂娜。她成了歌德晚年最理想的聽眾。

畢卡索一生愛過多少女人，描繪過多少女人，但始終伴隨著他藝術生命、給予他靈感和激情的聽眾似乎只有一個人——法國青年女畫家弗朗索瓦茲。

左拉在五十歲時才找到自己的理想聽眾——讓娜。評論家說：讓娜的出現使左拉至少年輕了三十歲，並把他的藝術推上了一個使世界震驚的巔峰。

法朗士六十七歲時與年僅三十五歲的美國才女蘿拉相愛，他源源不斷地向她傾訴，蘿拉為他記錄並整理出一部不朽名著——《諸神渴了》。

自己的書一本沒找到，這些大藝術家的書倒翻出不少。以前我總是抱怨時代，抱怨社會，抱怨自己生不逢時，運氣不好，背景不夠，現在似乎才明白：這些其實都不是真正的原因。

當自己一天天的悶坐在家裡，羅列出一個個寫作提綱，密集的思想像噴泉一樣洶湧奔放，卻又狂躁得遲遲不敢下筆：一想到誰會接收它，它面世的幾率是千分之幾？人就整個地泄了氣……

當然我承認，寫作本身是一件比較愉快的事情，準確地說，它能讓我暫時擺脫世俗的煩惱，神遊於自己的想像，神遊於自己隨心所欲擺佈的世界——在那個世界，自己才是主宰一切的上帝！

不過，我常常想，真正的上帝他有感到寂寞的時候嗎？

而現在，居然有個人說她希望能讀到我的書，而且是一個看上去很不錯的年輕姑娘，這不能不讓人感到有些激動。

六、隨便一點

晚上出門時，我告訴老婆，我要出去一下。

老婆走過來，大大咧咧地翻了一下我拎包裡的書，嘲諷地說：「又是送給哪個小姑娘看的吧？」

我假裝沒聽清楚，把耳朵送過去：「什麼？」

她抬起眼睛看看我，做了個揮手趕蒼蠅的動作：「去吧去吧！路上當心點，別讓汽車壓死了！」

我面無表情地往外推自行車。她又趕上來關照一句：「早點回來！」

我點點頭。

「到了之後就打個電話給我！」她又強調一句。

我又點點頭。

看樣子，她現在唯一不放心的是我的生命。

夜晚的城市要比白天美麗許多。

一是因為各種燈光的輝映、裝飾；二是因為少了人，少了車。記得哪個相聲橋段裡說過：「再美麗的風景勝地，只要有了人，什麼醜感都能製造出來。」

也許，一個沒什麼用的人死了，也是對人類的一種貢獻吧？

什麼叫有用？什麼叫沒用？最好都不要讓他們出生，讓他們死在萌芽狀態，而這些壯烈犧牲的人，可能是對人類貢獻最大的了。

假如有一天，我的耳朵真的聾了，真的成了一個廢人，我還會繼續死皮賴臉地活下去嗎？好像會吧……因為我還有手，還有眼睛，至少我還可以看書，還可以寫作，還可以拍照，還可以打打遊戲啊……如果是眼睛瞎了呢？那就很難說了。

記得小時候，聽老師講過一個故事，說一個美國青年為逃避到越南前線去當兵，用針刺瞎了自己的眼睛。是一隻眼睛？還是兩隻？我想大概是一隻吧？要是我的話，我絕不敢傷害自己的眼睛。絕不。

夜裡的醫院也顯得那麼靜。我手下的新自行車發出嘎嘎的清脆悅耳的滾動聲。幽黃的路燈照著它的車身熠熠反光。

到了陳醫生指過的那棟小樓，我鎖上車，然後摸進門去，想問個路。我看見中間有一扇門敞著，好多人在裡面看電視。我悄悄掩了進去，希望冷豔也在裡面。

我正一排排的探頭探腦地找尋，忽然手臂給旁邊一個人挽住，而且順勢就被拉著坐在了她的身邊——我心裡立刻明白她是誰了。

我扭頭看看她，她正好臉對著我嫣然一笑，且附耳過來悄聲說：「王起明正給阿春開個人音樂會呢！開完了我們就走。」

我再瞧前面的電視，正放著《北京人在紐約》：王起明花了五萬美金，聘請了一個規模不小的樂隊來陪他玩兒——偌大的劇場裡，空空蕩蕩的席位上，就坐著阿春一個人，她早已聽得淚流滿面。

我倒是覺得姜文表演拉大提琴不怎麼地道，冷豔悄聲評論說：「那手勢，動作，一看就有破綻。」

「是啊，」我附和她說，「儘管鏡頭閃來閃去的做了很多虛處理，但不得不承認，姜文畢竟不是萬能的……」

「只是看到台下的阿春如癡如醉受感動的樣子，心裡就好像被狠狠牽動了一下。」她說。

「是啊，能對著這樣的一個女人傾訴，王起明應該知足了。」我說。

「我倒是覺得，有了這樣一場音樂會，阿春這輩子應該知足了。」她說。

大提琴曲拉完了，人盡散去。阿春獨自一人捧著鮮花走上舞臺。王起明接過鮮花，更接過了阿春，他們互相之間不知喃喃了些什麼……最後王起明含著淚花提高了嗓門：

「來美國這幾年，我洗盤子的時候，我耶誕節冒著風雪給人送外賣的時候，我老婆被人奪走的時候，我在街頭被人用汽車撞傷的時候，我是靠什麼硬撐著、死皮賴臉地活下來的？還不就是靠它！（他指著矗立在一邊的大提琴。）咱什麼時候也不能忘記，咱是他媽的藝術家！」

「最後這句臺詞編得太好了！」身旁的冷豔顫顫地說。

我轉頭看她，發現她的雙眼已是淚光閃閃。

我相信她是真的看懂了。她是一個有靈性的姑娘。她的文學欣賞能力可能還不錯，我想，但願她不要自以為是，誇誇其談，這樣的女人總是讓我倒胃口，這種時候我總是為她們感到無限惋惜，也為自己感到無限惋惜……

冷豔大約覺察出了我在走神，她挽著我的膀子站起來，說：「我們走吧？」

我忙說：「不忙，你看，你喜歡看就看吧。」

她笑笑，輕輕推著我往外走：「好看？比你還好看嗎？」

我聞言心中不免一陣狂喜：「你真的這樣認為嗎？」
她輕輕掐了我一下，說：「其實是你先心不在焉的哦？」
我說：「那是因為我在看著你。」
她笑了：「這麼說還是我的責任？」
我說：「誰讓你長得那麼美呢？」
她笑彎了腰：「你也會說這個？我原以為你不會說這種套話的哦？」
我也笑了：「這種話在我嘴裡說出來顯得挺可笑是不是？」
她趕緊做了個捂嘴的動作，同時臉在我肩上靠了一下：「對不起，我聽了這句話忽然覺得挺開心的，就算是套話，我也喜歡聽，真的，你再說一遍好嗎？」
她仰臉望著我，一臉真誠的表情。
我不由自主放慢了腳步，似乎很自然地要和她合作完成一個動作。
她似乎意識到了將要發生什麼，忙偏過頭去，說：「真奇怪，剛見到你就這麼隨便。我太隨便了是不是？」
我說：「我喜歡你這樣隨便。你再隨便一點好嗎？」
她再次笑得東搖西晃的，還拉著我的手，原地轉了一圈，然後突然迎上來，雙手摟著我的脖子，粲然一笑說：「和你在一起，真的很開心很開心，我覺得我從來沒有像現在這樣，從心裡面真正的開心過！」

七、疑似豔遇

門開了。我只覺得一片溫馨的粉紅裹著女性的體香朝我撲面而來。

房間不大。兩邊各擺著一張雙層床，上面擺東西，下面睡人。門開到九十度，已經就碰著床了。桌上一隻臺燈亮著，上面罩著一隻粉紅燈罩。桌上方有一窗，被一對漂亮的窗簾遮著。空氣裡彌漫著那種令男人眩暈的氣息。

「房間太小了是不是？」冷豔笑吟吟地問。

「小了氣息才濃嘛。」我說。

「什麼氣息啊？」她明知故問。

「請不要打聽別人的隱私。」我笑著逗她：「你是久在花園聞不到花香啊。快把門關上，別讓花香跑了。」

她笑得更厲害了：「你還會來幾句王起明式的幽默。」

「反了不是？」我說，「王起明是什麼人？他是我們作家塑造出來的，我們怎麼寫，他就得怎麼說，所以……」

「所以，作家是最偉大的，是吧？」她機靈地接過去說。

「你真聰明。」我欣賞地看著她的眼睛。我甚至不由自主地伸手去撫摸她的睫毛，看它們到底是不是真的？

她害羞地讓了一下。她指指我身後的床，說：「你可以坐在我的床上。」

這句話很是讓我心動了一下。這似乎是一個女孩對你的特殊優待，不是嗎？是否也暗示了她在給予你某種特權呢？

我小心翼翼地坐下去，覺得這床特別有彈性，特別柔軟。在粉紅的光線下，床單顯出肉紅色，上面開著幾朵好看的花。

冷豔也在對面床上坐下了。我們靠得很近，伸手就能握著。這也是因為房間太小。此刻，她身上濃濃的體香直接對著我散發過來，將我團團圍住。她大概是剛洗過澡不久，一頭披肩長髮還濕濕的像抹了油，身上只穿了件花布睡裙，中間開岔的，由於身體低陷在床上，造成胸前領口低垂，裡面的風光猶如一片雪山晚霞。

她被我看得很不自在，紅著臉又站起來，故作輕鬆地問道：「你是喝茶，還是給你削個蘋果？」

我反應有些遲鈍：「啊？隨便吧？」

她笑了：「隨便？也就是讓我猜羅？作家一般來說都喜歡抽煙，喝茶，對吧？不過，從醫生的角度來看，我不贊成抽煙，喝點茶倒是有害無益，哦不……」

她意識到自己把話說反了，忍不住大笑起來，笑得腰彎來彎去的，長長黑髮一下子披散在胸前，一下子又被甩到背後，領口裡的一對雪白的活物更是呼之欲出……

「什麼有害無益，什麼叫有害無益？」她笑得眼淚都快出來了。「我怎麼會發明這樣的幽默？我真是太偉大了，咯咯咯……」

「你就乾脆承認在我面前很緊張吧。」我逗她說。

「你不緊張啊?」她紅著臉反駁說,「你不緊張,我就緊張了?」

這時候門響了一下,接著就被推開了。進來一個小美人兒。

她看看我,嫣然一笑,然後走過去摟住冷豔,用手搔她的癢處:「喲喲,看你笑的,這個瘋樣,從來沒見你這麼開心過哦?什麼事情這麼好笑?」

冷豔抱著她的頭,在她的耳邊嘀咕了幾句,兩人於是一齊大笑起來,笑得前合後抑,跌跌碰碰,站立不穩,不可抑止……

我始終微笑地注視著她們。心裡希望她們這麼沒完沒了地鬧下去。這是女性最美、最誘人的時刻。這個小美人,大概就是冷豔的室友了。我發現她也是剛洗過澡,長髮飄飄,衣裙飄飄,美麗的胴體在薄薄的睡衣裡曲線畢露……

告辭的時候,已是深夜十一點了。

冷豔出來送我。她挽著我的臂膀,默默不語。就這樣靜靜地走了一段。

我說:「看到你們這麼年輕,這麼快樂,我真羨慕。」

她抬起臉:「怎麼?你不快樂嗎?」

我說:「當然,跟你們在一起還是很快樂的。」

她說:「你有一個能幹的妻子,有一個可愛的兒子有一個適合你的職業,還有那麼多的愛好,出了那麼大的成績,更重要的是,你身上有一種天生高貴的氣質,你很有魅力,你沒有理由不快樂。」

我歎了口氣:「你講的這些理由,我心裡都清楚,可我還是有一種說不出的惆悵,常常壓得我透不過氣來。我也曾想學著別人的樣子生活，也曾痛下決心，閉起眼睛來混日子，去混錢，混吃混喝……」

「你是不是苦惱自己不合群？」她站住了，面對面地注視著我。「你不叫不合群，你是鶴立雞群知道嗎？你知道你有多麼優秀嗎，你難道不想堅持做一個優秀的人嗎？和你在一起，我覺得生活充滿了詩意，充滿了樂趣，我為你感到驕傲，也為自己感到驕傲，我覺得我沒有白來世上走一遭，沒有辜負上天賜給我的美麗的容貌……」

昏黃的路燈光下，她的眼睛裡淚光閃閃。

「對不起，我不該說這些，惹得你如此傷感。」

「我不是傷感，我是感動，我為你感動，為我自己感動，也許是我日夜祈禱，感動了上天，上天才派你來到我身邊。」

「這正是我想對你說的，可我忍住了，一直沒有說。也許，我已經沒有權利說這樣的話。」

「沒關係，你想說什麼就說吧，你說什麼我都愛聽。你把憋在心裡的都說出來，也許會好受些，對你的病情也有好處。」

「我好受了，卻給你帶來了沉重。我不想去影響別人的快樂。」

「你可知道，沒有沉重的快樂是輕浮的，沒有深度的呀。」

我笑了：「一個女孩子，搞那麼多的深度幹什麼？我喜歡的是現在這樣的你。」

她笑道：「你的意思是說，現在這樣的我是沒有深度的是吧？」

我由衷地笑了：「你知道嗎，你這種認識，這就是最大的深度啊！」

我忍不住一下子摟緊了她的腰，面對著她如蘭的呼吸：「你真是一個可愛的小妖精……」

「謝謝你的誇獎。」她低下頭，挽著我的膀子，繼續向前走。一路對我絮絮叨叨地說一些不鹹不淡的閒話。我聽著她的聲音，感覺著她的身體，漫步在清涼的秋風裡，覺得這是人生難得的一種境界。

到了停車的地方，轉了好幾個圈，我仍然沒有找到我那輛新自行車。我的心漸漸地揪緊了。

冷豔在一邊雙手抱緊了肩膀，一副瑟瑟畏冷的樣子。

「是新車嗎？」她又一次問。你沒早說啊，我們這裡經常丟新車的。

我走近她，裝著大度的樣子：「沒關係，我明天白天再來找找，說不定是給管理人員整到什麼地方保護起來了？」

「那我回去找個手電筒來，我們一塊兒找找？」

我忙拉住她的手，目的是讓她別動。她輕輕掙了兩下，沒有掙脫。可就在這時——連我自己也為之吃驚——我忽然摟緊她吻了她一下！

她的嘴唇冰涼而潤濕，潤濕而柔軟。奇怪的是，我的內心一點兒也沒有應該有的那種激動，我好像是在看別人接吻而不是自己。

受到襲擊的冷豔全身一下子變得僵硬起來，她雙手抱肩的姿勢使她的僵硬顯得棱角分明。當她意識到發生了什麼事，暈暈乎乎想迎接時，我已經放開了她。月光下，她的臉像雪一樣白，雙眸淚光閃亮，接著就有兩行晶瑩的液體順著她臉頰美麗的弧線流淌下來。

奇怪的是，我的內心始終平靜如水，始終掀不起一絲波瀾。

我知道我不該在剛失去一輛自行車的時候去吻她，儘管我急於想幹點什麼來補償內心的失衡……

我看著她別過臉，慌亂地用手背去擦臉上的淚水，而且擦了很多次。當她的臉轉過來的時候，臉上還是濕漉漉的一片。

「對不起。」她強作笑顏說，「這太突然了。」

這天夜裡，她用她的摩托車帶我回家。

深夜的大街上燈火輝煌，人跡稀少。我們騎車飛馳猶如一隻風箏飄然於沁涼的秋意，又恍惚像置身於一個無邊的舞臺上為全世界做即興演出。

在這樣一種富於詩意的情境中，我覺得自己很容易變成一個孩子，現出我頑童的本來面目。我坐在她的身後，她睡裙外面加了一件毛線套衫，我的雙手就從套衫下面蛇一樣地遊上去……此刻的她雙手恰好都有工作，很難抽出空來反抗……隔著薄而光滑的裙衫，我感受著她的身體隨車顛簸而產生的顫動，真是妙不可言。

冷豔的身體扭了一下，又扭了一下，接著她的摩托車開始左右搖晃。最後她只好把車停下來，恰好停在一盞桔黃色路燈底下。她呻吟了一聲說：「我求求你！」就直接把頭向後面仰過來，整個身體向後仰成了一張彎弓，兩支凸出的箭頭恰好直指星空中懸掛的一輪明月。

在她發出一聲垂死掙扎般的呻吟的同時，摩托車在我們的胯下轟然翻倒……

八、照無眠

那天夜裡我根本沒睡。

我到家時，房間裡還亮著燈。我推開門，見老婆已經倚在床上睡著了，手裡還捧著一本《形式邏輯》。我知道，那是她幾天後將要參加自學考試的課程。這門課她考了好幾年了，每次都是差二三分，也就是說，他們一直吊著她的胃口不放。

我輕輕走過去，輕輕將她手上的書拿開。

而就在這時，她醒了。她一把拽住我的膀子，焦急地問：「你上哪去了啊？都快一點鐘了，我一直在等你！也不打個電話回來！」

我想我應該感動。可我的心臟如凍僵了一般毫無反應。我拍拍她的手，說：「點睡吧，明天還要送小孩上學呢！」早

我又看看睡在她旁邊的兒子，他睡著了的樣子絕對天真可愛，讓人忍不住想親他一口。都快十歲了，還離不開媽媽。我不敢想像他長大成人後的樣子。我不敢設想他的未來。我有一種預感，這樣捧在手上長大的孩子將來可能比我還慘——絕頂聰明，卻一事無成，因為誘惑他們、腐蝕他們的東西太多了……

是的，我不敢設想未來，那是一個禁區，令我心驚膽顫。我甚至不敢設想一年、三年以後我的生活會是什麼樣。我現在就是這麼一副束手無策、坐以待斃的姿態。反正死豬不怕開水燙。只是不知道將來怎麼跟兒子交待？

這時老婆開口說：「今天我跟兒子存了個子女婚嫁保險。」

我朝她看看，沒作聲。她於是提高嗓門，又說了一遍。

「每個月五十元，十五年以後，我們就能拿到兩萬元。」

我點點頭，卻默默無語。我心想，到那時候兩萬元也許能買張床吧。我用手拍拍老婆的頭，示意她睡下。然後我關了她的房門，來到我的小房間，坐在雪白的日光燈下，感到睡意全無。

不得不承認，我的心情糟透了。尤其老婆剛才的一席話，讓人感到像在準備後事。兒子已經快十歲了，家裡的儲備別說一個子兒沒有，反過來還欠人家好幾千元。關於那個婚嫁保險，老婆以前也多次提起過，卻都被我有力的手勢斬斷了：「孩子如果有出息，要我們留錢做什麼？孩子如果沒有出息，我們留錢又有什麼用？」

現在這句話，連我自己也有些糊塗了。什麼叫有出息？什麼叫沒出息？我一向不是認為自己很有出息嗎？二十多歲就成了地方「名人」，文聯委員，什麼都沒怕過，沒在乎過。當年結婚的時候也是身無分文，什麼辦酒、請客，一概免了。沒有房，棚子就棚子；沒有傢俱，臉盆當凳凳當桌……相信一切自己都可以創造出來。這事如果放到現在，絕對是個神話。這一切再也不會發生了。否則只會被人看作是瘋子。一對瘋子。自己做了一代瘋子還不夠嗎？

不知為什麼，毫無理由地，我強迫自己坐下來，鋪開稿紙，抓起筆往下寫。我把四十瓦的大日光燈關了，只開了桌上那座八瓦的小檯燈。這樣省電，也省得打擾家人。

一大早，我正趴在桌上假寐，被老婆給猛力拍醒了。她的一張臉離我的臉很近，臉上塗滿了白白的一層洗面乳，像戴著一隻假面具，一個勁地衝我嚷嚷「自行車自行車」……

我心裡一陣緊縮。頓時明白了她大喊大叫的原因。我懵懵懂懂地跟著她門裡門外查找了幾遍，當然不會發現那輛昨天剛買的永久牌自行車。我們沒有車棚，平時舊自行車都是加幾把鎖鎖在樓道裡，新自行車則在睡覺前搬進門內。老婆一遍遍地問我昨天夜裡自行車放哪兒的？我隨便朝樓道某個地方一指，她頓時跳腳大喊起來：

「完了！肯定被偷走了！你為什麼不把它扛到家裡來？」

她這一吵，把鄰居都紛紛引出來了。她就站在那裡一遍遍地宣講自行車被偷的故事，一副哭腔。兒子這時突然出來指著她笑道：

「媽媽像個女鬼哦，媽媽像個女鬼哦！」

她下意識地一抹臉，才發覺自己臉上塗著白奶，於是忙溜回家，用毛巾把臉一抹，然後撲通一下橫在床上慟哭起來。

我讓她哭了一會兒，然後走進去，拍拍她大起大伏的肩膀說：「算了，想開點，破財消災嘛！說不定我耳朵馬上就要好了！」聽了這話，她才漸漸止住了哭聲。

九、半日間

這個城市已被我烙上了太多的恐懼的印記。

無論我選擇怎樣曲折的路線，都不免要與這引起可怕的印記再度相逢。就好比這個城市剛剛經歷過一場戰爭，而我作為其中的一個戰士，在哪兒踩上一個地雷，在哪兒挨過一顆子彈，一切都歷歷在目，記憶猶新。而且我還知道那些埋地雷、打黑槍的人，他們還在這個城市裡，現在仍然在外面四處活動，冷不防你就會碰上那麼一個。

去年是全民經商熱，有個笑話說，一個建築工地樓頂掉下來一筐磚頭，砸傷了五個人，有四個是總經理，剩下的一個是副總經理。

當時我在一家資訊公司打工，親眼目睹、甚至是親自參與了這場戰爭。不久我就主動退出了這場戰爭遊戲。太聰明的人總是喜歡追根尋底，總是喜歡戳穿別人的鬼把戲，道破事物的機關和真相。就像變魔術，你預知了魔術的奧秘再去看，必然興味索然。這個城市如今似乎佈滿了我失戀的戀人，我不想也沒有勇氣再重溫舊夢。

下午，我重新拾起我原來的那輛破自行車，騎上它，戰戰兢兢地穿過這個城市。通往南郊的那條沙土路上，灰霧更加彌漫，據說這是附近的兩座水泥水做出的獨特貢獻。圍繞一座山林，轉過一個近一百八十度的大彎，就進入了一條林蔭遮蔽的磚鋪小道。這是我和冷豔約會的地點。她今天補休一天。

遠遠地，我看見她已經到了，穿著黑花紋黃色襯衫的冷豔翩然如一隻花蝶。那條緊身石磨藍牛仔褲把她臀部、腿部的曲線盡情地勾勒出來，尤其是蹶在摩托車座上的圓溜溜的小屁股，充滿了青春的誘惑……上坡時，冷豔笑嘻嘻地回過頭：「喂，加油啊，追上我有獎！」

我笑道：「獎什麼？」

她更笑：「你想獎什麼就獎什麼。」

我笑道：「這可是你說的哦？」

她故意將摩托車開得我和速度差不多，於是在半坡上我就追上她了。我和她故意保持一臂距離，不時地從後面伸手去捉她。每碰到她身體一次，她就發出一聲驚慌的尖叫，笑得喘不過氣來。最後一次，我成功地捉住了她的後衣領，她大笑著，像蝴蝶那樣撲騰了幾下，就連連求饒：「我投降，我投降還不行嗎？」

我們都停下車，扭成一團。我發現她上身除了那件黃襯衫裡面什麼也沒有穿。

我恍惚間抬起頭來，發現坡道上有幾個人都停在那兒看我們。

我喘著氣說：「我真是瘋了，恐怕中了你的什麼妖術了，但願這裡沒人認識我。」

她笑著說：「那幾個人是你的學生吧？」

我說：「不，那明明是你的病人嘛。」

我們一起笑起來。

坡道再轉個彎，迎面是一片開闊的草地，有足球場那麼大，延展在兩壁山崖之間，加上一道九曲迴廊，景緻倒也古樸，富有野趣。

我們在草地上躺了一會兒，就開始打羽毛球。

打羽毛球這是我的強項。一招一式都顯示出訓練有素。冷豔就在微粒顯影嫵媚的陽光下跳起了雀躍的舞蹈。潔白的羽毛球在微微秋風中飄飄揚揚，來回穿梭。

每打回一個球，冷豔都要報以一串銀鈴般的歡笑，胸口的一對活兔很醒目地在衣襟內跳盪著，呼之欲出。尤其當她彎腰撿球時，那裡面的風景會產生霎時驚心動魄的走光……

我看見好幾個男人都在盯著她看，便說：「我出汗了，歇幾分鐘再打吧？」

她卻一副意猶未盡的樣子。畢竟年輕，不知道什麼是累。

這時一個穿西裝的中年男人走到我面前，說：「喂，拍子借給我打兩球。」

我驚訝地看看他，手上的拍子還是不知不覺地交了出去。

他的球技顯然不如我，手忙腳亂的像隻觸了電的猴子。冷豔總是接不到他的球，因為他的球打得根本不是地方。冷豔撿球的時候，他就瞪凸了眼珠子盯著她胸口看。

我回過神後，就走到冷豔跟前，要過她手上的球拍，說：「你看我的。」

我這邊正好是順風，球速較快，加上我暗中使了勁，那球便像炮彈一般嗖嗖直朝「西裝」臉上亂射。他顯然不會接這種「追面球」，只有躲閃的份兒。這次是輪到他頻頻撿球了。

幾個回合之後，「西裝」就繳械了。我看見他把拍交給冷豔時，還從兜裡掏出一張名片塞到她手上。

我索性在草地上躺了下來，望著天。天不怎麼藍，雲也不怎麼白，淡淡的，似有似無，但陽光很好，很溫暖，閉上眼睛，還能聞到身邊花草的芳香……

少頃，我睜開眼睛，看見冷豔高高地站在我身邊，正望著我笑。

我說：「小女妖，有什麼好笑的？說來聽聽？」

她笑道：「剛才有兩個人在表演決鬥，我看了當然很開心。」

我說：「是啊？你是說我和那個『西裝』？他名片上是不是寫著什麼經理？我還是總經理呢，你要不要看我的名片？」

她頓時笑彎了腰，跪在我面前，俯身咬了一下我的耳朵：「傻帽，他怎麼能跟你比？哎，就說打球吧，你怎麼會打那麼漂亮？你真是神了，樣樣都出類拔萃，這說明什麼？」

說明我的眼光是一流的，是吧？

她這樣跪在我面前，是不是故意讓我看見他衣內的風景？而且還有一陣陣帶汗味的少女的體香……

中午，我們在茶社喝了會兒茶，吃了幾個茶雞蛋，和幾個蘿蔔絲做的油氽子。坐在古色古香的紅木雕花椅上，時而望望窗外的山野風景，時而端杯品茶與佳人相視笑語，心境少有的好。

我故意逗她說：「要是我們倆在這裡辦茶社，以此為家，你願意嗎？」

她笑道：「這倒是個浪漫的設想呀。」

「僅僅是浪漫？」我問。

她想了想，說：「我覺得，一個人只要生性快樂，善於去欣賞，去享受，什麼事情都能發現樂趣。」

「那麼我呢？醫生，你看我是生性快樂的人嗎？」

「你和一般人不一樣，你是帶著上帝的使命到這個世界來的呀。（她提起暖瓶給我添上水。）人生短暫，人這輩子要做成一件事又談何容易？所以你想排除一切干擾。這些干擾大都來自生活，來自人的欲望本身……總之，這是個痛苦的怪圈。要克服這個怪圈，必須是神經、意志非常堅強的人……」

她說話時，我一直出神地望著她。講到這裡，她避開了我的目光，望著窗外的山林出神。

我站到她面前，擋住她的視線：「那麼，你看我的神經強度如何？」

她撲嗤笑了，說她還是第一次聽說「神經強度」這個詞。

我說：「反正就是這個意思，你替我診斷一下，你是醫生，我信你的。」

她笑道：「你當然屬於神經堅強的人。不過，別繃得太緊，太緊就會出毛病的。」

我問她：「你認為我目前的厭倦情緒是一種精神障礙？」

她注視著我，許久沒有開口。

下午，我們又去了招隱寺。

招隱寺的山門上刻著四個藍色的大字：「城市山林」。

我說我是第一次來這裡。她驚訝地睜圓了眼睛：「不會吧？」

我說：「我不想一個人來玩，看上去有點傻不啦嘰的。」

「那就邀幾個伴唄。」她說。

「要是話不投機，還不如一個人兒。」

她笑了。她說：「我想起了一句名言，大意是說，獅子老虎喜歡獨來獨往，羊兒螞蟻才喜歡成群結隊。」

我說：「我現在的感覺不像老虎，倒有幾分像老鼠。」

「我可不幹，」她抗議說，「你是老鼠，那我成什麼了？」

我們沿著鹿跑泉、虎跑泉、聽鸝山房等景點遊了一圈。井眼裡都是一攤污水，更聽不見什麼黃鸝鳴柳。水泥廠方向飄來一團團灰霧，天空迷蒙一片。聽鸝山房已改成了一座茶社，只有門口的介紹牌上如數家珍地寫著動人的文字——這裡曾是東晉著名音樂家戴顒的故居，他常常攜帶美酒佳柑，來林深處聆聽黃鸝啼鳴，終日不厭，於是便有了「戴顒鬥酒雙柑聽鸝聲」的典故……戴顒實際上是晉代一個著名的隱士。還有，號稱江南半壁米家山的宋代大書法家米芾當年也在這裡長期隱居。

「聽說米芾的墓就在南郊附近，你去過沒有？」我問她。

她微微搖了搖頭：「還沒有呢。」

「據說那是一座空墓，文革時被砸毀了，後來重砌的。」我告訴她。

「怎麼是空墓呢？」她問。

我說：「這個責任恐怕還得由米芾本人來負。因為他太酷愛自由了，太浪漫了，他把自己的歸宿交給了這十里長山，交給了大自然。他的靈魂，即使死後，也不願受到世俗的騷擾和任何禁錮。你想，也多虧是座空墓，文革時他在九泉之下才免遭一劫，不是嗎？」

冷豔總是睜大了眼睛，全神貫注地聽我說，好像生怕漏聽了一個字。

我又向她推薦了唐朝詩人李涉寫南郊的一首詩——

終日昏昏醉夢間，
忽聞春盡強登山；
因過竹院逢僧話，
偷得浮生半日閒。

她聽了，撫掌笑道：「我們今天是偷得浮生一日閒，比他還多半日呢。」

說說笑笑走走，就來了一處叫讀書台的地方。

冷豔手一指說：「又是一個你崇拜的人物！按你的說法，他又算一個高級隱士吧？」

我們走進閣門，只見正屋中央有一尊執筆而坐的古人塑像。塑像前是書案一張，油燈一盞，旁邊還有幾把陳舊的太師椅，一張竹床，佈置得倒也有幾分清寒靜謐的意味。

再看介紹，這裡的主人公竟然是一位皇太子——蕭統，梁武帝蕭衍的長子。蕭統生而聰睿，五歲遍讀五經，讀書數行並下，過目皆憶；二十歲時離開六朝金粉之地的建康（南京），來此隱居，閉門讀書，潛心編纂了我國最早的詩文總集《昭明文選》。三十一歲時雙目出血、失明，心力交瘁而死。

我還是被這個故事深深地震撼了。我呆立在那兒，許久說不出一句話。因為我知道，這是一個真實的故事，比耶酥、釋迦牟尼要真實千百倍。據說釋迦牟尼成佛前也是一位王子。他們原本有享受不盡的榮華富貴——假如這就是生活的真諦的話。而他們卻做出了另外的選擇。後人雖然記住了他們的事蹟（忘卻了無數帝王將相），但又有多少人真正理解他們呢？……也許，他們生來就是為人類作犧牲的吧……

讀書台前，碧草茵茵，苔痕斑斑，黃昏的秋陽從樹隙間遲遲離離地照過來，照著這人去閣空的一千四百年……

站在閣前的陽臺上，可以看到招隱寺全貌。茂林修竹中，露出幾處簷牙屋脊，一輛麵包車正滑翔水泥路歪歪斜斜地開上來，最後停在山腰的一個小廣場上。而周圍的丘巒從三面恰到好處地形成一種環抱之勢……

只是這裡，再也不是當年蕭統、米芾醉心的招隱寺。這一點我很清楚，而且越來越清楚。當冷豔依在我肩頭說「我可不希望你像他這樣」時，我仰頭一笑說：「這可能嗎？」

十、汪洋一草

當天晚上，我在收音機裡聽到青年詩人顧城自殺的消息。

當天晚上，我睡在家裡小房間的小床上，關起門來，總算關住了外面的一些噪音。我常常慶幸自己能住上這麼一套兩居室的房子。雖然它緊靠馬路吵了一點，靠近水泥廠灰塵多了一點，下雨還常常鬧水災，但它畢竟可以藏身了，而且藏身所裡還可以再藏身——藏成一個人。

老婆在睡覺之前，還推門進來關心了我幾句。她叫我別看書了，早點睡覺。我確實感到很累。昨夜一夜沒睡好，今天又山山林林地玩了一天。

我閉上眼睛，可怎麼也睡不著。腦袋裡亂糟糟地攪成一團，就像胃子裡吞進了太多的食物難以消化。一個人好東西吃多了，嘴就刁了，一般口味的食物就激不起他的食欲。人的腦袋瓜大概也是如此。營養過剩？我知道我的口味越來越高，越來越難滿足了。孤僻也許就是這樣產生的？

我一閉上眼睛，蕭統就活生生地出現在我面前，他談笑風生，飄飄欲仙，舉止投足間，無不顯出一種無與倫比的高貴、孤傲的氣派。高貴而孤傲。是的，就是這感覺。當年在讀書台，可有心愛的人兒陪伴他？也許是他找不到這樣的人、或者是失去了這樣的人，才看破紅塵，決心遠離塵囂？也許是因為他太聰明了，成了一個癡人、怪人，常人覺得不可理喻，也無法接近？

記得有位哲人說過：遠處的詩人才是偉大的，如果這位詩人做了你的鄰居，你看到的只是一堆笑料。難道做一個不甘平庸的人，就必然要付出這樣的代價麼？

門外關不住的聲音讓我感到一陣陣的煩躁不安。馬路上的車輛鳴著刺耳的喇叭在我頭頂上方隆隆地駛來駛去。廁所間裡，老婆開著轟轟的洗衣機，叫嚷著，逼迫兒子洗臉、刷牙、洗屁股、洗腳、睡覺……每天都是如此，都是一個艱苦的戰役。這孩子，都快十歲了，還這麼煩人。晚上不肯睡，早上不肯起。明天早晨鬧鐘一響，天麻麻亮，老婆又會大呼小叫地把兒子從床上拖起來，逼他刷牙、洗臉、吃早飯、拿書包、戴紅領巾……直把他拽出門，一直送到學校。日復一日，就這麼循環往復，沒有改變的意思。恐怕連自己都不知道忙的什麼。反正在這樣的忙忙睡睡中人一天天的長大，再一天天地變老，直到長眠不醒……我閉上眼睛，彷彿一下子看到了二十年、四十年以後的情景——四十年以後，我都七十多歲了，如果我還活著的話，和現在會有什麼不同嗎？……

塞上收音機的耳機，是我對付這種困境的常用方法。耳朵被塞上以後，現實世界彷彿離我遠了一些，我的靈魂好像氫氣球似的懸空飄浮起來……腳下是人間的萬家燈火，頭上是浩瀚星空——不知天上宮闕，今夕是何年？

我是偶然從美國之音電臺裡聽到顧城自殺的消息的。我不幸成了第一時間得知這個噩耗的中國人之一。明天，或者後天，我們的中文媒體或許才會報導這個消息。

中國的朦朧派首席詩人顧城在澳大利亞的激流島隱居這是許多人都知道的。可是這一天他用斧頭砍死了他的妻子，然後上吊而死。目前人們只知道這些。詳情還有待繼續報導……

無數個早晨的早晨又來到了。

隨著一聲重重的關門聲（老婆終於把兒子拽出去了），屋內突然變得寂靜下來。

其實我早就醒了。不，確切的說，從昨夜開始我就一直醒著。又是一夜未眠。也不是全醒，就這麼半夢半醒之間，迷迷糊糊的。我只記得一件事，我曾在半夜裡聽到美國之音報導了顧城自殺的消息。我還記得我半夜裡好像爬了起來，打開屋內所有的燈，翻遍每只書櫥裡的每一本書，想找出顧城的每一部作品。另一個房間裡的老婆曾被從氣窗透出去的雪亮的日光燈刺醒，驚詫地責問了我兩句。

看來這一切都是真的。因為我的床頭正堆著幾本顧城的詩集：《黑眼睛》，《雷米》，《城》。我的所有的顧城的著作都在這裡了。

死去的人已經默默安息。活著的人依然要活著——問題是怎麼個活法?日復一日,這依然是個問題。這個問題在今天早上因為顧城的死而變得特別嚴重。

顧城,曾是我為數不多的幾個崇拜者之一。他不僅用自己才華絕代的詩歌而且用自己的行動力圖為現代人類探尋一種合乎人性的生存方式。也就是他意念中的淨土——理想的女兒國。

不久前,我還在一本海外雜誌上讀到他的關於「女兒國」的論述。他認為女兒性恰恰體現了中國人對於人性的佛性這種和諧的最高夢想:美麗,豐富,潔淨,空靈……

但他還是丟下我們,獨自到另一個世界去尋找他的女兒國了。

我躺在床上,半天半天不能動彈。也不想動彈。因為我不知道起床以後應該幹些什麼。一個個設想都被否定了。

是的,一切似乎又失去了意義。這個世界,又少了一條活著的理由。

好在我的理由還沒有喪失殆盡,至少還有一個人,還有一個理由,在虛無中若隱若現,猶如汪洋中漂浮的一根稻草。

許久許久,我終於摘下床頭的電話,一下一下地按著上面的數位鍵,按了足有十幾遍之後,電話終於通了——當聽筒裡傳來一個熟悉的甜甜的少女的聲音,我這邊早已是潸然淚下,許久許久說不出一個字來……

第13條婚規

非房勿擾

沒等鍾山把話說完，孫燕突然就火了，沒頭沒腦衝老公來了一梭子：「你早就想跟我們分開了，以為我們看不出來？告訴你，你要是不賣馬家灣的房子，我們就各住各的，散夥！」

一、漁夫與金魚

如今人們一見面，除了喜歡談腐敗就是談房子。對於這兩個話題，我還真有許多話說。就在前幾天吧，我還為房子的事和我的妻子孫燕吵了一架。具體過程在這裡就不多說了，因為這並不是什麼體面的事情。至於吵的原因我以為還是有必要說一說的。還是讓我從現在住的房子開始說起比較好。

先說地點，它在江城的邊緣、一個叫馬家灣的地方。據說在二十世紀六〇年代初的時候，這裡還是荒無人煙的一片，到了七〇年代的時候，據說隨便一個什麼人，只要他願意，都可以在這裡搭窩棚、砌房子，不需要任何手續，也不需要任何人批准，院子想圍多大就圍多大。據說那時候砌間房子只要花百把塊錢。我有一個叫江波的朋友，他爺爺在三年自然災害時期花六十元人民幣就在城中心買下了兩間舊屋連同一百多平方米的院子。直到現在，江波還住在那裡面，他還給我看過房契，可見此事不虛。

到了本世紀末，位於市郊的馬家灣和許多其他地方一樣，已經顯得非常雜亂、擁擠、骯髒了。換句話說，我們家就住在這雜亂、擁擠和骯髒之中。

馬家灣為什麼會這麼髒亂差呢？前面說過，這裡是城市的邊緣地帶，九〇年代開始繁衍的螻蟻一般多的房地產開發商們越來越多地將目光不懷好意地轉向了這裡，因為城市中心的空間已經被他們蠶食殆盡。

馬家灣這地方過去一直被人稱為「貧民窟」，這裡的居民大都不是本地的，而是外來的「流浪者」，有的還是逃荒的難民。可想而知，當初這些難民在這裡搭窩棚、砌房子處於一種什麼樣的無政府狀態，屋前屋後，蘿蔔青菜，豬圈糞坑，雞鴨成群，完全按照農村的那一套進行，直到今天，他們談起當年劃地為牢、佔山為王的經歷時還感到遺憾不已，因為他們當初沒想到（也沒能力）將院子圍得更大一點，假如當初那麼做的話，現在人人都離大款不遠了。

世界上的事情總是這樣，人們對於白拿白佔的東西總是不那麼珍惜。比如山坡上的這些荒地，反正不值錢，想什麼時候佔，再去佔也不晚。當然這是舊話了。

現在，他們聽說開發商要來了，便積極汲取了過去犯「農民意識」的教訓，家家開始突擊搭建簡易窩棚，因為他們聽說，有了這些窩棚，就可以跟開發商討價還價，要求開發商還給他們同面積的新房子，這可是一本萬利的好事啊！馬家灣人終於迎來了他們淘金史中第二次發財致富的曙光。

拆遷、開發是一塊一塊逐步進行的，看見幸運的鄰居們鳥槍換炮住進了象徵現代文明的新套房，老馬家灣人沉不住氣了。他們也用上了自來水，但沒有下水道，他們就把水直接排到路上。有的人家還迫不及待地用上了土法上馬的衛生間，但沒有化糞池，他們於是就把糞和水作了上述同樣的處理。看到住新房的人和他們一樣踩著髒水、聞著臭氣，他們的心理或許就平衡許多了。

因此，就對馬家灣的環境不滿這點而言，我和妻子和其他人都達成了一致共識。但這並不意味著我們就有能力改變這種現狀。願望和現實，在大多數情況下是兩碼事，這是連小學生也知道的常識，而孫燕卻常常會把它們混為一談，這是引起我們之間分歧的一大原素。

本來我以為，喜新厭舊是男人們固有的本性，誰知我的妻子孫燕用她的實際行動給我上了活生生的一課，讓我知道女人在這方面比男人有過之而不及，特別在對待「物」的問題上。

我發現，隨著生活條件的逐步改善，我的妻子不是越來越滿意，越來越快樂，而是恰恰相反。換句話說吧，她的胃口變得越來越大了，而她的脾氣比她的口胃還要大很多，她的心情變得越來越不好。這難免讓人想起那個古老的「漁夫與金魚的故事」。

在普希金的那首童話詩裡，老漁夫被描寫得勤勞忠厚，老太婆則是一味地貪得無厭，登上女皇的寶座並沒有讓她感到幸福和快樂，相反，她變得更加兇狠和霸道了。最後老漁夫從海邊回來，看見在他面前重新是那所破舊的小泥舍，他的老太婆正坐在門檻上，擺在她面前的，還是過去那個破舊的小木盆。

這個故事我們大家小時候都聽到過，長大以後，有多少人知道，我們正在不知不覺地重複著這個故事。

我這麼說，一點沒有故意貶低我妻子的意思，更不會將她與普希金故事裡的老太婆相提並論，這是我要著重聲明的。我歷來認為，夫妻吵架，沒有對錯之分，只存在值不值得的問題。我歷來還認為，我們每個人（不論男女）心裡都住著那個醜惡的老太婆，只要條件一旦成熟，她就會在我們面前現出原形。到這個時候，小金魚的尾巴一擺，游向了大海深處，我們所有的努力，所有的希望，包括我們已經得到的一切，都會化為幸福的泡影。

在搬來馬家灣之前，我們住在黃泥南路的一套舊房子裡，一樓。我們之所以能住進去，是因為那兒的地勢比較低，一下大雨就會淹水，單位裡其他人都不願住。我們在那兒住了五年，被淹了四年。

一九九五年夏天，是我們被淹得最慘的一次，床和桌子都被淹沒了，實在沒法兒住，我們就臨時到馬家灣來租了一套房子（月租金三百六十元，較低），權做避難。後來一打聽，附近還有一套商品房在出售（原來的主人忍受不了這裡糟糕的環境，退了貨），而且是三樓，一室半一廳，建築面積約六十四平方米，售價約七萬元。

當時我們家幾乎沒有什麼存款（前兩年存了一萬元，怕貶值，就買了一架鋼琴，結果還是被水淹掉了），好在七萬元還不是一個難以企及的天文數字，孫燕向單位借了兩萬元，加上親戚朋友們東借西貸的，先湊了五萬元交給開發商，剩下的兩萬元保證在年底交清，這才拿到了新房鑰匙。

妻子說，他們單位有規定，鼓勵個人買房，凡是個人買房、不要求單位分房的，單位可給予兩萬元的買房補助。也就是說，孫燕向單位借的那兩萬元實際上是不用還的，將來只要補辦個手續就行了。

至於我，我沒有向單位要錢。我的單位是學校。學校規定，凡是個人買房、不要求單位分房的，單位可給予相應的買房補貼，初級職稱三千元，中級職稱五千元，以此類推；還規定：只有男職工可以享受分房待遇。我是男職工，這是確定無疑的，假如我要了那五千元，那麼我的分房資格就沒有了，還要把我那套淹水的房子無償地交出去。呆子都會算這個賬。何況我自認為還不是呆子。

這麼一說，你就知道我為什麼不向單位要錢了。我甚至都沒有告訴單位裡的任何人我們家在馬家灣買房子的事兒。假如讓單位知道了，我的分房資格還有嗎？……

後來的事實證明，我的這步棋是走對了。這個事實在這篇小說的後面將會被提到。

現在還是來說說馬家灣的這套房子。當時鑰匙拿到手，什麼裝潢都談不上，連地板都沒做，只是將牆壁草草粉刷了一番，我們就急急搬進去住了。

住下來才知道，房子的質量有多糟糕。所有的水管、龍頭、閥門、電線、燈頭、開關都不能用，牆體開裂，天花、地面不平，還短少面積。據統計，江城市的房屋開發公司計有三百多家，除了一兩家之外，無不靠短斤缺兩的伎倆發財。

前不久，我們樓裡一個叫黃二的鄰居發起「百家訴訟」活動，號召所有私人購房者聯合起來，告開發公司的狀。我也參加了。現在江城技術監督局專門成立了一個「房屋公正測量中心」，生意空前興隆。我們這套房子，原來開發公司的合同上是六十四平方米，「公正」測量下來，六十平方米還不到。我們都非常想討回被騙去的那四千多元。

關於這場官司的最新進展情況是這樣的：一九九八年五月，法院一審判決原告勝訴，但被告（開發商）不服，上訴到了中院。到目前為止，中院還沒有裁定下來。有傳聞說開發公司給中院做了很多工作，市政府有關部門也傾向於開發公司，因為假如開發公司敗訴了，全市至少還有幾萬戶居民會揭杆而起，與他們的房屋開發商對薄公堂，後果將不堪設想。

我們聽了這些傳聞，情緒都很低落，對打贏這場官司普遍信心不足。有的原告甚至公開表示後悔，說狼沒套著，又多賠去了一個孩子。是啊，為了打這場官司，花去的精力不說，僅律師費、訴訟費、測量費等等加在一起每戶人家就過了四位數。這事不說也罷。

二、不安於室

一眨眼，我們已經在馬家灣住了四年了。我想說的是，雖然馬家灣的環境衛生不太理想，面積還短斤少兩，但憑良心說，比起原來黃泥南路的「水牢」，不知要好到哪裡去了。至少你可以關起門來，把家里弄得乾乾淨淨的，沒事別往外面瞅就是了。假如你嫌窗下的臭氣熏人，就再把窗戶關關緊，輕易不要打開它。你想想，你的房子才一千元一平方，我們都知道一等價錢一等貨的道理，你能要求它好到哪裡去呢？

一九九九年的時候，在我們這個江南小城市，理想地段的房價在每平方米兩千五百左右。中等的在一千六百元上下。聽說省城南京的房價正好是我們的一倍，也就是說，在南京的理想地段，七萬元也許只能買一間廚房，或者一間廁所。這樣一想，你大概就會心平氣和多了。

問題是我的妻子孫燕就不這麼想。也許是她天天上下班，對「環境」接觸比較多的緣故吧（我在大學裡做教書匠，不用坐班，一個星期才出去兩三次），加上她有個業餘愛好，即喜歡上別人家的「新房」去參觀，一邊參觀，一邊自然就會在心裡拿自己家的房子去和它比較，就像男人喜歡拿他每遇見的一個女人去和自己的妻子比較一樣。這樣比較的結果，喜新厭舊的本能便無疑被加倍地激發出來。

「不安於室」，又眼高手低，真是要命啊，胃口大了，脾氣比胃口還要大，這樣下去不吵架才怪呢！但除了吵吵架，生生氣，又沒有任何其他的實際收穫，真是要命啊！房子這東西又比不得人，你厭棄一個舊人，看上了一個新人，你還可以離了舊人去和新人結合，可是假如你看中了一套新房子，你又怎麼去和它結合？

真是要命啊，所以說，人這東西在房子面前簡直不堪一擊、不值一提呢。也許這就是我們家房子越換越好，吵架的熱情也越來越高的原因。

前面說過，幾天前，為房子的事，我和妻子吵了一架。我還說過，我妻子身上新添了個業餘愛好，即喜歡上別人家的「新房」去參觀。近年來她的這個業餘愛好明顯有往專業愛好上發展的趨勢。過去女人們大都愛逛街，哪怕累死累活地逛上一天，什麼也不買，這種奇怪的愛好常常使男人們百思不得其解。

有人針對這個現象發明了一個詞：「性溝」。近年來，據說中國的女人在原有的熱愛逛街的基礎上又增添了一項：即「逛房」。聽說什麼地方正在（或正要、將要）砌房（或開盤），她們必定要成群結夥去逛上一逛，哪怕她根本不想買房。當然她們中的大多數人還是抱著一點買房（或換房）的念頭去的。

自從福利分房的社會主義優越性被取消以來，「性溝」也得到了進一步的擴大。房子似乎也成了女人的一種時裝。

如果有興趣做番考證，女人的這種想法也並非毫無道理，古時有個詩人叫劉伶的，曾病酒裝瘋，整天赤身裸體在房子裡轉來轉去，朋友勸他穿條褲子，以免有人進來撞見了不雅，劉伶說：天是被子屋是衣，誰叫他們鑽到我褲襠裡來的？

我妻子孫燕染上這種愛好的原因自然是想換房，她整天打著換房的旗號，上班時間跑出去看房逛房似乎就成了名正言順的理由。這樣做的結果，弄得不少認識我的人都知道我又要買房子了，一見面就房子長房子短地問個不休。這且不去說它。

這天晚上孫燕很晚才回來，一看她神情異常亢奮、像剛剛被打過一針興奮劑的樣子，就知道她又看中了一套什麼房子。孫燕平均每隔幾天就要看中一套房子，幾年累計起來她看中的房子足有一百套了，你看要命不要命。而且她每看中一套房子，就要在你耳邊宣講不休，直到你答應第二天陪她一起去看房。次數一多，我就掌握了規律，只要看見她神情一亢奮，我立馬答應明天陪她去看房，省得她一晚上在你耳朵根上喋喋不休地，吵得你睡不著覺。當然我這樣做，孫燕是不過癮的，我也知道：有話憋住不說，既有損身體健康，也不符合人道主義精神。

這天也屬於這種情況。孫燕又看中了運河路的一處房子，她不僅畫出了示意圖，還從開發商那裡拿來了房子結構的圖紙，並且說已經初步談定了價格：每平方米一千四百元（原價是一千六百），帶樓閣的六樓，兩室半一廳，建築面積約八十八平方米，另外樓閣約三十平方米奉送。

我一聽這價格，一聽這地點，興趣就不大。現在的房子，越靠近市中心價格越高。這也是一種「中國特色」。我倒傾向於清淨一點的郊區。沒聽說嗎，如今在西方發達國家，只有窮人才住在鬧市。因此，從長遠的發展眼光來看，十年、二十年之後，假如我們國家真的變富強了，馬家灣這樣的地方未必不會走俏、增值。

但我的妻子孫燕堅決反對我的發展眼光，她把它稱之為「書呆子觀點」。她最有力的一個論句是：「十年、二十年以後，說不定我們都變成灰了，就算不變成灰，也老得嚼不動了，增值還有什麼用？增你個大頭鬼！」

你聽，用這樣的語調說話，能不吵麼，不吵起來那才叫怪呢。

我算明白了，歸根到底，女人是一種無可救藥的城市動物，她們無可救藥地為熱鬧和時髦而生。無可救藥。有人說女人最怕衰老，但按我最新的理解，她們最怕的是不熱鬧和不時髦，是冷清、寂寞、孤獨、荒涼，也就是無人理睬。我是這麼想的，假如一個女人從來沒有人去注意她，那麼，她是年輕還是衰老就無所謂了，你說是吧。

在下面這節裡，看來還有必要把馬家灣的環境向大家辯證地介紹一下。我的意思是說，馬家灣除了上面說過的那些缺點，它並非一無是處。

首先，它附近沒有工廠的污染和噪音，白天晚上都很安靜，它靠火車站也不算遠，大約兩裡路的樣子，火車的汽笛聲在白天聽上去剛好像蚊子叫。

最值得一提的是它緊靠一座叫寶蓋的小山，二十多米高的一個土丘兒，從我們住的樓下出發，不稍五分鐘，就能爬上山頂，山頂上圓圓平平的，真像一隻大鍋蓋。寶蓋山原來是一座荒山，自然地長著一些樹樹草草，近年來由於它周圍的居民日益增多，上山練氣功的人漸漸把上面踩出了一條橢圓形的環型跑道，還有人砍了些樹幹橫綁在兩棵樹之間，權當單槓和坐凳。我平時不坐班，白天在家裡時間悶長了，總喜歡往山上跑。山上那麼清靜，距離又如此之近，我相信在我們這個城市再也找不出第二處了。

想想以前住在黃泥南路（聽聽這名字！）的情形吧。我們的房子前面緊靠著一家救護站，那兒不分晝夜隨時都有可能響起救護車的警報聲。這還不是最糟的。最糟的是我們的房子後面還緊靠著一家水泥廠，那高大筆直的煙囪好像就豎在我們的房頂上，它龐大的粉碎機發出的轟鳴使我們腳下的大地時刻在顫抖，碗櫥裡的碗啊玻璃杯什麼的終日發出叮叮噹當的碰擊聲。但這還不是最不能忍受的。想想空氣中無所不在、無縫不鑽的那些水泥灰塵吧，你一走出門外，就能感到它微小的顆粒沙沙地落在你臉上以及所有裸露的皮膚上，還有點熱乎乎的。它的灰塵如此之小如此富有酸性粘性和滲透性，時間一長，你擦也擦不掉、洗也洗不掉，於是你的皮膚便會像水泥廠的那些操作工一樣，漸漸發灰，發黑，最後的結果大概只能是無限近似於一片乾枯的樹皮。

當然，你也可以選擇室內，一年四季、一天二十四小時將門窗緊閉，再拉上門簾、窗簾什麼的，與外界徹底隔絕。告訴你吧，實際上我們住在黃泥南路的五年就是這麼幹的。我們自己把自己與世隔絕了五年。室內終日不見陽光，也沒有新鮮的空氣，只有一股潮濕的黴味，我們終日開著日光燈照明，開著取暖器企圖烘乾空氣，每月的電費總是別人家的好幾倍。但就這樣，可惡的水泥灰還是沒有放過我們。我們簡直弄不明白它是從哪兒鑽進來的。

舉個例子說，你夏天睡在涼席上，一覺醒來，涼席上就會「烙」上你人形的烙印。和朋友下圍棋，把棋盤揩乾淨了開始下，一盤結束後，棋盤和棋子上便均勻地落上了一層灰。如果不是一九九五年夏天的洪水把我們從那裡硬衝出來，說不定現在我們還在那座「水牢」裡蹲著呢。

這樣一說你大概就清楚了，和「水牢」一比，馬家灣就簡直成了天堂。

三、生米煮成熟飯

假如再把時間往前面推一推，推到一九九一年之前，情況就更不堪回首了。那時我在江城根本沒有自己的房子。

說來話長了。一九八二年我大學畢業後，被分配到蘇北一個叫麻縣的縣城，離我的家鄉江城約有一百公里的路程。由於當時的人事制度很死，大學畢業生從江北往江南調動非常困難，我就悲觀失望了，就在江城找了個對象（高中時的女同學），結婚了。她就是孫燕。

婚後第二年，我就把孫燕調到了麻縣。後來，到了八〇年代後期，由於改革開放的結果，人事制度又漸漸鬆活起來，加上企業的效益在漸漸滑坡，大學畢業生也漸漸不被當作寶貝看了，想調走的基本都同意放——只要對方有單位接收就行。於是到了一九八九年夏天的時候，我調回老家江城的努力終於有了點眉目。

我的接收單位是江城的一所職工大學，當時這所大學的校長是我中學時的老師，他對我比較瞭解，也比較信任，調動的事，他可以說了算。在調進時，我按規定與校方簽訂了一份「永遠不要求學校解決住房」的協議。據說當時這是大多數單位人事調動的一個先決條件。你可以想像，簽那份協議時我的心情有何等的悲哀。

還要說明的是，當時我是隻身一人過來的，把二十八歲的老婆和三歲的兒子扔在了麻縣。那年我正好三十歲，也就是人們常說的而立之年。

調回江城以後，我無處居住，暫時和我的母親和繼父擠在一起。不用說，這夠彆扭的。不久，也算是天無絕人之路吧，我姐夫從部隊轉業了，當時他是連級軍官，在部隊有一間十平方米的單人宿舍，地點離我們那所職工大學不遠。我姐夫和營房科的人拉拉關係，獲准暫時不交宿舍，借給我暫住。

於是我終於有了自己的一個小窩。

但這個窩還不能給學校知道，知道的話，你就更沒有希望從它鍋裡分一勺了。雖然我和學校簽訂了一份「永遠不要求學校解決住房」的協議，但我聽說有些同樣簽了這種協議的同事後來也逐步啃到了學校一點兒西瓜皮。

有個要好的同事叫尹間的告訴我：如果想吃到瓜瓤，第一步必須設法住進學校的教工集體宿舍。尹間還具體教我操作的辦法：不要向學校打申請，你打申請他是永遠不會批准的，你只有找個空床悄悄地「借住」進去，把生米炒成熟飯再說。

尹間的這句話讓我想起很多男人談戀愛時常常使用的花招。

當時我的兒子四歲了，已經到了上幼稚園的年齡，我在江城找了個關係，在一家幼稚園借讀。兒子有時候和我住在部隊宿舍，有時候「借住」在學校宿舍，擠在一張狹狹的單人床上。

就這樣，我們爺兒倆從秋天混到了冬天。

學校一放寒假，我和兒子就去了蘇北的麻縣——孩子他媽還留守在那裡，她沒有寒假。臨近大年三十的時候，我們一家三口再從麻縣回到江城來過年，然後呢，我們再回到麻縣去過完剩餘的寒假，再然後，再回到江城來開學、上班……就這樣來回折騰。

四、蝸居歲月

在麻縣，我們一家三口住在一間和草窩差不離的抗震棚裡。

那棚子是一九七六年防震抗震的時候搭的，牆、房頂和門都是蘆席做的，四壁透光，下起雨來，外面大下，屋裡小下，下大了還會淹——你一早起來，經常發現你床前的拖鞋、腳盆、小木凳等等都已飄得不知去向。

告訴你，我和我妻子孫燕就是在這樣的棚子裡結婚的。換句話說，這間蘆席棚曾是我們的新房。

我們結婚的時候幾乎是一無所有。雙方家長對我們的婚姻雖然不反對，但覺得我們談戀愛的時間太短，結婚太早了，在思想上和經濟上，他們都沒有準備。

我單位也說這樣的話。剛分來時，我住廠裡的集體宿舍，第二年我要結婚，廠裡說沒有房子，只有先到抗震棚裡過度一下。當時我們太年輕，也不覺得抗震棚有多可怕，心想過度就過度吧，沒想到一過度就是四年多。

剛住進去的時候，我們把蘆席牆用舊報紙糊起來，上面再糊上一層白報紙，有人建議我們用馬糞紙什麼的拉個頂，以免看到屋頂上的蘆席和窟窿眼兒，我覺得太費事，再說又不打萬年樁，抱著這樣的想法，就沒拉什麼頂。

床呢，就是集體宿舍的那張單人床，居然也用它睡了好幾年，並沒有感到有什麼不方便之處。後來廠領導出於關心知識份子，讓行政科借給我們一副床板，拼起來約有四尺寬，但妻子覺得它太硬，就沒採用。當然我們也不會讓它閒置著的，我們找來一些磚頭，把木板墊起來，當長條桌使用。

在此之前，我們的桌子是由我的木箱來充當的，至於凳子，將臉盆倒扣在地上就成了……告訴你，這就是我們最初的新房。我敢拿十元和你打賭，從今以後，你再也看不到像這樣的新房了（至少在我們這個地方）。

現在，我就經常拿這個事例來教育我的孩子，還有我的那些學生們，在他們面前，我經常毫無愧色地把自己塑造成「自力更生，白手起家，艱苦奮鬥」的一個典範。我對他們說：這樣的奇蹟，你們這輩子包括你們的後代恐怕是再也創造不出來了。

說真的，我不知道時代是不是真的進步了，我也不知道現代青年人的生活質量到底是不是真的提高了。我只知道，我和妻子的婚姻之所以經歷幾次波折而能一直維持到現在，與抗震棚「新房」的這段經歷恐怕不無關係。我心裡曾一直暗暗打算，一定要把我的這段經歷寫出來。我自以為這是我的——至少是我們這代人特有的生活體驗。

直至現在，當我回想起我二十多年的婚姻史，我還是堅持認為，住抗震棚那四年的時光是最難忘也是最快樂的。

十平方米左右的窩棚裡空空蕩蕩的，除了上面提到的單人床，兩塊床板，幾隻箱子（用磚頭墊著）和一些鍋碗杯盆，幾乎什麼也沒有。

我們唯一「值錢」的家當是妻子帶過來的一台老式笨重的答錄機，只要我們在家，它總是響著聲音陪伴著我們。後來孫燕聽說我弟弟報考研究生需要用答錄機學外語，她便毫不猶豫地送給了他。

我們燒飯用的那只破煤油爐還是孫燕當年下放農村時用過的，現在的小青年已經無法想像它是個啥玩意兒了，很遺憾，我們沒有能夠把它保存下來，在一次又一次的搬家過程中不得不捨棄了。假如保存到現在，至少會給我的兒子多一份見識，多一份教材。那種煤油爐火力很小，不能燒飯炒菜什麼的，只能把現成的飯菜加加熱。中午的飯菜都是我從廠裡的食堂裡買了帶回來，假如冷了，就用煤油爐熱一熱。

我們事先把飯菜分成兩份，好留一份晚上吃。開水也是我從廠裡打了帶回來，實在急需，就向鄰居們要一點。鄰居們都很好，對我們很客氣，經常主動地跑過來，問我們要不要開水。

後來我們覺得老這樣也不是個事，就狠狠心買了一隻煤爐（記得當時的價格是五元左右，佔了我月薪的近八分之一）。

有了煤爐其實也很煩，比如買煤啦，找引火材料啦，最要命的是我們沒有廚房，搞得滿屋子都是煤煙和煤氣味兒。尤其是剛加新煤的當兒。這當兒我總是把煤爐拎到屋外去，等它正常燃燒了，再拎回來。如果碰到颳風下雨，事情就難辦一點，我們只好盡量把那扇蘆席門打開來透氣，或者就乾脆熄了火，在煤油爐上下麵條吃。

不過，有了煤爐，生活上的方便之處也是顯而易見的，比如開水熱水就不要煩了，可以大膽使用，有了煤爐，自己還可以炒點菜吃吃，做妻子的挎著菜籃子上街買菜，然後回來擇菜洗菜燒菜一陣忙，就有事情可做了，看上去就更像一個家庭主婦了。

記得當時麻縣的水產特別便宜，印象最深的是有一次我們花五毛錢買了一大串小螃蟹，孫燕回來把它們洗刷乾淨，用刀切成兩半，再用面裹著，又是油炸又是紅燒，燒了兩大盆，我們喝著葡萄酒，晚上一頓居然把它們全吃光了。

那情景、那滋味兒可說是終生難忘。

後來，我又在好些場合吃過這樣的油炸蟹，但沒有一次能記得這麼清楚了。就像人們總是懷念自己的初戀、總是清楚地記得自己的第一次性經驗一樣。

還有一點想補充的是，當時我們沒有廚房廁所，也沒有自來水，單位只是在路邊上搭了一個簡易的公共廁所，廁所旁邊立著一個公用的自來水龍頭，供幾十家「抗震棚住戶」使用，那裡常常擠滿了用水的人，廁所門口也常常排著隊。有時候水龍頭壞了，關不上，水便沒日沒夜地嘩嘩流著，淹了巷子裡的道路。

我們的兒子就出生在這樣的環境裡，直到三歲。

關於兒子小時候印象最深的是這樣兩件事：一是夏天窩棚裡熱得像蒸籠，兒子身上長滿了痱子，夜裡我們陪他在門口乘涼，往往要挨到凌晨一兩點鐘才能回屋，夜深了，兒子就睡在地上的一張涼匾裡（涼匾是鄰居借給我們的，麻縣很流行用它來做床），我和妻子坐在旁邊，一邊不停地用手裡的蒲扇為他驅趕蚊蟲，一邊聊天、唱歌，一點也不感到寂寞。

二是夏天裡我們的窩棚淹水時，兒子總是感到特別的興奮，穿著雨靴在髒水裡故意嘩啦嘩啦地亂踩，他還喜歡坐到塑膠臉盆裡，試圖讓臉盆像小船一樣地漂起來……

那時候，我很少聽見我妻子抱怨什麼，好像生活本來就應該是這種樣子的。

孫燕當時經常說的一句話是：「這輩子有了你，我什麼都不要了。」

我也常常為這句話所感動。我知道，當時，孫燕作為一個紡織廠的紡織女工，能嫁給我這樣的物稀為貴的大學生，她內心是很感激我的，她內心的幸運感和幸福感也是可想而知的。

我是大陸恢復高考後的第一屆「正規」大學畢業生（即七七級），那一年，整個麻縣只分配了不到十名，在我供職的近二千人的化工總廠，「正規」大學生就我這麼一個「獨子」。當時所有的人包括我們自己都對我抱著很高的期望。很多人（包括我的家人）對我匆匆忙忙找一個上三班的紡織女工結婚都感到不可理解，現在，連我自己都弄不清楚我何以會那麼做，但在當時，這一切好像都是必然的、順理成章的事兒，孫燕毅然放棄江南的城市和她的房子（又是房子！），隻身跑到蘇北麻縣的草棚裡來和我艱苦奮鬥，這本身就說明了問題。在我們的眼裡，人是第一位的，感情是第一位的，其他的都不重要。我要她來，她就義無反顧地來了，你還想要什麼呢？……

婚後的那幾年，也就是在抗震棚裡生活的那幾年，我們的感情確實很好，連鄰居都羨慕我們，他們對孫燕的評價很高，都說我是個「有福之人」。我自己也這麼想。

那幾年裡，我們幾乎沒有吵過架，偶爾鬥鬥氣，一轉眼就和好了。記得有一次她告訴她哥哥說我們從來不吵架她哥哥竟然不信，說「天下哪有不吵架的夫妻？」後來妻子把這件事悄悄告訴我，那滿臉幸福、驕傲的表情，我一輩子也忘不了。

當時我在廠裡上班，孫燕在一個鄉的文化站上班，她如果先回來了，常常會站到巷子口朝馬路上眺望，弄得一同下班的同事都很羨慕我：「看你老婆對你多好，像電影上一樣，還站在路口等你呢！」

另外，我們的棚區供電也不正常，經常莫名其妙地停電，碰到這時候，我和妻子便攜手來到馬路上散步，聊天，或者聽她輕輕地唱歌。我們常常走得很遠，不知疲倦，我們覺得小縣城的夜景很好看，百看不厭。小縣城地處裡下河的水鄉，小縣城裡的水和橋很多，我們喜歡坐在橋上，看著水裡的燈光槳影，輕輕地唱著歌，體會著「月落烏啼霜滿天，江楓漁火對愁眠」的那種意境。

我衷心地謝謝你／那番關懷和情意／如果沒有你愛的滋潤／我的生命將會失去意義……

五、情感危機

如果說當初妻子從江城調到麻縣是「異性相吸」的話，那麼六年之後，我從麻縣調回江城，大概只能解釋為「同性相斥」了。

我和妻子在經歷了幾年的感情危機和分居的考驗後，又重新走到了一起，她又從麻縣調回了江城——也就是說，我們一切又要從零開始了。

如前所述，我們住過集體宿舍，住過「烘房」，住過「水牢」，直到一九九五年，我們才住進了馬家灣三樓的兩室一廳。我想我們該知足了，或者說，該吸取那麼一點教訓了。

我的意思不是讓大家不要換房子，正如我不抽煙，但不反對別人抽煙，說到底，做煙民和買房子都是支援國家建設，支援一部分人先富起來。我的意思是說，房子是給人住的，而不是相反，人給房子住了。是吧？

一九九九年春節這天，我和妻子又鬧了一點彆扭，說來慚愧，居然還是為了房子。

昨天大年三十的中午，我們一家三口去我母親家吃團圓飯。在那兒，我們碰見了難得碰見的在稅務局當官的姐夫。在飯桌上，孫燕三句話不到就談起了運河路的房子，還拿出了隨身攜帶的圖紙，徵求我姐夫的意見，問他認不認識人，能不能壓點價等等。

在物質享受方面，我姐夫一直是孫燕追趕的對象，可趕起來總差那麼一步。比如說，我姐夫早就是正科級了，眼下正往副處級衝刺，孫燕今年年底才剛剛混上個副科級。再說房子吧，今年我姐夫又換了一套新的，面積從八十五平方米換到了一百一十八平方米，從兩室一廳換成了三室兩廳，地點也換到了部隊幹休所大院內，房價還不貴，就十八萬（他用原來的住房抵了十萬，讓我姐單位補貼了五萬，剩下的三萬目前還欠著，等於自己就花了五萬元裝潢錢）。

孫燕知道自己比不過他，就拿自己的領導、同事來和他比。比如她說他們某局長這次買房花了二十九萬；某部長的房子僅裝潢就花了十五萬，成了市領導的「樣板工程」，等等。

談到運河路的房子，她其實是一百二十個不滿意的。她說六樓不好，想要五樓，不過五樓的價格太貴了，要一千八呢。她又說面積八十八平方米太小了，最好弄個一百平方米左右的，爭取一步到位。

我姐夫問她準備了多少錢？

她說：「錢不夠可以借，可以貸款，怕什麼？還說，有什麼文件規定，科級（含副科級）可以享受七十到一百平方米標準的住房。」

我姐夫又問我：「家裡到底準備了多少錢？」

我只好如實坦白：「七七八八也就兩萬元左右。」

我姐夫聽了，搖搖頭說：「這麼點錢，還想買一百……」

孫燕搶過去說，我們把馬家灣的房子賣了，不就夠了？

你知道，是否出賣「馬家灣」，是我和妻子長期以來分歧最大的一點，也是我們為房子吵架的主要原因。

不知為什麼，我就是不同意出賣「馬家灣」，我例舉了很多理由，我說我住習慣了，那兒安靜，還有一座寶蓋山，等環境治理好了肯定會增值，再說兒子大了，應該留一套房子做做機動……

沒等我把話說完，妻子突然就火了，孫燕她沒頭沒腦地衝我來了一梭子：「說得好聽，你還不是想為你自己做機動！你早就想跟我們分開了，以為我們看不出來？告訴你，你要是不賣馬家灣，我們就各住各的，散夥！」

說完，我的妻子孫燕就拎起她的小挎包氣鼓鼓地走了。我母親，還有我姐姐，連忙追了出去，又拖又拉的，希望她留下來。可我知道，按孫燕的脾氣，她是不會留下來的。自從她當了副科長以後，她的脾氣是越來越大了。可無論如何，我還是沒有想到，她竟會在大年三十的飯桌上，當著大家的面，肆意展覽她的脾氣。

這頓年夜飯大家吃的悶悶不樂，儘管大家表面上笑呵呵的，盡量找一些笑話來說。

我不知不覺喝了不少酒，頭昏昏的，飯也沒吃，就進裡屋睡覺去了。可躺在床上，我怎麼也睡不著。

我想回馬家灣自己的家裡去，又怕妻子候個正著。我發現我竟然無處可去，無人可以訴說。

是啊，談起房子這個話題，裡面的故事和門道實在是太多了，這篇小說還遠不及它的萬分之一。其實，你再仔細推敲一下，亦不難發現：人的人生，甚至整個人類的歷史，不都裝在小小的房子裡面麼。

第14條婚規
逢場作戲

孫燕說，沒有辦法哎，人家小姑娘請高人算命的，說命中缺什麼，兩年之內有禍災，必須要找個屬豬的人當乾媽，才能逢凶化吉。

一、逢豬化吉

孫燕當了副局長後，在外面的應酬明顯地多起來。一個星期總有五六個晚上，我一人在家獨守空房。其實這正中我下懷。我喜歡清靜。你看，我是一名大學教師，平時不坐班，有課才到學校去轉一圈，清靜慣了。美中不足的是，我不喜歡做菜，老婆不在家，我常常是在冰箱裡逮到什麼吃什麼，實在逮不到，就拿餅乾、麵包什麼的充饑。對於吃我從來不講究，所以，我也沒有因此抱怨過什麼。有時老婆深更半夜應酬完了回家，還會順便給我帶回來一兩個菜，說是客人沒動過筷子的，請小姐打包的。別人都不肯帶，怕丟面子。

「我才不怕丟面子呢，」老婆這樣說，「這麼好的菜，倒了不可惜麼？」

「有很多飯局，是可以帶家屬的，」老婆經常這樣動員我：「別人都帶家屬，就你不肯去，死要面子。」

這天傍晚，六點鐘光景，孫燕往家裡打了個電話，要我趕到某某飯店去吃飯。跟往常一樣，我想也不想就謝絕了。孫燕卻不依不饒，說，這次你一定要來，這次是私事，你一定要來。我問她是什麼私事，她說是一個玩得比較好的女朋友，推薦她去當她一個朋友女兒的乾媽。

我都有點兒聽糊塗了，只有乾媽兩字還比較清楚，就說：「你怎麼又要當乾媽？你不是當過好幾次了嗎？當出癮來了是不是？」

孫燕說：「沒有辦法哎，人家小姑娘請高人算命的，說命中缺什麼，兩年之內有禍災，必須要找個屬豬的人當乾媽，才能逢凶化吉。今天人家請客，實際上也是拜乾爸乾媽的儀式，你怎麼可以不到場呢？」

被她這麼一說，不去吃飯倒是我的不對了。

我有點理解了，老婆常說的「沒有辦法」，「推不掉」，是個什麼局面。

洗頭刮鬍子，西裝領帶，衣冠齊整，打著計程車，鄭重其事地趕到某個飯店，專門去吃一頓飯，感覺挺滑稽的。

更滑稽的是，喝完了酒，吃完了飯，我竟然沒有搞清我的乾女兒是誰？

當我好不容易找到那個包間時，裡面一桌子人正在等我——除了我老婆兒子，還有兩個男人兩個女人和兩個姑娘，大家往猛裡一陣客氣，整個場面亂哄哄的，老婆的介紹詞我一句都沒有聽清，那些人的名字一個沒有記住。當時沒好意思問，後來呢，還是沒好意思問。

當時我只記住了那兩個男人的職業。他們都在交警大隊工作，一個是大隊長，一個是中隊長。顯然，他們當中有一個是我的所謂「乾親家」。到底是誰呢？誰能告訴我，在那樣混亂的局面下，怎樣才能不露痕跡地驗明他們的正身？

同樣的道理，在場的兩個姑娘，其中有一個是我的乾女兒。看樣子她們都不小了，都是婷婷玉立的大姑娘了。果然，聽介紹，她們都上高中了，快要考大學了。在這樣的關鍵時刻，人生的十字路口，她們的前途命運當然會引起家長們更多的關心和焦慮，更需要高人們的指點和預測，也更需要找更多的乾爸和乾媽。

俗話說，「一個籬笆三個樁，一個好漢三個幫」嘛。我有一個在政府招待所工作的表妹，近幾年來就連續認了好幾個乾爸，結果，無論在工作和生活方面，據說都有如魚得水的感覺。

當時這兩個姑娘坐在一起，當老婆介紹到她們的時候，她們全都羞答地紅著臉，低著頭，扭扭捏捏地相視而笑，一個恨不能鑽到另一個的懷裡去。除了不知道她們誰是誰，其他應該知道的東西，我還是不甚了了。

幸好兩個星期之後，他們又給了我一次彌補上述遺憾的機會。

二、乾親家

這次「乾親家」聚會的地點就放在我家裡。時間是雙休日中的一天。出席對象幾乎是上次原封不動的翻版。臨近中午，由兩輛警車組成的車隊終於開到了我家樓底下。大白天的，我在陽臺上看得很清楚。我負責在陽臺上朝他們招手，指路。我看見他們從警車上搬下來許多花花綠綠的禮物。

俗話說，一回生，兩回熟。這次聚會，氣氛果然比上次輕鬆了許多。

重要的是，我終於分清了那兩個男人，誰是大隊長，誰是中隊長，更重要的是──誰是我的「乾親家」；那兩個女人，誰是誰的老婆；那兩個姑娘，誰是誰家的女兒，更重要的是──誰是我的乾女兒。我還努力記住了乾女兒的小名：佳佳。

這天，佳佳送了一套室內高爾夫球給我。從這點可以看出，她是個很聰明、很懂事、也很能幹的小姑娘。這天，也是她第一次當面叫了我乾爸。記得她是這樣說的：「乾爸，你在學校裡是個什麼官兒啊？」

我笑著說：「大學教師都不想當官。」

她問：「為什麼啊？」

我說：「因為在學校裡當官沒有權啊，沒有權誰還願意當官？找事兒啊？」

她又問：「為什麼在學校裡當官沒有權啊？」

我只好厚著臉皮解釋說：「除非你當校長，當一把手，其他的，都沒有什麼權。再說，大學教師不坐班，當官的卻要坐八小時班，整天見不著人，管誰去啊？又沒有自由，多沒勁啊。」

佳佳笑了，說：「乾爸，你不會是吃不上葡萄，就說葡萄酸吧？」

我也只好陪著她笑，說：「你真聰明。」

是啊，現在的孩子，就是聰明，至少比我們小時候聰明多了。

好像就在這一刻，我有點喜歡上我這個乾女兒的機靈勁兒了。

有人說，中國人的生意大多是在飯桌上談成的。這話大概沒錯。再畫蛇添足一句，那就是：中國人的情感交流大多也是在飯桌上完成的。如果酒喝得多一點，那麼，他們的真實情感也會流露得多一點吧。

比如在這樣的飯局上，孫燕總是喜歡談她的工作。這是可以理解的。俗話說得好：「新官上任三把火。」還有一句叫做：「新開茅缸三日香。」孫燕她剛剛踏上副局長的領導崗位不久，對她從事的領導工作總有那麼一股子新鮮勁兒，也總會有那麼一番理想抱負什麼的。並不是所有的官一上臺就惦記著貪啊混的。本來，事業心和成就感是人的一種本能，誰不想在這個世界上有所作為呢？誰又不想在自己身後留下一個好名聲呢？

這個時候的孫燕，在談她的工作和抱負的時候，總帶有那麼一點理想主義的色彩。

她說：「像我這個人，到民政局工作是再適合不過了，我這個人心好，善良，看不得別人受苦，受委屈，而民政局，正是一個做好事，做善事的地方，管的就是老百姓的生活困難啊，受災救濟啊，整天和窮人、殘疾人、孤兒寡老的打交道，我的工作又分管殘疾人，分管福利工廠和福利院，還有群眾上訪。那些來上訪的窮人、殘疾人，才可憐哪，其實，他們的問題並不大，要求也不高，為他們解決困難，可以說是舉手之勞的事，但一直沒有人去解決，沒有人肯為他們辦點事，他們看到來上訪的人，都故意不理人家，或者就狠聲惡氣地罵人家，讓人家一次又一次、一年又一年地跑，我看了實在不忍心，我都勸他們，跟人家好好地說話，不要罵人家，能解決的就幫人家解決，不能解決的就好言好語的跟人家解釋清楚。胡攪蠻纏、蠻不講理的人畢竟是個別的。我只要有時間，總是親自接待那些上訪者，請他們坐，親自倒杯茶給他們喝；到中午，我還招待他們吃一頓盒飯，然後發十元路費給他們回家。他們對我千恩萬謝的，感激得不得了。其實，這都是我們起碼應該做的，都是民政局接待程序上規定的。其他人都勸我說，別給臉他們，你給他們點顏色，他們就開染坊，他們都要跑來鬧事了，有吃有喝還有錢拿，不鬧白不鬧啊。你剛來，不瞭解這些刁民，時間長了，你就知道了……也許他們說的有道理，但我是實在看不下去啊，將心比心，我實在是不忍心啊……」

孫燕說的這些話，我差不多都會背了。我覺得老婆的心腸真好，她確實是個很善良的人，跟這樣的人做同事也好，做朋友也好，做夫妻也好，都不會吃虧、不會後悔的。我慶倖自己找了這樣的一個好老婆。

但從當官的角度上說，我又不免隱隱為她擔心。像她這樣眼光朝下，一心只關心群眾的疾苦，能當好這個官嗎？因為在我的印象中，在我的常識裡，官可不是這樣當的啊。

這天在飯桌上，我的「乾親家」和他的朋友，即大隊長和中隊長，還有他們的老婆，在對我老婆表示讚賞和欽佩的同時，也婉轉地表示出同樣的擔心。

佳佳的媽媽說：「像你這樣好心的幹部，真少，可這世道，往往是好心得不到好報呢。」

中隊長性格直率，說話也直率，他是個喜歡對朋友說真話的人。比如他一來我們家，就將我們家的裝潢、傢俱什麼的批評了一通：什麼什麼沒有做好，什麼什麼需要改進。比如他一針見血地指出，我們家陽臺上的塑鋼玻璃窗做工很粗糙，下雨時會往裡滲水。我們都很驚奇：他怎麼這麼厲害的，一看就準，好像長了一雙孫悟空的火眼金睛。他甚至親自操起一把螺絲起子，將我們家客廳的一張鐵木餐桌裡面的螺絲逐個地擰緊。現在，我們三家九口人，正圍坐在這張餐桌旁，吃著喝著，說笑著。此刻，這位中隊長就聲音很高地衝我老婆說：

「孫局，你真要注意呢，做人和做官是兩碼事，你這樣做，會得罪很多人的，包括你的上司。官場有它的一套規則，你要當官，就要遵守它，沒有辦法。比如像我這樣心直口快、能力很強的人，就當不了大官，只能當個中隊長，（他用筷子一指旁邊的大隊長——）而像他這樣的，就能當大隊長。」

他的話立刻遭來了他老婆、女兒的嘲笑：「又來吹了，又來吹了，自己吹自己，好意思的。」

他旁邊的大隊長，也就是我的「乾親家」，溫和地笑道：「他說的有道理，有道理，李鴻章不也說過嗎，官是最容易當，也最難當的，容易的是不需要多大的知識才能，難的是常要昧著良心，壓抑個性。」這些話算是說到我心坎上了，我不由自主地插上去說：「外國有個笑話不是說，政治家是什麼職業說謊者。」

佳佳隨即笑道：「這是乾爸第一次開口說話呢，嘻嘻……」

「這小姑娘，還挺細心的。」我想。我對乾女兒的喜歡於是又增加了一層。

三、強盜吃肉

一年後，我們的乾女兒佳佳高考考上了省城的一座民辦高校。專業是服裝設計。我覺得女孩子學這個挺好的，挺有女人味的。

開學報到那天，大隊長親自開著一輛交警巡邏車，送女兒去學校。老婆拉著我也一起跟著車去了。

校園很大，挺漂亮的，依山傍水，是在一片荒地上新建起來的，教室宿舍操場道路教學設施包括花草樹木……到處都是新的，到處都讓人賞心悅目——儘管缺少了那麼一點歷史的底氣。佳佳非常喜歡，我的「乾親家」也很滿意，我們也沒有什麼不滿意的。

據說這是一所準貴族學校，條件很好，費用也很高，來這裡就讀的，半數以上是大款子女。到了週末，校園內外便會停滿了大款們的轎車，有的是來接送他們的子女，有的則是來接送他們的小情人。

這天的午飯就是在學校裡的小食堂吃的。環境果然舒適，質量果然很好，費用也果然很貴。在飯桌上，孫燕又繼續談起了她的工作——至少是和她的工作有關的那些事情。這些，她剛才在車上就談過了。比如，最近她當選了市政協常委，還當選了省人大代表，這說明，不僅下面的群眾對她的反應很好，市機關的群眾和領導對她的印象也不錯，但也不是沒有人嫉妒她，哪些人嫉妒她，哪些人沒有投她的票，她心裡是有數的，她說他們都是些小人。

大隊長問：「孫局啊，你們一把手局長對你的印象如何？」

我老婆回答說：「還可以吧，相對來說，他應該比較相信我，女人天生膽子小，加上我這個人，又沒有野心，不爭權不奪利的，對他沒有任何威脅，不然的話，他也不會讓我分管經濟方面的工作，比如福利工廠這塊，是公認的最有油水的，一年要為民政局創收幾百萬呢，前任領導不知道撈了多少，差點兒出事。」

大隊長說：「孫局啊，這種話，除了家裡人，不要和其他人說。就算是家裡人，最好也不要說，俗話說，沒有不透風的牆，萬一別人無意間給你傳出去，那……」

「我知道，我知道，」孫燕說，「幹我們這行，就要守口如瓶，呵呵……其實比這黑得多的事情多著呢，真是不當官不知道，一當嚇一跳，哦，不說了，不說了，呵呵，守口如瓶，呵呵……」

這時佳佳笑嘻嘻地看著我說：「還是乾爸好，無官一身輕，看上去你比乾媽要年輕十歲，嘻嘻……」她媽暗暗給女兒使了個眼色，插上來說：「你乾媽那是穩重，你看我才老呢，我看上去要比你乾媽大十歲，其實我只比她大兩歲。」

「是啊是啊，」佳佳立刻心領神會地轉了彎，「我看我爸才老呢，看上去他比乾爸大十歲都不止。」

孫燕馬上接過來說道：「你爸的工作多辛苦啦，沒日沒夜的，巡邏，檢查，高速公路上，哪天不出事故？處理那些事故多煩人啊，多複雜啊！」

「是啊，一旦高速上出了事故，不管是深夜十二點，還是凌晨四五點，一個電話，就要趕到現場，不累死才怪呢。」佳佳媽指著大隊長的頭笑道：「你看他頭上的頭髮，都掉得差不多了，成禿頂了，剩下的幾根，也都泛白了……」

佳佳笑道：「我跟老爸建議過好多次了，不如乾脆剃個光頭算了，嘻嘻……」

「不行，這頭可不能隨便剃光，」孫燕又接過來說道，「這半個禿頂、幾根白髮，就是證據啊，就是你爸的功勞薄啊，這苦這累這功勞，都在頭上明擺著呢！」

大家都被逗笑了。

我說：「是啊，其實當官的，比平常人付出的更多，他們對家庭，對親人，對朋友，幫助很大，做出了很大的犧牲，很多人呢，就是只看見強盜吃肉，看不見強盜挨打。」

「你這話說得都討喜啊！」孫燕拿筷子指著我的臉笑道，「我們都成了強盜了？」

眾人大笑。

佳佳一直看著我笑，笑得渾身花枝亂顫，都快喘不過氣了：「乾——乾爸，真、真搞笑，咯咯咯，一看，就知道，不是、當官的，咯咯咯……」

四、豬or雞？

說者無意，聽者有心。佳佳關於年齡的這個話題倒是勾起了我的一樁心事：孫燕可能真的比我大一歲呢！

從認識到結婚，我一直以為她比我小一歲，屬豬。就是說，她是一九五九年出生——她的工作證、身份證上都是這麼寫的，我們的結婚證上也是這麼寫的。

有一年過春節，我們一家三口「回娘家」，飯後，我和岳父閒聊時談到知青下放的話題，醉意朦朧的岳父得意地說，幸好當時他塗改了戶口薄，將孫燕的年齡改小了兩歲，才逃避了下放。我很好奇，問他是怎麼改的？岳父說，很好改，將七改成九，是不是很好改啊？這樣，一九五七年，就成了一九五九年，不仔細看，是看不出來的……

我和岳父談這番話時，孫燕並不在場。事後，我也沒有去問孫燕。但心裡一直是個疙瘩。

如果岳父說的是事實的話，我的老婆孫燕就應該比我大一歲，就是說，她不屬豬，而是應該屬雞才對。

現在，岳父已經死了四年了，岳母死得更早，都快十年了。雖然孫燕的哥哥姐姐還健在，他們應該知道妹妹的真實年齡，但證實這個又有什麼意義呢？我想。歷史的錯誤，就讓歷史自己去承擔吧。

十多年來，我對此事基本做到了守口如瓶。只有一次，大概五、六年前吧，我和孫燕吵架時氣憤得不行，忍不住對她發動了一次突然襲擊，責問她：「你屬什麼？你屬雞吧？」

孫燕勃然大怒，衝我大吼一聲：「你才屬『雞巴』呢！」

兒子站在一邊驚慌失措、臉色煞白的望著我們，眼睛直翻。

我立刻就住嘴了。

俗話說，打人不打臉，罵人不揭短。我的這個突然襲擊確實惡毒了一點。生活中總有一條底線，是不能輕易去突破的。幸好當時我收得快，才沒有釀成不可收拾的大禍。但願她沒有聽出我在說什麼。

也許，經過漫長歲月的風吹雨打，她已經習慣了她的「一九五九」，習慣了她的「豬」，而忘記了她的真實年齡和真實屬相？

除此之外，還有一種可能，那就是：她父親那一次純粹是酒後胡言，對他的小女婿編造了一個離奇的塗改戶口薄的故事，或者他將別人的事情安在了自己頭上，用來滿足自己的成就感，或者豐富自己的口頭回憶錄。

但願是後一種可能吧。

總之，一切都過去了，至少正在過去，而且必定要過去，我們又何必去為這種剪不斷、理還亂的往事自尋煩惱呢？

五、少女的暗房

時光就像一條順風順水的船，開得特別快。轉眼功夫，我們的乾女兒佳佳已經是大二的女生了。

轉眼功夫，學校又放寒假了。佳佳卻遲遲沒有回來。我們的「乾親家」氣急敗壞地告訴了我們一個驚人的消息——佳佳可能傍上了大款，去了香港，不回來過年了！現在，父母的話她一句都聽不進去，連他們的電話都不接，一看是他們的號碼就關機。

現在只有乾媽（孫燕）還能和她說上話。因為孫燕從來沒有責怪過她一句，更沒有罵過她。「乾親家」夫婦倆急得像熱鍋裡的螞蟻，跑到我家來商量說：「總要到香港去搞搞清楚，她現在是個什麼情況吧？她是不是被人灌了迷魂藥？萬一她被人騙了賣了我們也不知道啊！」

她媽神經兮兮地拍著心口說：「那個算命的算得真準，果然兩年不到，這丫頭就出事了。」

但我們都清楚：他們如果親自去香港，是肯定見不到女兒的，佳佳連他們的電話都不接，還會接人嗎？現在唯一的希望，就寄託在她的乾媽身上了。

孫燕於是精心編了一封簡訊，發到佳佳的手機上，大意是說：「春節期間市政協組織我們政協常委到香港旅遊，到時候我想順便來看看你，和你一起過年，歡迎不？」

佳佳回了封簡訊，大意說：「我知道你不是順便，如果真是你一個人來看我，我還是很高興，很歡迎的。我也有許多話要和你說。」

事情就這樣定下來了。

為了乾女兒，乾媽決定豁出去了。

孫燕好不容易跟單位請了假，然後真的跟著一個旅遊團，於春節前三天直飛香港。到了正月初五這天，她竟然神奇地將佳佳帶了回來。

至於佳佳在香港到底是怎麼回事？孫燕一直守口如瓶。她事先也和我們、和佳佳的父母咬死了，對佳佳在香港的事，什麼都不要問，當然更不要打罵她。只有大家答應了這個條件，她才能將佳佳帶回來。

也許，每個人的生命中，都有那麼一間不能隨便打開的暗房，都有那麼幾卷膠片不能曝光——直到這些膠片被他們帶進墳墓，或者隨著他們的肉身被焚為灰燼。

既然這樣，對佳佳的這次出走事件，在這裡我也沒有什麼可寫的了。非常抱歉。想看離奇情節的讀者要失望了。

六、為豬媽媽乾杯

還是說我老婆孫燕吧。從香港回來後的她，顯得疲憊不堪，話都說不動，走路腳都有點打飄。她關起房門大睡了兩天。到了第三天，也就是正月初八，又要上班了。

這天早上臨出門前，她彷彿想起了什麼事情，說：「糟了，我們領導、同事那裡，我還沒去拜年呢。」

沒想到，上班的第一天，孫燕就被堵在了她的辦公室，直到晚上九點多鐘才得以回家。

誰堵的呢，當然是那些上訪鬧事的人。據說光是殘疾車就有上百輛，聲勢浩大，將民政大樓團團圍住。所有的公務員們都被堵在了樓裡面，包括一把手局長。門窗玻璃桌椅水瓶什麼的被砸碎了不少。這事驚動了市領導，還驚動了省裡——這讓一把手局長感到特別的惱怒。

實際上，這幫人在春節前就開始鬧了。恰好是孫燕飛往香港的那天。本來，每到逢年過節，或者天災人禍之後，民政局總會有人來鬧事。但哪一次也沒有今年這樣厲害。這項工作是孫燕分管的，一把手局長對她不滿意也是情理之中的。有人公開埋怨，是孫局長把這些人慣壞了，無法無天了。差點兒就要說是孫局長慫恿群眾鬧事了。

孫燕回到家之後，心情糟透了，人像脫了層皮，眼睛都凹進去了。當天夜裡，她就發起了高燒。第二天早上，她怎麼也起不來床。我和兒子幾乎是將她抬到樓下，塞進計程車，送往醫院。在半路上，孫燕沒忘了用手機打電話到單位請假。

這天上午九點多鍾的時候，老婆正在醫院裡打點滴，手機響了，她一看號碼，臉上就變了色。我猜大概是她們單位打來的，說不定就是他們一把手局長。我隱約能聽見手機裡吱吱喳喳的聲音：

「鬧事的又來了，你趕緊過來處理一下！」

孫燕有氣無力地說：「我正在醫院裡打點滴，馬上完了，我就過來。」

「不行，現在就過來，你現在就過來處理！」

孫燕呆呆地關了手機，眼淚一下子就湧了出來。

孫燕叫來醫生，給她拔了吊針。她打車趕到單位後，鬧事的人看到她那副半人不鬼的樣子，也許是良心發現吧，紛紛地就散了，說：「過幾天再來，等你身體好了我們再來。」

孫燕的身體沒好，傳言倒是先出來了，說：「孫局長的威信多高，她人一到場，問題就都解決了。」連我們的「乾親家」都聽說這事了，這天晚上打電話來，說：「你要注意喲，這話聽上去不錯，其實不是好事哦。」

孫燕卻不理解：「這有什麼不好？管他呢，這話又不是我說的，群眾的眼睛是雪亮的嘛。」

唉，女人畢竟是女人。你跟她們講不清道理。我在一邊也是乾瞪眼，乾著急。有勁使不上啊。

果然，過了不久，孫燕就被調離了民政局。她被安排到「殘聯」，擔任工會主席（享受副處級待遇）。

用那個中隊長一針見血的話說，這下駕空了，什麼都不是了。

中隊長還講了他的切身體會，他說：「有很多事情，是積重難返，只能維持現狀，拖著，拖一天是一天。你想解決，說不定越解決問題越多，最後多得像雪崩，能把你壓死。」

我們的「乾親家」大隊長到底是員警系統的，消息靈通，他打聽到孫局這次調動的原因是監察部門接到舉報，說她虛報年齡，她是一九五七年出生，而不是一九五九年出生。她早已過了四十五周歲了。

我老婆聽了這話，笑笑說：「他們說我一九四九年出生才好呢，那樣的話，根據政策，我就可以退二線了，不上班了。」

大家一齊笑起來。

這話也是在飯桌上，當笑話談起來的。當時也是這三個家庭，九個人。地點就在我家——因為當時大家正在慶祝孫燕的生日。四十五周歲生日。

佳佳是特地從省城的學校趕回來參加的。現在的佳佳比兩年前活潑多了，也漂亮多了。還特別機靈，只要飯桌上出現了幾秒鐘的冷場，她就會及時地舉起酒杯，嘻嘻哈哈地喊上一聲：

「來來來，大家為我親愛的豬媽媽乾上一杯！」

第15條婚規

親密敵人

茜茜把硫酸倒進了黃杏用的潔爾陰瓶裡。這種瓶不透明，液體顏色看不出來。

到了第三天，黃杏果然向姐兒們倒出了她的難言之隱——她的下面不知為什麼，又疼又癢又紅又腫的……

一、一對美女主播

茜茜與黃杏的人生經歷有著驚人的相似性。如果把她們的青春比作一幅畫，那麼，誰抄襲了誰，將成為一個無法揭開的謎案。幸好這種「作品」還沒有版權一說，就算被別人抄襲了，模仿了，也無處伸冤，是吧。

你看，兩人同鄉、同齡、同學，從幼稚園一直同到大學——在這所師範院校裡，兩人同一個班、同一個宿舍、同一張床（上下鋪）。兩人都是班花級的人物，茜茜被命名為白菊，黃杏則被冠之以黑牡丹。兩人一直是閨中密友，親如姐妹。大學畢業後，兩人陸續跳槽到了文化部門工作，後來又在同一年結婚……

接下去，更大的相似性出現了，她們幾乎是同時失去了丈夫。

茜茜的老公是個小老闆，一天夜裡酒後駕車撞傷了一個老頭兒，他的酒倒是被嚇醒了，卻做了一個比醉鬼更糊塗的決定——小車不倒只管開，一直開到天盡頭。當然，天是沒有盡頭的，他的車也不知道開到哪兒去了。據說他從此和家裡人再也沒有聯繫過。這話告訴誰都不信，受害者當然更不信，他們成群結夥地找上門來鬧喪，嚇得茜茜再也不敢在家裡住了。為了避難，她臨時搬進了電視臺的女生宿舍。

黃杏當然是從頭至尾關心此事，難免會和老公反覆議論。老公因為炒股虧掉到大半的本金，並欠下了大量的債務，精神長期處於抑鬱狀態，他彷彿受到了某種神秘的啟示，也留下一張字條，離家出走了。字條上只有寥寥幾個字：

「對不起，我不是那個意思。」

黃杏曾懷疑，他是不是被茜茜的老公勾走的？他們男的雖沒有她們女的這麼要好，但也相互認識，互有聯繫方式。茜茜對此也表示了同樣的懷疑。

黃杏的工作和茜茜一樣，都在廣播電臺做播音主持。這年頭，凡是與文藝沾邊的行業有幾個是景氣的？你想，這年頭，不足二千元的月薪，能養活她們自己麼？電臺現在都是聘用制，基本工資很少，主要靠效益工資和拉廣告拿提成。

為了工作方便，黃杏住進了茜茜的單身宿舍，感覺自己彷彿又回到了酸酸甜甜的學生時代，生命中曾有的苦和辣都隨風飄散了。兩個人整天形影不離的，臉上則洋溢著紅蘋果般的幸福的笑容。電臺的同事拿她們開玩笑，說她們是「斷臂山」，是「倆口子」，是「並蒂蓮」……

想想也是啊，人生那麼的相似和巧合，都讓她們給碰上了，就像買彩票，每次的大獎都讓她們給得了，這公平麼？

二、三角關係

常識告訴我們，世界上沒有完全相同的兩片樹葉，何況是兩個人呢？

從長相上看，茜茜和黃杏的區別就很明顯：茜茜皮膚白，身材苗條，氣質高傲（這也是「白菊」的來由）；黃杏的特徵則與之相反，因此才會獲得「黑牡丹」的稱號。

從性格上看，兩人也有很大的不同。茜茜自信，高傲，喜歡裝模作樣，故作深沉；黃杏則比較謙虛，為人隨和，自然。

有人分析說，正是因為這種相貌上、性格上的互補，才使得她們如此親密無間。恩愛夫妻也是這個原理。你想，兩個自信高傲得像刺蝟的人，能合得來嗎？

從小到大，茜茜一直認為自己要比黃杏優秀——無論在相貌上、才藝上、學識修養上，都要比黃杏高出一頭來。黃杏自己也是這麼看的。她是真心地欣賞並崇拜茜茜的。她為自己有這樣一個完美的知己而感到驕傲。

直到一個叫江波的男人介入她們之間。

年近五十的江波是電視臺的編劇，隨著他的名氣越「編」越大，其錢包也隨之「劇」烈膨脹。

如今的大款文人比恐龍還要稀少，茜茜再高傲，也不會與錢過不去，江波可以說是唯一讓茜茜「瞧得起」的男同事。

在這個江南小城，能讓茜茜「瞧得起」的男人如鳳毛麟角。茜茜自認為江波是她的若干個暗戀者之一，只是自己以前不願意答理他罷了。當然，如今情況不同了，自己成了準單身貴族，而江波呢，則是標準的鑽石王老五，他有兩套房兩輛車，兒子在外地讀大學，老子一個人獨往獨來。

俗話說，哪個文人不「騷客」，哪個作家不風流？同樣的事情，一般的男人幹了，叫下流；如果是江波幹了，那就叫情趣。

總之，茜茜對江波是另眼相看的。

在丈夫失蹤後的幾年裡，茜茜和江波一直保持著某種親密接觸，比如一起聽音樂會，看展覽，陪文藝界的朋友吃飯喝茶，等等。自從黃杏進電臺以後，她們總是在一起活動。江波看上去也更喜歡這樣別有風味的「三人行」。朋友們戲稱他們是「兩陰夾一陽」。炒股的人都知道，這不是什麼好兆頭，多半是一種疲軟、下跌的走勢圖。

不過，茜茜從來沒有擔心過黃杏會在江波面前搶去她的風頭。黃杏歷來就是自己的一個陪襯，頂多也就是充當過自己的一次伴娘。當年黃杏結婚時，也請茜茜當的伴娘——當時茜茜心裡就感到好笑，也為自己的密友的無知感到悲哀——伴娘是綠葉，是用來襯托新娘這朵紅花的，怎麼這點常識都不懂？果然，在黃杏的婚禮上，賓客們的目光都紛紛投向了氣質高貴的「白菊」，伴娘成了大夥兒鬧酒的主角，茜茜有生以來第一次被灌得不省人事。

再說黃杏，她對參與這樣的「三人行」活動，從一開始就顯得相當謹慎。她想自己和茜茜都是搞丟了丈夫的少婦，不是單身一族，更不是黃花閨女，跟一個同樣假單身的男人泡在一起，別人會怎麼看？怎麼議論？有朝一日自己的丈夫回來了，又怎樣向他解釋？再說了，中國有句老話：「朋友妻，不可欺」，同樣的道理，朋友的相好，也不能亂搞。這樣的三角關係其實是很危險的。她已經失去夠多了，不想再失去目前正相依為命的、最好的閨中密友。

開始的一兩次，她都是盲目地跟著茜茜跑。後來茜茜再約她玩三人行，她就千方百計地推託。但都沒推掉。過去多少年了，都是這樣，紅花與綠葉，都是紅花說了算。對黃杏而言，茜茜生來就具備某種領袖氣質，既然領袖需要我當燈泡，那我就忍辱負重，再當它幾次唄。為朋友做一點犧牲是值得的，也是應該的，是吧。

「三人行」遊戲玩到四、五回的時候，黃杏看出來了，江波和茜茜之間並沒有什麼特殊關係。江波是個快樂而直率的性情中人，在交談中，他把她們比成蓮花——出於泥而不染，只可遠賞，不可近褻。他就是這麼說的。

三、黃色笑話

當她們的面，江波還喜歡講一些黃色笑話，特別是他自己經歷的種種獵豔故事，胡編亂造的，以把她們逗樂為樂。比如講他認識一個日本女留學生，叫「松下褲帶子」，可她的名字叫得名不符實，他花很多時間和心血，什麼花樣都玩過了，可她最後就是不肯「鬆下褲帶子」。

這類的滑稽故事差點讓黃杏樂得笑豁了嘴。但茜茜卻從來不笑，她總是微微蹙著她那精心修剪的精緻高挑的眉頭，用臉上鄙夷的紅暈來給他故事的低俗度打分。

有一次江波還講到他如何喜歡上一個賣笑女。那是在一個茶館裡，是朋友花錢雇來陪聊的——他編戲的劇情裡常常需要一些三陪女的素材。這個小姐當時果然就講了一個關於三陪女離奇的故事。

有個農村來的小姑娘，到洗頭房來找工作，跟老闆娘提條件說，她只學技術，掙一份乾淨的工資，不搞什麼特殊服務。老闆娘笑著答應了，說剛來都這麼說。

小姑娘一個月做下來，辛辛苦苦拿到了八百元工資，還沒有那些搞特殊服務的同事一晚上掙得多。再說，店裡的那些事情，剛開始看到的時候臉紅心跳的，後來看得多了，也就見怪不怪了，慢慢地也覺得可以接受了。這期間，她碰到過一些毛手毛腳的客人佔她便宜的事，開始她總是發出驚叫，甚至惱羞成怒，又哭又鬧的，後來也就不那麼大驚小怪了。

有個同事告訴她，這裡的特殊服務也分級別的，比如被客人摸幾下，是一個級別；半裸又是一個級別；再往下就是乳交……價格差別很大。在這裡，你可以輕易地賺到大把大把的錢，卻不影響你的處女身。

總之，經過這些耳濡目染，這個農村小姑娘的心就活動了，她同意一層一層地打開自己，並由此一發不可收拾，一個月後，她就決定向最高級別進軍了。

老闆娘喜不勝喜，打聽到她還是個處女，就為她聯繫到一個大款來開苞，定價五千元，老闆娘和她四六分成。哪知道開到一半，這個小姑娘突然呼吸急促，口吐白沫，渾身抽搐起來，很快連眼睛都翻白了。這下可把開苞的那個大款嚇壞了，他趕緊收起傢伙，對她實施搶救，又是掐人中，又是人工呼吸，但都不頂用，小姑娘很快便停止了呼吸。大款一看弄出人命來了，也不敢聲張，三十六計走為上，趕緊穿上衣服，悄悄跑掉了。

當晚，和小姑娘合租一屋的同事下班回來，發現了，慌忙報了警。後來經法醫診斷，這個小姑娘的死因是精液過敏。有這種毛病女性的比例只有十萬分之一……

「那個嫖客後來抓到沒有？」黃杏好奇地問。

「沒有。」江波笑嘻嘻地說。「老闆娘賴得乾乾淨淨的，其他小姐也是一問三不知，沒有線索，上哪兒抓嫖客去？再說他又不是殺人犯，就算抓了他也不能立功受獎，員警費那個勁幹哈？」

「那個嫖客不會是你吧？」黃杏開玩笑地說。

「要是我的話，嚇都嚇死了，哪敢往外說？」江波仍舊笑嘻嘻的。「聽說那個嫖客從此不行了，再也幹不成好事了。」

「這你怎麼知道的？瞎編的吧？」

「你真聰明，」江波一臉壞笑地承認說，「這確實是我瞎猜的。你覺得我猜得有道理嗎？」

「你還是講你自己親身經歷的故事吧，我可不想聽那種道聽塗說、瞎猜瞎編的事。」黃杏笑道。

「好的，好的。」江波笑眯眯的，是有求必應。

接下去，江波真的講起了自己的一樁風流舊案。

「還是那個講故事的小姐，有一天她打電話給我，要我去她那裡，繼續給我講小姐的故事。我就去了她的出租屋。可是小姐根本不相信我真的是來聽她講故事的，我剛坐下來，沒講幾句話，她就將光腳丫擱在了我大腿上面，擦來擦去的。她臉上現出一臉的媚態，說，我們先來玩吧，完了再給你慢慢講故事。我說我有點害怕。她說怕什麼，這是白天，又沒有人來管閒事。說著，她就把上衣給脫了……」

江波講到這裡的時候，旁邊正襟危坐、一直不苟言笑的茜茜似乎聽不下去了，她一臉嚴肅地站起來，端著她高雅的氣質，嫋嫋地朝洗手間方向踱去。

現場的聽眾暫時只剩下了黃杏一個人。

其實，就算茜茜在場，江波也是衝著黃杏說話。此刻的黃杏意識到氣氛有些不對，猶豫了一下，還是站起身來，對江波說了一聲抱歉，失陪一下，欲追茜茜而去。不料江波也本能地站起來，說：「我陪你一起去吧。」

黃杏聞言禁不住扭過頭，掩口而笑。

即興製造滑稽效果，正是江波的強項。

江波先回到座位。等了五六分鐘，兩位女士才姍姍而來。茜茜還是一臉正氣，連走路都端著高雅的姿態，黃杏則笑吟吟地衝她小聲說著什麼，臉上泛著可疑的紅暈。

再坐下來的時候，茜茜就故意坐得離她們遠了一些，手上還翻著一本時裝雜誌，好像表示她對江波的庸俗話題不感興趣，生怕污染了自己的耳朵。江波站起身為大家添了茶水，然後坐下來，繼續講他的風流韻事。

「我碰到的這個小姐，天生就是做小姐的料。她的身體語言，那臉上的表情，那勾人的眼神，真叫男人吃不消。身材也是一級棒，一對乳房特別飽滿，她的身體，怎麼說呢，好像特別的敏感，一碰就會發情，發熱，臉紅得發燙，情不自禁地發出呻吟，那聲音特別的刺激，這些都是老婆做不到的，大多數老婆和老公做的時候，既沒有聲音，也沒有什麼動作，說的好聽點，像個植物人一樣，是不是？我想，如果老婆們能做得好的話，男人大概也就不必去找小姐了，你說是吧……」

「好了好了，你不要講得這樣詳細好不好？」黃杏面紅耳赤地阻止他說。同時拿眼角偷偷去瞟旁邊的茜茜——茜茜還是那副正襟危坐的樣子，眼睛看著手上的雜誌，裝著沒有聽見他們的說話。

「後來呢，你和小姐到底怎麼樣了？」黃杏還是忍不住自己的好奇心，輕輕地問道。

「後來？還能怎麼樣？」江波一臉壞笑地說，「我的體會，和這樣的小姐只要做過一次，就會上癮。後來啊，我就一直忍不住地想她……」

「後來你又找過她沒有？」黃杏愈發好奇地問。「現在你還找她麼？」

「其實，第二天，就出事了。」江波有些沉重地說。「這天下午，我在家接到一個陌生的電話，對方的語調聽上去怪怪的，他說，我是你的一個朋友，已經在你樓下了，你見了我就知道我是誰了。我滿腹狐疑地下樓，走出樓道口，就見兩個青年男人迎了上來，把我帶到派出所去了。他們問的就是我和那個小姐的事，讓我承認嫖娼的事實，再交一萬元的罰款。我只好打電話給我一個朋友，讓他先籌款來救我出去。朋友還算講義氣，過了一個多鐘頭，他就來了，他事先找了熟人打招呼，只交了五千元罰款，就把我給撈出去了。他還勸我不要怪那個小姐，小姐也是沒辦法才供出你的。她被抓了，他們就要她供，有指標的，供出十個還是二十個，才放她走。你還好，她沒冤枉你，你確實嫖她了。有時候，有的雞實在供不夠人數，就瞎編，把無辜的人都供出去湊數了。」

聽到這裡，黃杏忍不住又往茜茜那兒偷偷瞟一眼，覺得她的臉色越來越不好看了。於是，她只好主動逗她說話：

「茜茜，你在看什麼好東西呢？也不拿出來和我們分享分享？」

「跟你們分享？」茜茜優雅地抬了抬眼皮，用一種標準的普通話說道，「我的東西不是正在跟你分享麼？」

江波聽著這話不是味兒，便開玩笑地問：「你的東西？你的什麼東西啊？」

「那還用問，你講的那些亂七八糟的東西唄。」

黃杏趕緊設法緩和氣氛，說：「你講的那些話，不知道哪句是真的，哪句是假的？茜茜你說呢？」

「你知道就好。」茜茜回答說。

其實她們都知道，江波的這種真真假假、虛虛實實、遊戲生活的態度，正是他吸引女人的魅力所在。

四、判決死亡

打那次酒吧夜談之後，三人很長時間都沒能成「行」。江波倒是多次邀請過黃杏，想和她單獨出來喝茶，但都被黃杏婉言謝絕了。一來她覺得茜茜的態度有些怪怪的，二來覺得江波的語言過於直率或者說直露了，聽了有些不舒服，也有一種說不出的怪怪的感覺。不錯，江波是作家，是名人，是所謂的性情中人，對此她能理解，但不代表她贊成，喜歡。

江波只好回過頭去邀請茜茜，想通過她再次組成他們的「三人行」遊戲。茜茜答應了。可是等他們到了咖啡廳，卻沒見到黃杏的影子。當江波問起，茜茜才故作平靜地告訴他：

「黃杏的老公有新的消息了，她忙她的事去了。」

然後，她又和江波討論起自己老公的事情。她說老公消失快四年了，她想申請法院宣告其死亡，以便自己重新過正常的生活。

江波對此草草應付了幾句，便推託自己有事，很快就散了。

江波的這一舉動深深刺傷了茜茜那顆高貴的自尊心。

她把怒氣都悶悶地撒到了黃杏的身上——正是因為她的出現，江波才會移情別戀。想到自己對黃杏這麼好，幫她找了工作，換了環境，甚至免費提供她居住，她卻這麼來報答自己。茜茜無論如何咽不下這口氣。

不久，當地報紙在一個不起眼的位置刊登了法院的一個公告，電臺的同事一個傳一個都知道了，平均將那個百把字的公告讀了三遍。公告大意是：

「周星，你妻子茜茜訴你長期失蹤，請你在公告刊登後的三個月之內到我庭應答，否則即行依法判決當事人死亡。」

大家發現，茜茜的頭昂得比平時更高了。

時間很快過去了三個月。茜茜如願拿到了法院判決其夫死亡的判決書。

這期間，茜茜還幹了一件見不得人的事。她利用一次去省城出差的機會，跑了好幾家潔具商店，以家裡的抽水馬桶要除垢為名，買到了一小瓶硫酸。回來以後，她先是把其中的一部分偷偷倒進了黃杏使用的緊膚水瓶裡。

當天晚上，由於緊張加興奮，她一夜未眠。到了早上，她假寐在床，豎起耳朵，聽見黃杏進了衛生間，她強抑著狂跳的心臟和急促的呼吸，靜待事件的爆發。

過了漫長的幾分鐘後，黃杏又從衛生間走了出來，手裡正拿著那個緊膚水瓶子，走到她床前說：「啊呀，茜茜你看，我的這瓶緊膚水怎麼變成這個樣子了？我不敢用了。今天我先用你的吧？」

茜茜不由得長舒了一口氣，仍然閉著眼睛，嗯了一聲，說：「你隨便用好了。」

她們倆總是一同上街，一同採購，吃的用的東西，幾乎都是一模一樣的。

五、潔爾陰陰謀

一計不成，又生一計。這次茜茜把硫酸倒進了黃杏用的潔爾陰瓶裡。這種瓶不透明，液體顏色看不出來。

果然，過了不到兩天，茜茜就如願以償地看到了室友痛苦難言的表情。第三天，在茜茜關切的追問下，黃杏終於向姐兒們倒出了她的難言之隱——她的下面不知為什麼，又疼又癢又紅又腫的，自己吃了不少消炎藥，還加大了局部清洗的力度，不僅不見好轉，還越來越嚴重了，正拿不定主意，要不要去看醫生？

茜茜卻答非所問，說了一句莫名其妙的話：「你要注意呢，像江波那樣的風流才子，這方面很不乾淨的。」

黃杏愣了半天，才倏然回過神來，氣得滿面通紅：「哎呀，你想到哪兒去了？你怎麼會這麼想呢？我黃杏是那種人嗎？別人不瞭解我，茜茜你還不瞭解我嗎？我是那種隨便的人嗎？影子也沒有的事兒！我都兩個月沒看到他了……」

黃杏哽咽著，說不下去了。

「只要不是這方面的原因，就沒必要大驚小怪的，」茜茜說，「最多是發炎而已，我以前也有過這種情況，你再吃兩天藥，看看效果再說。」

黃杏又慣性地聽從了密友的意見。

事到如今，茜茜也有些後悔及後怕，她悄悄地將自己用的潔爾陰換給了她。果然，又過了兩天，黃杏說症狀已經好多了。

這事本來也就這麼稀裡糊塗地過去了，如果不是黃杏又接到江波打來的電話。

聽說你身體不太舒服，在電話裡，江波這樣說道：「我認識一個這方面的名醫……」

黃杏聽了是又羞又惱，連忙打斷他說：「這方面？哪方面？你怎麼知道我不舒服啊，我沒有不舒服啊，我很好，很正常啊……」

「別誤會，我是真心想幫助你，我真的認識這方面的名醫……」江波無比懇切地勸說道。

「你說什麼，我怎麼不懂啊？」黃杏繼續裝傻，「我還有事，對不起，過會兒再聯繫吧。」

放下電話，黃杏心頭很快結起一個疑團：「這件事，除了我自己和茜茜，不應該有第三人知道啊！這是怎麼回事？難道是茜茜說出去的，而且是對江波說這種事！」

一個可怕的猜想令她不寒而慄。

經過幾個小時的思想鬥爭，黃杏終於決定找江波問個明白。她在一個僻靜處撥了他的手機，直截了當地問他：是不是茜茜告訴你我身體不適？

江波支支吾吾地的，最後說了這麼句話：「茜茜這種人，我還是比較瞭解的，怎麼說呢，內向、又孤芳自賞的女人，特別容易走極端，我建議你還是去醫院看一看，找出原因。這事還是慎重一點的好。這樣吧，我把那個名醫朋友的手機號告訴你，你自己一個人去找他也行……」

第二天，黃杏還是一個人悄悄去了醫院。

想不到那個婦科的名醫是個男的，黃杏差點兒就打了退堂鼓。最後她還是請這個男名醫指定了一個女醫生為她作了診視。原因本來很淺顯的，一下子就有了結論。

對醫生的這個結論，黃杏簡直不敢相信，也不肯相信。漸漸地，等她冷靜下來，慢慢地聯想到一些奇怪的往事，如那瓶變色變味的緊膚水，茜茜那句關於江波的莫名其妙的話，以及江波在電話裡那句有關茜茜的同樣莫名其妙的話……

當天晚上，黃杏就離開了茜茜，臨時住到了自己父母那裡。

兩個人彷彿心有靈犀，黃杏什麼話也沒有跟茜茜說，茜茜也沒有打電話來問她。一切彷彿是水到渠成。

六、死人復活

第二天是個星期六。黃杏知道這天上午茜茜在台裡值班，於是她就選擇了這個時間來宿舍「搬家」。在整理物品時，黃杏發現了一張手寫的字條，雖然沒有著名，但她看得出來是茜茜的筆跡——

「對不起。請你原諒我。」

她的心房連顫了好幾下。她知道，這是早搏的症狀。她渾身綿軟地癱坐在椅子上，不爭氣的淚水漸漸模糊了雙眼……

少頃，黃杏聽見有人在敲門。可能是搬家公司的人來了，她想。動身的時刻提前到了。她忙對著鏡子修補了一下表情，然後走過去開門——她愣住了——

眼前的這個男人太面熟了，他不是茜茜的老公嗎？那個剛被判決了「死亡」的周星嗎？雖然他鬍子拉碴老了許多，但她還是能一眼把他給認出來。

「請問茜茜在這兒住嗎？」

大概由於室內光線暗的緣故，周星並沒有一眼認出黃杏。

「你是，周星吧？」黃杏大著膽子問了一句。

「是啊，你……」周星眯起眼睛，注意地看，終於也認出了她。

「咦，你，你怎麼也在這兒？」

「呃，呃，是啊。」黃杏支支吾吾的不知說什麼好。「你和茜茜聯繫上了嗎？」

「沒有。」周星說，「她的手機號改了。」

「哦，是這樣，那我把茜茜的手機號寫給你，你直接跟她聯繫吧。」

黃杏於是返回去，在茜茜那張字條的反面快速寫下一串數字，還有一行字：

「對不起。我不是那個意思。」

第16條婚規
誰來買單

小野給了耿曄八萬元作為分手費和打胎費。那是一九九五年的事了。

「讓我猜猜！」鍾老師掩飾著內心的興奮，故作嚴肅地問：「是不是那個護士拿了錢，卻沒有打胎，偷偷生下孩子，卻一直瞞著你？」

一、空襲警報

晚飯時分，突然接到小野的「空襲警報」：快到調情酒吧來！越快越好！八號包廂！來了再說！四個字四個字的，節奏感、緊迫感都相當的強。我放下家裡的碗筷，嘴都沒擦一下，出門打車，直奔目標而去。

小野是我的一個文友。不過現在大家早不玩「文」了，改吃吃喝喝、遊山玩水了。人總要有個玩伴的，再往低了說，人總需要個把聽眾的，是不是。

聽眾們都知道，最近小野很不走運，用他自己的話說：「腥氣上了身。」

具體的故事是有個男人頻繁地打電話敲詐小野，說他的兒子玩炮仗把人家兒子的眼睛炸傷了，要他賠償十五萬醫藥費。小野聽了莫名其妙：我哪來的兒子？我只有一個上小學的女兒啊，別說玩炮仗，她見了打火機都害怕，都躲，她會闖什麼禍，傷什麼人？……所以，小野一直認為，那個男人不是認錯了人，就是神經病——當然還有一種可能，就是「經濟危機」了，下崗失業了，活不下去了，動起了歪腦筋。

難道今天的「空襲警報」與此事有關？

我在計程車上一路尋思，小野這麼急急忙忙地招我去，不會要我去打架鬥毆吧？我又不是這塊料兒。尋思的結果，我覺得還是應該多個心眼，到酒吧門口先刺探一下情報再說。

小野說的「調情酒吧」位於小城古運河邊的「情人路」，全名叫「古城情調」。可大家都叫它「調情」。包括「情人路」，也是小城人集體無意識之命名，路牌上明明寫的是「古運河北路」。

到了酒吧門口，我小心觀察了一番，沒見到什麼異常情況。我悄悄踅進去，碰到一個熟悉的服務小姐，問他八號包廂小野的情況，她告訴我，小野原來是和一個女的在裡面喝茶，吃飯，剛才那女的走了，就剩下小野一個人了。

這麼說，我就放心了。

二、「斷臂」之交

我在小野的對面坐下，衝他一擺手說：「讓我猜猜？剛才是不是泡小蜜了？老婆要來查崗是不是？你才急中生智，來個李代桃僵？」

小野惻惻而笑：「我這點花樣，還能逃過你的火眼金睛？不好意思，小巫見大巫了，呵呵。」說著他將手機遞過來說：「好事做到底，安慰我老婆一下，最近我被她搞死了，快崩潰了。」

我笑道：「就用這個安慰啊？」

我管小野的老婆叫小欣。「小欣啊，我和小野在『調情』呢！我們都沒帶錢，等你來買單呢！」

「我不相信，」小欣在電話那頭說，「就你們兩個人啊？」

「嗯！我們下棋呢。」

「他還有心思下棋？你叫他早點回家，家裡有事呢！重要的事！我正要趕過來，這樣，你叫他聽電話！」

小野接過手機，唯唯諾諾，點頭哈腰的，好一陣子才完。

我笑他：「你點頭哈腰慣了吧？她又看不見，哈了也是白哈！哈哈哈……」

他卻不笑，還是一臉的愁容。

我又問他：「剛才的這個小蜜，是新的還是舊的？也不讓我們見識見識。」

「哪來的小蜜？」小野突然又翻供了，翻著白眼說：「我是沒帶錢，喊你來買單的。」

「感動，感動！」我說，「這時候被選中的朋友，肯定有斷臂之交！」

小野終於惻惻地笑了：「有斷臂的勇氣，可惜沒有斷臂的愛好。」

我摸了摸身上，掏出幾十塊零鈔：「只怪你的空襲警報太緊急了，我什麼都沒來得及帶，這點錢，只夠打車回家的。」

沒事沒事，活人哪能讓尿憋死？小野一臉的壞笑。我叫張揚來買單。

「你真的沒帶錢啊？」我真的吃驚了，「你沒帶錢就敢帶小蜜？」

小野不理我，拿起手機給張揚打電話，叫他過來喝酒。張揚是喝酒一叫就到的主兒。果然不錯，他一口就答應了。小野告訴我說，他答應得很乾脆，一個呃都沒打。

三、敲詐升級

在等張揚的當兒，我主動問小野，「腥氣」的故事有什麼新的進展？

小野臉色陰鬱地告訴我，那個敲詐他的男人愈演愈烈了，居然找到他老婆小欣，還交給她一張小男孩的照片，小欣看了照片，也氣炸了，說照片上的小孩跟小野簡直是一個模子拓出來的。小欣懷疑老公在外面包了二奶，或者乾脆自己就是二奶，還蒙在鼓裡。

「她天天跟我要交待，我都快被她逼瘋了。」小野歎道。

照此說來，小野不僅僅是腥氣上了身，而且是後院失了火，火勢還很大。小野處在濃煙烈火的團團包圍之中，快成邱少雲了。我不得不做出一副同情的表情，心裡卻在暗笑：「都這形勢了，還有心思出來泡小蜜，這不是火上澆油嗎？」

「那個照片上的小男孩，身份查清楚了嗎？」我關切地問道。

「查過了，說不定還真是我的兒子。」小野幽幽地說。

「什麼叫說不定？」我的語氣明顯興奮起來，「哪有生了兒子自己不曉得的？莫非是玩一夜情玩走火了？」

「還是以前的事了……」小野一邊大口地喝酒，一邊在小口地憶苦，「我結婚之前，不是談過一個對象麼……」

「就是那個中醫院的護士？」

小野點點頭，又往喉嚨裡灌了一大杯生啤，再點起一支煙，配合一臉滄桑的表情，搞得跟拍電影似的。

小野跟那個耿護士的故事，我們都曉得一些。當時那個耿護士是個有夫之婦，比小野年長五歲，因丈夫遠征深圳，她就把寂寞快樂轉交給了小野。兩個人如膠似漆，海誓山盟。護士先是離了婚，繼爾又懷上了小野的種子。小野跪在父母面前，哀求他們網開一面，允許他和護士結婚；父母也齊齊跪在小野面前，又是跳河又是上吊，拚命阻止這門親事。小野為了保父母的性命，只好犧牲了自己後代的性命。他給了護士八萬元作為分手費和打胎費。那是一九九五年的事了。那年頭，我這個大學教師一年的收入才八千元。小野可以說是傾其所有，就差挖心挖肝了。

「讓我猜猜！」我掩飾著內心的興奮，故作嚴肅地問：「是不是那個護士拿了錢，卻沒有打胎，偷偷生下孩子，卻一直瞞著你？」

小野的臉沉浸在煙霧的包圍中，一動不動，毫無表情。

「同在一個小城，這怎麼可能呢？」我說，「怎麼可能瞞得住呢？」

「她躲到深圳去生的。」小野說，「最近才回來的。」

「那個打電話敲詐你的男人又是誰呢？」

小野忽然做了個「噓」的手勢，站起來和什麼人打招呼——原來是張揚到了。

四、只進不出

張揚現在靠開黑車謀生，他也是開著黑車來的。

你的電話正及時！張揚咕咚咕咚吹乾了一瓶「藍帶」，樂呵呵地說：「剛幹完一票，正要找地方解決肚子，野總的電話就到了，及時雨也及時雨！」

我忍不住笑起來：「張總啊，你才是及時雨呢！野總喊你來幹什麼？喊你來買單的知道不？今天我們都沒帶錢。」

張揚掏遍身上的兜，抓出來一把毛票：「壞了，我身上的錢也不夠！」

小野就罵他：「別他媽的裝孫子！你不是說剛幹完一票嗎？你開的不是黑車，是雷鋒車嗎？」

張揚依舊樂呵呵的，吞下一大塊肴網，邊嚼邊說：「口誤，口誤，這票還沒幹完呢！送一個熟人趕場子吃喜酒，等會兒還要送他回家呢。」

笑了一陣，小野又給阿明打電話：「三缺一了，三缺一了，快來調情，快來調情！」

阿明是個老光棍，更是個牌迷，只要你說三缺一，包准一喊就到。

果然，不一會兒，阿明就氣喘吁吁地出現在了包廂門口。眾人一陣歡呼。

張揚一邊啃雞腿一邊幸災樂禍地說：「讓你來買單的，你個笨熊！」

阿明說：「這還不簡單？我一個電話能叫兩個女的小跑著來買單，你們信不信？」

「我們信，我們信。只是我們不明白，一個沒錢又沒型的老宅男，哪來那麼大的魅力？」

「哈哈哈，這你們就不懂了。」張揚咧嘴笑道，「阿明沒有老婆，卻有個好身體，對有的女人來說，當然吃香了。」

（朋友們私下傳言，說阿明在兼職做鴨，不知是真是假。）

阿明打完了電話，說，買單的女人馬上就到！又指著張揚說：「你抓緊打掃戰場，完了好『炒地皮』。」

小野罵他：「你知道『三缺一』不帶錢啊？不帶錢哪個跟你『炒地皮』？」

阿明厚著臉皮笑：「跟你們炒地皮還要帶錢啊？只要帶個錢包不要太大哦？」說著他真的從身上掏出來一隻大錢包，打開來給我們看，裡面真的是空空如也。

大家又笑，笑他只進不出。偶然也出一下子，小野罵他說：「那也是為了更多的進，你小心別漲死了。」

接下來換桌子，重開戰場。又叫了八瓶「藍帶」，一邊喝，一邊「炒」。由於大家都沒帶錢，只好記賬。反正是記賬，不如豪賭一把，每筆都以億為單位。小野應了「情場失意、賭場得意」那句話，贏得最多，也喝得最猛。當他贏到四百九十億時，買單的女人到了——眾人一看，那人卻是小欣。

五、買單的女人

小野已經喝糊塗了，或者假裝喝糊塗。他一直衝著大家講他兒子的故事，完全沒把他的老婆小欣放在眼裡。

他向聽眾表決心說：「當年我給了她八萬，要她打胎，那是有協議的，她違反了協議，我可以告她的！我問過律師了，我可以告她的，完全可以讓她把那八萬元吐出來的……」

話音未落，他就真的衝進洗手間吐去了。

我注意到小欣臉上紅一陣白一陣的，坐在那裡，滿臉是汗。直到小野踉踉蹌蹌地回到座位，趴在桌上，沒聲音了，她才細聲細氣地說了幾句話，像是對著空氣說，更像是自言自語：

「唉……過去的事，就算了……人家一個女的，離鄉背井的，孤苦伶仃的，把孩子養大，也不容易，不曉得吃了多少苦……真的，你們做男人的，還體會不到其中的辛苦，十幾年呢，容易麼……現在還怎麼好意思去告人家呢……我倒是想啊，帶點錢，帶點東西去看看人家孩子……小孩子又沒有錯，你們說是吧……」

「是是是……」

除了是，我們還能說什麼呢。

這種場合，這樣的話題，最容易冷場，那是最令人尷尬的。於是我及時找話說：「小欣啊，剛才是不是阿明打電話讓你來買單的？」

小欣笑著點點頭，說：「我不相信，小野他身上沒錢，他身上的錢都跑到哪兒去了？」

說罷，小欣起身走到小野身邊，去翻他的衣兜。我們都呆住了，一動不動地看著她。小欣面帶微笑，熟門熟路地從小野身上掏出了一個錢包，並順手將其打開查看——大家都看到了，裡面那厚厚的、一疊疊的鈔票，足有好幾千元呢。

小野始終趴在桌上，一動不動，裝得像隻死蝦子。

第17條婚規
小蜜隱身

張揚的老婆柳梅不知怎麼知道了張揚有個小蜜的情況，一氣之下，帶小孩住回娘家去了。這句話說白了，就是：張揚的老婆和張揚分居了。

小欣自然是站在柳梅一邊，說：「就准你們男人找情人，我們女人就不能找情人啊，就准張揚有小蜜，就不准人家柳梅做小蜜啊？」

一、張揚的小蜜

我們都知道張揚有個小蜜。這裡的我們，指的是張揚的幾個朋友，其中也包括我。

我是通過小野認識張揚的。我剛認識張揚的時候，張揚還沒有小蜜。或者說，還沒聽說他有小蜜（倒是聽說他添了個千金）。

那天小野在花園大酒店請我喝酒，張揚中途匆匆來遲，飯局沒結束又提前退場，說是小孩剛出生幾個月，正是大忙季節，一臉的歉意和倦意。那是我第一次認識張揚。

張揚走後，小野免不了要拿張揚做話題多說上幾句。什麼叫朋友，朋友就是在背後被朋友說三道四的人。小野說，這個張揚早幾年在供電局為領導開小車，挺滋潤的，後來他老爺子不在位了，人家對他兒子也就不那麼客氣了，張揚受不了這個，一氣之下，調走了，到醫藥公司去跑採購，如果當時跑好了，現在的張揚就不是現在的張揚了（當時和他一起跑採購的同事，十有八九都成了肚大腰圓的大款），可惜張揚跑砸了一筆生意，這個心高氣傲的高幹子弟被人騙了，被人耍了，從此也就沒法再跑採購了，就蹲在倉庫裡看看門，發發貨，現在就這樣子，一個月五百來元的工資，老婆差不多也這個樣子，還生小孩，不知道他們是怎麼活下來的。

當時在場的，還有小野的另外兩個朋友，阿廣和阿明，我和他們也是第一次見面，得知他們都在企業裡打工，月薪都在六七百元左右，並且，都還沒有結婚。

他們這四條漢子年齡都差不多，正好夠上「七〇後」，據說他們在一起玩了十幾年，是拜過兄弟的。現在這四兄弟中，只有小野的經濟情況好一些，娶了老婆，生了女兒，閒下來還有心思請請客，談談文學女人什麼的。據介紹，十幾年前，在他們年輕的時候，他們四兄弟曾在一個文學社裡並肩戰鬥過，當過紅極一時的「文學青年」。當然現在他們不這麼提了，大家都知道，時過境遷了，現在的「文學青年」不知怎麼的已經成了「傻×」的代名詞，聽上去並不那麼順耳，且毫無榮耀可言，不提也罷。儘管花園大酒店的這頓酒，還是以文學的名義喝的，時間是一九九九年的冬天。

這頓見面酒喝過之後，我和小野開始有了一些斷斷續續的交往，內容大多是喝酒、喝茶、聊天，地點大多是飯館、茶館、公園，人物呢，除了小野，大多有阿廣相陪，偶爾有張揚或阿明客串。

小野和阿廣住在郊區的一個叫堅壁的小鎮上，兩個人自然在一起玩得多一些，有一種難友的味道。但看得出來，阿廣張揚們對這種交往表現得多少有些勉強，那個阿明就更勉強了，來了也沒有多少話說，多數時間只是斜視著我們，不時發出一聲譏諷的微笑。此類聚會的費用，大多也是小野承擔的。小野雖然和他們一樣，也是小工人，但據說前幾年炒股發了一筆（據阿廣說有四五十萬，對此小野也不置可否），做東的權利自然是非他莫屬了。但過了不久，阿廣經他姐姐介紹，談了個對象，忙著將生米煮成熟飯，接著再忙買房子結婚，無暇顧及小野了。

小野在那個小鎮上沒人玩了，大概是實在悶得慌，就跑到市區來租了一小套舊房子，向張揚、阿明靠攏，決心過一過城市生活（即每天一大早坐公車到十五公里外的小鎮去上班，傍晚再趕回來）。

下面就要說到張揚的小蜜了。

你也看出來了，我們的故事確實離張揚越來越近了。因為張揚住在市區，且和小野的窩點靠得很近（阿明的住處離這個窩點也不太遠），這肯定是當初小野租房時預先考慮到的。

要說張揚的小蜜，似乎先要說說小野在市區設置的這個窩點。當然，從理論上說，即使沒有這個窩點，張揚該有小蜜還是會有小蜜的，但這個故事的講法肯定就不一樣了。現在有一點是可以肯定的：即小野的這個窩點對故事的發展至少起到了推波助瀾、抑或畫龍點睛的作用，其功不可沒。

剛租下這套舊房的時候，小野並不是每天都住上來。因為他的父母、他的家、他的單位都在十五公里外那個叫堅壁的小鎮上，可以想像，他丟開那些跑到市區來，簡直就相當於魚離開了水，有諸多的不便不說，其目的在別人看來也相當的可疑，小野再多給他幾張嘴，他也是說不清楚的——尤其對家裡人，對老婆。

幸好小野的老婆和小野的老娘之間長期存在著矛盾（這得感謝中國幾千年來培養的婆媳關係的偉大傳統），這就給了小野以可趁之機，因為這樣一來，城裡的這個窩點就起到了一個避風港的作用，小野的老婆小欣對這個窩點的必要性也就逐漸給予了適當的認可：起碼每個星期的週末兩天，她也可以上來過一過城裡人的癮了。但對小野一個人住上來，小欣還是保持著高度的警覺性。

所以，在開始的時候，這個窩點在大部分時間裡實際上是空著的：裡面不僅沒人，而且也沒什麼東西。我記得，它裡面的舊桌椅是張揚送的，床、煤氣灶、電水瓶什麼的是我送的，阿明也送了些東西，諸如茶杯之類的，總之裡面是七拼八湊、亂七八糟的，看上去最多像一個農民工的集體宿舍。

那裡面只有一樣東西看上去比較像樣一些，那就是小野新配置的電腦（Penteum 3處理器，10 G硬碟，128兆記憶體。小野瞞著他老頭老娘買的，據說他老頭老娘不准他搞這些沒用的玩意兒，他們只要求他一心一意地炒股，儘快炒成一個大款）。當時張揚、阿明想玩電腦自己卻沒有，小野的電腦又沒人用。小野為了提高電腦的利用率，就多配了幾把房門鑰匙，交給他們，順便也給了我一把。這一來，這窩點就更具備了集體宿舍的性質。

這時候的阿明已經下崗了，三十多歲，光棍一條，正閒得無聊，小野的這台電腦及時填補了他生命裡的空白，甚至可以說，成了他如膠似漆的小蜜和情人。

二、小蜜的傳說

現在終於可以言歸正傳，來說一說張揚和他的小蜜了。

這事回憶起來，是先有這個窩點，還是張揚先有小蜜？我們已無法考證了。這事猶如小野的股票，只有當事人自己心裡清楚，他自己不說，這事就成了無頭案，就成了歷史之謎。

那麼，再讓我們仔佃回想一下，我們怎麼知道張揚有小蜜的呢？我是聽小野說的。至於小野是怎麼知道的，我就不清楚了。但有一點可以肯定，就是小野也沒見過張揚的小蜜是什麼樣子。正如阿廣也沒見過小野的股票。記得第一次我是聽小野這麼說的：

「張揚最近寫詩的熱情越來越高，讓人詫異，一瞭解，哦，果然不出所料，原來他有了一個小蜜，怪不得熱情這麼高的……」

後來我從小野那裡零零碎碎的進一步得知，張揚的這個小蜜是他同單位的一個打字員，未婚，平時也喜歡看書，還看些文學書，一次張揚將自己寫的幾首詩請她幫忙列印，她就對張揚產生了某種……愛慕之情吧，於是兩人私下裡就有了越來越多的接觸，張揚送去的詩（當然大部分是寫給她的情詩）她總是列印得很快，張揚的創作速度越來越跟不上她的打字速度了，這當然也就大大刺激了張揚的創作熱情。

聽了這些消息，我對小野分析說，張揚和他的小蜜還處於初級階段呢，與其說她是「小蜜」，不如說是「小秘」更貼切一些（儘管這兩個詞被大家經常別有用心地混用）。當然，俗話說，萬事開頭難，萬事都有個開頭，都有個基礎，我們並不排除他的「小秘」有向「小蜜」的方向持續發展的可能性。

後來，我繼續從小野那裡零零碎碎的進一步得知，張揚的這個小蜜還會彈古箏，據說是很有一點藝術細胞的，張揚現在和她經常到江邊、到南郊風景區、到一個叫小玉山的地方去玩，去野炊、彈琴，挺浪漫的。

看來事態正朝著我們預料的方向發展。我倒是覺得是件好事，可喜可賀。你想啊，像張揚這樣一個可以說是窮困潦倒的人，在他三十來歲的黃金年齡，能遇到這樣一個欣賞他的紅顏知己，這樣一個能懂他的文學青年，而且能做他文學創作的助手，豈不是蒼天有眼，網開一面。

小野也附和我說了幾句可喜可賀的話，但接著他補充了一點意見，即「可憂」的那方面，比如張揚和他老婆的夫妻關係本來就緊張，這事萬一給他老婆柳梅知道了怎麼辦？再說這個小蜜還是個姑娘，他們要麼不出事，出起事來不會小。

我說：「小野我聽你說話怎麼覺得有點酸溜溜的，夫妻關係緊張就不能有小蜜了？小蜜是個姑娘就不安全了，你就不放心了？她不是個姑娘就安全了？就不會出事了？出起事來就會小了？」

有了小蜜的張揚，就像有了對象的阿廣，人就忙了，不容易見到了。

倒是阿明依然光棍一條，不急不燥的，除了在家裡看書寫詩，就是一門心思和小野的電腦親熱。聽小野說，阿明把他的詩一行行輸入電腦，再列印出來，裝訂成冊，但密不示人，連小野都看不到。我們跟阿明要詩看，阿明就說什麼看書就像吃飯，寫詩就像排泄，完全是自己的精神需要，和別人沒關係，也沒有什麼看頭。阿明還買了不少世界名著、名畫的光碟，裝在小野的電腦裡，多得十個阿明花十輩子的時間也看不完。

據小野說，他在那台電腦裡還發現了不少三級片，而且時常更新，匯成了一部越來越龐大的《三級片精彩鏡頭集錦》。這些我們可都是親眼看見的。後來有一次見面後我們就拿阿明開玩笑，說深圳來了個出版商，要出版一部《三級片精彩鏡頭集錦》，編輯費挺高的，出價一萬，問他想不想幹。阿明立刻就識破了我們的陰謀，斜著眼睛冷笑著說：「你們這些人，就是只許州官放火，不許百姓點燈，這些事你們能經常做，我在旁邊看看都不行啊？況且還不是真的，不過是些顏色的組合而已。」

後來有一天，阿明有點生氣地問我們，他編的那部《三級片精彩鏡頭集錦》沒有了，被人刪了，問是誰刪的？

我肯定是沒有刪。小野也發誓說沒有刪，他說：「有人給我編好了，讓我現成的看看，我感謝他還來不及呢，我怎麼會去刪，又怎麼捨得刪呢？」

小野說的很有道理，也很符合他的個性，讓人找不出什麼破綻。阿明一時就沒有話說了。

我們分析來分析去，覺得只有一種可能，那就是張揚。這傢伙的靈魂果然給他的小蜜淨化到清心寡欲、不動凡念、且主動掃黃的地步了嗎？這很值得懷疑……

於是小野當著我們的面，打電話去套他：「張總啊，你這傢伙真不夠意思，你把小蜜帶到這裡來看好片子，看就看吧，看過了把它刪掉幹什麼？只許你們學習，我們就不能學習學習啊，我們明總辛辛苦苦花了好幾個月編輯起來的這部《三級片精彩鏡頭集錦》，就這樣讓你的小蜜給毀了，告訴你，深圳的出版商正等著出版呢，你賠得起嗎？」

平時他們說話都這樣，戲謔地互稱對方為「×總」。電話那頭的張揚果然笑了，說，「野總啊，對不起，那東西你們怎麼不藏藏好呢？她發現了，要刪，我怎麼辦？為了假裝高尚，假裝純潔，我只好支持她刪，還要一口咬定，我從來沒看過這下流玩意兒，其實我內心裡也是捨不得刪的，難道我就不是男人，我就不喜歡看嗎？」

小野笑罵道：「你說對不起就完了嗎？你知道嗎，我們明總一萬元的編輯費泡了湯了，他發誓要找你的小蜜算賬呢，他說了，他要到小玉山去伏擊你們，要找人下你小蜜的一條膀子，你關照你的小蜜小心點啊！」

後來，據說阿明還真的到小玉山去找過他們。阿明一直和他父親住在一起，他的住址離小玉山不遠，步行也就十幾分鐘的事。自從阿明下崗後，閒在家裡沒事，隔三岔五的就喜歡往小玉山上跑。阿明說，他從來沒有在山上遇見過他們（指張揚和他的小蜜）。

還有，小野這窩點，阿明幾乎是三天兩頭來，奇怪的是，也從來沒有在這裡碰到過張揚的小蜜。阿明甚至對張揚有沒有小蜜，都表示出了某種懷疑之心。

三、欲說還羞

說話間就到了新世紀的第一個春節。根據事先的約定，大年初三，我們到小野堅壁鎮的家去拜年。

那是我第一次去堅壁鎮。這天，張揚、阿明、阿廣都如約去了。張揚還帶了一瓶洋酒作為新年禮物，並戲謔地說這是從他老爺子那裡偷來的。由此我們可以看出，張揚人窮志不窮，還保留著幾分幹部子弟的自尊和豪爽。他們和小野畢竟是拜把子弟兄，我看出來，他們和小野的家人都很熟，相互之間很隨便的，油腔滑調，插科打諢，顯得很親熱、很熱鬧的樣子。

阿廣、阿明兩個大齡青年在這種場合自然是人們開心的對象，都恭喜說早吃他們的喜糖。我說：「現在阿廣的喜糖已經吃定了，現在就等著早點吃他的紅蛋了，男的一人兩個蛋，女的隨便吃。」阿廣阿明小野幾乎是同時笑出來，張揚慢了一拍，但笑得最響。我又說：「張揚你別高興得太早了，你的蛋我們是不想再吃了。」

那天我是第一次看見小野的家人，包括他的老婆小欣和他四歲的女兒，根據慣例，我還給了小孩一張老人頭做壓歲錢。

那天晚上酒足飯飽之後，他們四弟兄根據慣例展開一年一度的四國軍棋大戰，我在一邊正好充當他們的裁判。大家玩得興致勃勃，大呼小叫的，讓人進一步感到朋友、過年和酒不可或缺的美好。

我記得有一盤（也是最後一盤），阿廣的軍長被小野的炸彈炸死了，阿廣不敢相信，衝著我說：「你看看清啊！」被他這麼一嚷，我也疑惑起來，只好將那兩隻同歸與盡的棋子又拿起來看了看，一隻是軍長，一隻是炸彈，沒錯。

我笑道：「雖然我下軍棋的水平不行，但你不能因此就懷疑我不識字啊！」

阿廣忽然將棋盤一推，衝小野說：「不下了，沒得意思，剛才你那裡明明是師長旅長什麼的，吃了我一個團長，怎麼又換成炸彈了？這還有什麼下頭？」

小野笑著說：「你懷疑我作弊，換牌啊？又不來錢，有這個必要嗎？再說我們又不是一年兩年了。」

四國大戰就這樣結束了，也許是永遠結束了。

為了調解氣氛，我提議他們初六一齊到我家去喝酒，但有一個條件，張揚必須把他的小蜜帶來，而且要連古箏一起帶來，好東西要讓大家一起欣賞嘛。

說到小蜜，大家的精神都重新提了起來，喝過酒的臉愈發紅光滿面，個個歪著嘴笑，笑得不懷好意，又心曠神怡。大家要張揚當場表個態，說：「如果張揚的小蜜不去，我們也就不一定去了，去幹什麼呢？鍾老師那裡有什麼吸引力呢？我們就是衝著張揚的小蜜去的，這次聚會能不能成功，就看張揚的態度了。」

張揚樂呵呵的，嘴同樣笑歪了，不停地重複著兩個字：「盡量……盡量……盡量、盡量……」。

小野甚至考慮到了具體細節，說小蜜的古箏肯定很沉，到時候要他們打個車來，一輛不夠就打二輛，並強調說，來回打車的車費都由他負擔了。

張揚還是笑嘻嘻地重複著那兩個字：「盡量……盡量……盡量、盡量……」

到了初六這一天，他們幾個人陸續到我家來拜年了。

張揚是最後一個到的。正如大家預料的那樣，張揚的小蜜並沒有來。大家裝作很生氣地對張揚說：「小蜜沒來，你跑來做什麼呢？你還好意思來呢，我們又不想看到你。」

我說，看樣子今天是該來的沒來，不該來的都來了。

張揚陪著笑說：「弟兄們息怒，息怒，今天我真的是盡到了最大努力，剛才她和我一起來的，把古箏也搬上了計程車，都開到樓下了，她想了半天，還是不肯下來，說不好意思下來，又坐著計程車開回去了，你叫我怎麼辦，我總不能伸出魔爪硬去拖她吧？」

四、蛛絲馬跡

好了，關於張揚的小蜜的話題，到此為止，似乎是過去了一個小高潮。這以後，在我的印象中，對這個話題，我們談得就不那麼起勁了。

想想也是，像世界盃，香港回歸，中美撞機，ＷＴＯ，法輪功……這樣重大的話題，談不過十幾天，個把月，也就差不多談膩了，何況是一個朋友的小蜜呢，何況是一個沒見過面、不知是高是矮、是胖是瘦、是美是醜、是真是假……的小蜜呢？

時代進入了新世紀，在我們周圍，小蜜已經成了人們生活中一個司空見慣、或者說見怪不怪的現象，大家都覺得，生活中是應該有個小蜜的，就像飯桌上人們應該喝點酒一樣。

我在老婆面前，就打過這樣的比喻：我說：「老婆就相當於米飯，而情人就相當於菜肴，如果讓你一天到晚、一年到頭乾吃米飯，你受得了嗎？」

當時老婆被我說得啞口無言。由此可見，比喻的力量是無窮的，因為世界上的事情道理都是相通的，就看你能不能把它們相互打通嘍。

不過，我老婆只愣了一會兒，就抓起了反擊的把柄。她說：「照你這麼說，老公也是米飯，女人也是可以搭點菜，找點情人的？」

對此我倒是愣了半天，一時竟找不出有力的話來反駁，只好含糊其辭地哼哼說：「那，當然，也，可以的，可以的，真理嘛，對大家都是同樣適用的……」

我嘴上雖這麼說，心裡卻是彆扭得很。可見世界上有些事情，自己做是可以的，換了別人卻不行；還有些事情，發生在別人身上是可以的，輪到自己就不行了。這樣的事有好多好多。

當然了，話說回來，我們對張揚的小蜜，談得不那麼起勁，並不代表對這事就不關心，就沒有興趣。這之後，我還是從小野那裡零零碎碎的得到新的消息，說張揚和他的小蜜又有新動靜、新動向了。

比如有一次，小野神秘兮兮地談到他那窩裡放電腦的小房間窗上被裝上了窗簾，他問張揚的，張揚笑嘻嘻地說：「反正不是我裝的。」小野便心領神會了，說：「反正不是你親自裝的，是吧？」張揚臉上便露出了幸福的笑容。

不過過了不久，從小野那裡又傳來了一個不幸的消息，他老婆小欣鬧著要收回我們手上的鑰匙（即小野窩點的鑰匙），原因是她發現她的床被別人睡過了。

為這事，小野的老婆和小野鬧得不輕，要小野從實招來。

在聽小野招供之前，還是先聽我介紹幾句事情的原委。小野那窩點有一大一小兩個房間，分別放著一大一小兩張舊床。小房間（即電腦房）裡的小床，歸小野睡，大床則放在朝南的大房間裡，歸小野的老婆女兒睡（或三個人一起睡）。相比之下，小野的小床髒而亂，看上去跟狗窩差不多，而那張大床才像個人睡的床。

有一個週末，小欣帶女兒住到城裡來，一進門就說，她發現她的床被別人睡過了，就跟小野鬧（具體怎麼鬧的我們也不清楚，小野也沒詳細說）。小野為了息事寧人，就說那是自己睡的。小野還理直氣壯地說：

「什麼你的床我的床，你的床就是我的床，我的床就是你的床，你的床我就不能睡睡了？」

他老婆小欣說，睡和睡不一樣，她說的，她發現的，是那種一男一女兩個人的睡。「那你和哪個女人睡的？」

這下，小野自然就不肯說，也說不清了。小野以攻為守反問她：「你怎麼知道是一男一女兩個人睡的？睡了幾次？」小野對這種事心裡也頓時產生了好奇，產生了興趣。

小欣說：「我就知道。睡幾次我不知道，我就知道被人睡過了，我有我的方法，你別管。」

小野為了洗刷自己，只好供出他的朋友某某某都有鑰匙的，這其中當然也有我的名字。

他老婆小欣聽了大驚：「這麼大的事，你都不和我說一聲，這房子我也住的，就算我不住，這床也不好給人家那樣睡的，不是我相信迷信，你曉得啊，自己的床被別人那樣睡，會把霉氣帶到家裡來的。」

說完這番話，小欣就拿起電話，分別打通了張揚和阿明，問他們收鑰匙（其實也是當場驗證老公說的話）。由於小欣和我不是太熟悉，她沒有直接打電話給我，而是叫小野來和我要。

小野在和我說這番話的同時，還沒忘了先表示一番對老婆的強烈不滿，說她是神經過敏，她向他的朋友、他的弟兄們要鑰匙，這麼大的事，也不徵求他的同意就直接去要了，這讓他很沒面子，他還發誓要好好的教訓教訓她。

聽了小野的這番話，我心裡倒是暗暗吃驚，心想女人真他媽了不起，真他媽不可小覷，她那床，我就用了一次，而且兩個人都用的很小心，居然還是中了她的機關，還是沒能逃過她的火眼金睛。但我嘴上卻是關心的張揚和阿明。

我說：「我倒無所謂的，這樣一來，就是張揚阿明他們不能到你這兒來玩電腦、上網了，我們網站的人氣和管理就要受影響了。」

當時我們在網上剛剛搞了個ＢＢＳ性質的文學網站，叫「遊戲文學」，平時張揚、阿明在上面值班的時間比較多一些。

小野說他再想想辦法。「以後我爭取每天晚上都上這兒來睡，再貼點錢，幫阿明買個電腦，讓他在家裡上網。」小野說。

五、真相背後

坦白地說，小野這窩，小野老婆那床，我和小蜜單獨來過一次，用過一次。當然，感覺不是太好，後來就沒有再用過。

在做愛這件事上，黃杏的態度其實不是那麼積極、也更談不上主動。至少表面上是這樣的。她常對我說的一句話是：「我願意和你在一起做任何事。」後來我明白了，這句話後面是有個隱藏的注釋的——即：除做愛以外的任何事。

對女人的話，要聽話聽音，她強調的其實是「任何」二字。開始我沒有經驗，沒有聽出來這弦外之音，更沒有發現、挖掘後面的那個隱藏文件，因此有那麼一段時間，弄得我們之間很不默契，很不自然，關係近乎破裂。直到這時候，她才對我顯示了另一個隱藏文件，她是這樣說的：「我不能同時接受兩個男人。」

這句話其實是很傷人的，你說是吧。生活中有很多東西是不能直接暴露出來的，比如有的話，大家只能心領神會，或者乾脆裝聾作啞，就是不能把它說出來——試問，又有幾個人能夠、並願意面對生活的真相呢？

故事說到這裡，你們已經知道一些真相了，比如，我的小蜜黃杏是個有老公的人。她不僅有老公，還有個和老公生的兒子（五六歲的樣子）。用她的話說，她回去以後，經常不敢面對老公和兒子的眼睛。（這真夠難為她的。）雖然她也承認，她和老公沒有什麼感情，是搭夥過日子的那種類型（這倒也挺符合中國的國情），但她表示，她是不會和他離的，因為孩子不能沒有父親。（這也是無可辯駁的。）

我是這樣理解的：對黃杏來說，生活中僅有這樣的老公和兒子是不夠的，她至少還需要一個像我這樣的情人，而且，她願意和這個情人在一起，做「任何事」。

回想起來，我和她的關係一度破裂的主要原因，還是在對待性愛的態度上。不知道別人怎麼認為，我是這樣看的：一個男人愛一個女人，就特別想和她做愛，或者說，就特別想用做愛的方式去愛她；而且，他也會把這個女人想不想和他做愛、以及做愛時的表現，作為她是否真正愛他、愛到什麼程度的一個標準。

這個標準對女人難道就不適用嗎？我想，當一個女人愛一個男人，還有比做愛更好、更直接、更美妙的方式嗎？

為此，我請教過一個比我小七八歲的女文友，她告訴我，在這方面，女人有女人的標準，比如，看一個男人是不是真的愛她，那就看他捨得在她身上花多少錢。不得不承認，她的話讓我茅塞頓開。

黃杏是不是這麼想的，我不清楚。我只感覺到，在做愛這件事上，她的態度不是那麼積極，更談不上主動。至少表面上是這樣的。她也曾告訴我，她和老公之間也是不常做的，有時他實在想了，她做起來也很勉強。

這情況倒也挺符合我們的國情，也挺好解釋：一個女人如果不愛一個男人，她就沒有和他做愛的願望；但對一個她愛的男人呢？這又不好解釋了。也許，她在老公那裡已養成了消極被動、甚至是厭惡這種事的習慣？

在我們的關係一度破裂之後，還是她主動來言歸於好的。概括地說事情的經過是這樣的——

在經過了好長一段時間互不聯繫之後，她在網上的ＱＱ上給我發來了第一條資訊，大意是：我知道你對我很失望，這段時間我也想了很多，人不應該封閉自己，應該抓緊時間去享受生活……

E妹兒和QQ聊天工具我早就介紹給她了，就是希望相互間能增加一個聯繫、交流的渠道。可她一直忙著，或者說，一直拖著，沒去搞。現在她終於主動來聯繫、表達了和好的願望，我還是很高興的。網上交流和打電話、交談又有它的不同之處，我覺得，它和寫信倒有點相似，很多不好當面說的話，盡可以堂而皇之地寫出來，發給對方。

當時是夏天，我放暑假在家，為了打發酷熱的時間，我在網上搞了個BBS文學網站，讓文友們可以在上面發表文章，或者推薦他們看到的好文章。

有一天，小野在上面轉貼了一篇題為〈日本女性視通姦為一種生活情趣〉的文章，引來了很高的點擊率，朋友們大都回了帖。這篇文章的關鍵部分是這樣的：

社會學家認為，今日的女性有機會，也有經濟能力去做男人幹的事。這是日本歷史上首次有女性，將情侶關係視為一種消遣，而沒有想過會結婚。

她們的通姦對象都會較年輕，他們可能缺錢及沒有影響力，只需要安撫及陪伴女人便可以取得報酬。

就算情人較自己年長幾歲，女人也願意支付對方金錢。三十九歲的光子管理一間設計公司，與一名四十三歲已婚男人約會。她的情人是廣告公司總裁，但光子並沒有要他分擔他們愛巢的租金，住所內的日用品及膳食費用都是光子支付。她沒有強迫男友離婚，甚至樂於維持現狀。

光子將工作排在首位，但認為沒有男人的生活非常孤單，又不喜歡短暫的關係，所以目前與男友的關係最適合她。

三十一歲的厚子則認為，與已婚男人幽會非常刺激。平時與大學講師男友約會都是她付錢，但她認為這是一種令自己開心的投資。

值得一提的是，我和小蜜的關係終於在網上餘燼復燃了。到暑假結束的時候，我們成功地相約去普陀山旅遊。在普陀山的賓館裡，在隱約的海浪聲中，我們成功地複習了一遍對方的身體，我們再一次成了相依相偎的情人……

六、神出鬼沒

張揚與阿明接到小野老婆的電話，很快就趕到小野家來交鑰匙了，這讓小野感到很沒有面子。小野的老婆小欣也覺得有些不好意思了，說，「晚上在這裡喝酒啊，我去給你們好好弄幾個菜。」

小欣出門後，小野先是裝模作樣把老婆罵了一通，說她不懂規矩，要好好教訓她什麼的，然後又裝模作樣把張揚、阿明審問了一通，怪他們做事不小心，差點害得他也跳進黃河洗不清。

阿明對此事一直持堅決否認態度，說：「你們都知道的，我光棍一條，又沒有對象，更沒有小蜜，對女人我從來都是敬而遠之的。」

言下之意，我們大家都知道，張揚是有小蜜的，他作案的動機、條件、時間等等都很具備的。這樣一來，張揚就成了此案最大的嫌疑人，大家的目光和唾沫星子都一齊裝模作樣地對準了他。

張揚呢，既不承認，又不抵賴，只是一臉幸福地呵呵地憨笑著，一副死豬不怕開水燙的樣子。

然後就談到了電腦和網站的問題。現在的電腦就像情人，就像小蜜，親熱慣了，猛然失去，還真的不習慣。這個問題不及時解決是不行的。

張揚他還有單位，單位裡還有電腦可以摸摸，何況據說他的小蜜就是個電腦打字員，問題似乎不太嚴重。阿明呢，現在失業在家，顯然他更需要電腦的陪伴。他的經濟負擔比張揚輕一些，買個電腦上個網也是有可能的。我們都知道，當初阿明從單位下崗時，曾拿到過一筆「買斷金」，大約有兩萬元，阿明把它放在股市裡炒炒，平時能賺點生活費和零花錢。在全中國的股民（包括靠股票發跡的小野）都被套牢、紛紛割肉的大氣候下，阿明居然還能從股市裡往外挖點小錢，真稱得上是個奇蹟了。

小野說：「等會兒我借你三千元，你別囉嗦，別讓小欣知道，明天你就把電腦武裝起來，在家裡把網上了。」

張揚在一邊樂呵呵地插話說：「我呢？我的死活你就不管了？」

小野朝他一翻白眼：「你的死活還要我們管嘛，你還好意思說呢，都是你幹的好事，你還是多管管你小蜜的死活吧，你還是多想想，要是把人家大姑娘的肚子搞大了怎麼辦，你有幾個蛋夠大家吃的？」

張揚依舊樂呵呵地說：「下次我一定注意，一定注意……」

七、挽救婚姻

不久，從張揚那裡又傳出了一個大家擔心（期待？）已久的不幸消息：張揚的老婆柳梅不知怎麼知道了張揚有個小蜜的情況，一氣之下，帶小孩住回娘家去了。這句話說白了，就是：張揚的老婆和張揚分居了。

接著，還是從小野那裡，我陸陸續續地得知：柳梅在外面好像也有情況了，據密探來報：最近柳梅身上變化很大，添了若干新衣服，燙了時髦的黃頭髮，打扮得妖裡妖氣的，還開了雙眼皮，經常去做美容什麼的，不是有了情況又是什麼？

一次我去小野的窩點玩，小野的老婆小欣當著我們的面談起了張揚的小蜜風波。小欣自然是站在張揚的老婆柳梅一邊，她是這樣說的：「張揚活該，這叫善有善報，惡有惡報，就准你們男人找情人，我們女人就不能找情人啊，就准張揚有小蜜，就不准人家柳梅做小蜜啊？」

小野順著老婆的毛抹道：「張揚是活該！我早就提醒過他了，叫他見好就收，他不聽，還當了真、上了癮了，我早就說過了，像這樣搞下去，他遲早會有這麼一天的，會有這個下場的，這叫自作自受，也叫敢做敢當，別人拿他有什麼辦法？」

小野還說：「幸好他沒錢，要是像我這樣有幾個錢，還不得找七個八個小蜜？」

他老婆小欣接過話頭說，哪個曉得你在外面有沒有小蜜啊，這事總是老婆最後一個知道的。小欣還威脅小野說：「如果有一天我發現你在外面有了小蜜，我就和你拚命，我拿菜刀先砍了你，最後再砍了我自己。」

小野說：「你這個人多自私啊，既然大家一起死，你為什麼最後砍自己呢？你應該帶頭先砍自己才對啊！」

說歸說，笑歸笑，朋友遇難，總不能見死不救，也不會見死不救的，那不是咱們中國人的風格。小野和他的老婆，為了挽救張揚夫婦的殘局，進行了長期的地下、地上和空中的撮合活動，可謂是費盡了心機，大家對此也都充滿了必勝的信念。

果然有一天，我忽然就接到小野打來的電話，說兩岸的和平事業有了突破性的進展——張揚的老婆柳梅終於答應到他們家來吃晚飯了。小野的意思讓我也去作陪，好幫著勸勸。

這事嘛，我想，這事對我來說也是義不容辭的，何況這裡面說不定還有我的一部分責任呢。我二話沒說，把手上的事情隨便一放，當即就打車去了。

到了小野那裡，見張揚和阿明已經先到了。小野的老婆小欣作為家庭主婦和重要和平使者，今天打扮得特別漂亮，精神也特別飽滿，說起話來眉飛色舞、興高采烈的樣子，忙前忙後的，忙得不亦樂乎。這個簡陋的窩看上去好像過節一樣，充滿了一種怪怪的喜慶氣氛。

「多虧了我啊，多虧了我啊，我磨破了嘴皮子，柳梅才答應來吃晚飯。」小欣見人就喜氣洋洋地反覆宣揚，「柳梅還說呢，要是張揚來的話，她就不來，我就騙她說，張揚不來，我們只喊了鍾老師來，就是送你家電腦的那個鍾老師，你也順便感謝一下人家吧，她這才答應來了，其實她心裡有數呢，張揚肯定會來的，嘻嘻……」

這天小欣絮絮叨叨，喜形於色，不停地添油加醋地說著什麼，一副很有成就感的樣子。不過也是的，俗話說，寧拆十座廟，不拆一門姻，是這麼說的吧，小欣她確實很有成就，甚至可以說是功德無量。

小野說，等會兒我們喝過酒，吃過晚飯，就打牌，鬥地主、打千分、炒地皮，打什麼都行，反正要把柳梅拖住了，故意把時間拖晚了，最好拖到十二點以後，這樣我們張總就可以和夫人一起回家，團聚團聚了，俗話說小別賽新婚哪。

大家聽到這裡，全都不懷好意地笑了起來，包括小欣，嘴都笑歪了。

小欣還進一步教導張揚說：「晚上回家後，主動一點，啊，主動向柳梅認個錯，道個歉，多說幾句好聽話，保證今後和小蜜一刀兩斷，女人嘛，就是吃個哄，吃個騙，吃個甜言蜜語，嘴上多說兩句，又不吃虧，又不賠本，要什麼緊呢？」

小野也對張揚說，下次你和小蜜搞活動注意點，別再給老婆知道了，不然的話，下次再來保證，再來甜言蜜語就不靈了。

小欣一聽這話，眉毛頓時豎了起來：「什麼？還下次啊？還搞小蜜哪？真是貓改不了吃腥，狗改不了吃屎啊？」

小野笑道：「本來嘛，貓就改不了吃腥，狗就改不了吃屎，你叫它們改改看？它們改了，我們相信，我們張總也能改。」

小欣氣憤地說：「狗啊貓啊是畜生，你是人還是畜生啊？一點都不講良心，不講道理啊！」

小野當眾受此訓斥，臉上一時掛不住，便正色道：「好了，你是人，我是畜生，好吧？跟你開句玩笑，你還來勁了，沒有文化，不懂幽默，怎麼辦呢？」

小欣被噎得半天回不出話，她站在我們面前，胸脯一鼓一鼓的，情緒卻一瀉到底。最後她用蘭花指的食指點著小野的臉，說：「小野啊小野，我早看出來了，你要是個好人，你要是在外面沒有小蜜，我把前面兩條腿放下來走路！」

我和阿明、張揚連忙插進來勸，然而這時候的小欣已經關不住口了，當著我們的面，她把她對小野的種種懷疑、猜測，種種陳芝麻、爛綠豆，如澡盆裡的水和孩子一樣，一古腦地倒了出來。

歷史的經驗值得注意，小欣從談戀愛、結婚開始說起，說在她之前，小野就談過好幾個女的，和她談戀愛的時候，小野騙她有多少多少錢，說自己是堅壁鎮上的大款——

「實際上呢，怎麼回事，你心裡有數，我就不說了……就說現在吧，好好的在城裡租一套房子，這正常嗎？還不知道是和哪個女的在這裡鬼混呢……你看你那個電腦裡，全是流氓鬼混的三級片、黃片，我一看見就跟你偷偷地刪掉……」

「那個窗簾，那個窗簾是不是你，你掛的？」我想問問小欣窗簾的事，可她根本聽不進去，也就是說我根本插不進去，只有眼睜睜地看著她將澡盆裡的水和孩子勢不可擋地朝我們身上潑來——

「還有我的床，上次被人睡過了，你說朋友那裡也有鑰匙，後來我把外面的鑰匙都收回來了，我的床怎麼還是被人睡呢！你以為我不曉得啊，我不說罷了，告訴你，我是啞巴吃黃連，一肚子的數呢！」

正吵著呢，有人敲門，估計是柳梅來了。小欣猛地一個急剎車，趕緊跑過去開門。

門打開的瞬間，小欣也成功地裝出了一副歡迎的笑臉。然而柳梅多精啊，她慣於透過現象看本質，只一下就看出來了，問小欣怎麼了，跟哪個作氣呢？

小欣只好說：「我在罵小野呢，他早就曉得張揚有小蜜的事，卻瞞著我們，不說，讓張揚在小蜜的泥坑裡越陷越深。」

柳梅咬著牙說：「是呀，男人沒有一個好東西。」

柳梅邊說邊往屋裡走，一轉臉看見了我，立馬不好意思地紅了臉，柔聲柔氣地說：「這位就是鍾老師吧？不好意思，剛才我那句話不包括你啊，你一看就知道是個好人。」

旁邊的阿明故意叫了起來：「我難道一看就不是好人啊？」

柳梅笑眯眯地說：「你一看也是好人，再看就不知道了。」

屋裡的張揚柳梅自然也是看見的，可她對此一點反應也沒有，就當沒看見一樣。這說明，她對張揚的到場是做好充分思想準備的，既不吃驚，也不假裝吃驚。也許這正是柳梅的可愛之處。

事後小野小欣阿明都一致評論說，柳梅一個多月不見，人變漂亮多了，都不敢認了。他們告訴我，柳梅以前沒有這麼漂亮的，可那天的髮型、化妝、穿著打扮，加上又割了雙眼皮，加上表情有點羞羞答答的，那模樣，連張揚都看呆了。阿明呢，更好，眼睛都不敢看她了。

我記得那天晚上的酒喝得很愉快，量也很多，男人們蠢蠢欲動，妙語連發，女人們也配合默契，眉眼傳神，飯桌上時有高潮迭起，笑聲不斷。

張揚的表現也很好，他拿出他的看家本領，為我們的酒席奉獻了好幾個張揚級的拿手名菜。連他的老婆柳梅都說了，還是談對象的時候看他這麼殷勤過，嚐過他這樣的手藝。

小欣在旁邊就趁機煽動說：「柳梅啊，你找到這樣的老公，真是你的福氣啊，你看我家小野，四肢不勤，五穀不分，別說燒菜了，家裡油瓶倒了他都不扶，我真是瞎了眼了……」

小野在一邊也趁機煽動張揚說：「張揚啊，你找到柳梅這樣的老婆，真是你的福氣啊，我老婆在家經常說，假如她長得像柳梅這樣漂亮，寧願少活幾十年……想當年，多少人在想柳梅的心思啊，不說別人，就說阿明吧，為什麼直到現在，阿明都沒有結婚，這裡面沒有原因嗎？否，這裡面是很有原因的，其中一個重要的原因，就在柳梅身上，原來她是他的夢中情人啊！他時刻在拿柳梅做榜樣，這就慘了，這世界上，又有幾個人能和柳梅相比呢？」

我也趁機插上兩句，說：「張揚啊張揚，你不要生在福中不知福，不要身在花園就聞不到花香啊，從今以後，你一定要好好珍惜、愛護我們的市花。」

張揚始終是一臉憨笑，說：「盡量、盡量……盡量、盡量……」直惹得一桌人集體噴飯。

這天晚上，按預定的計畫，一放下碗筷，我們就抓起了事先準備好的撲克，一邊嘩嘩地洗著牌，一邊拖住柳梅問，問她喜歡玩什麼？

柳梅臉紅紅的，扭扭捏捏的，好像識破了我們的陰謀。

我建議說，為了讓大家都能參與進來，還是玩「鬥地主」吧，地主被鬥倒了，就下臺，讓替補隊員上，大家輪流坐莊。

這個方案立馬得到了大家的認同，柳梅也只好半推半就了。

這個遊戲的地主是這樣當選的：抓牌之前，先翻出一張明牌，插在一摞牌當中，然後哪個抓到這張明牌，哪個就是地主，另外三個人則自動成了農民，他們將聯合起來共同對付地主（地主要比農民多抓八張牌）。就是說，每局都有可能誕生一個新地主。

可這天晚上日鬼了，大約有一半的地主都被柳梅抓去了，最日鬼的是，柳梅當地主，居然十有八九都能打成功，而其他人當地主，則十有八九會被打下台。

你大概也猜到了，這裡頭確實是有點花頭精的。玩這種遊戲，地主的上家是很重要的，俗稱「守門員」，如果守門員犯了錯誤，或者放了水，其後果就可想而知了。由於大家是輪流上下臺的，所以每個人都有可能做柳梅的守門員，而這個人總要被大家懷疑，他能不能稱職？會不會放水？

這幾個人中，張揚顯然是最不可靠的，他巴不得多放幾次水，來討好他的老婆，來立功贖罪；那麼，小野、阿明就可靠嗎？剛才小野已經說了，柳梅可是阿明的夢中情人，阿明又說柳梅是小野的夢中情人。至於我自己，你們知道，我也應該算是一個憐香惜玉之人啊，我恨不能公開幫助柳梅地主去鎮壓農民的叛亂呢。

這樣一分析，大家就清楚了：為什麼其他人像走馬燈似的換個不停，而柳梅卻能坐在她的位子上只搖不動呢？

快樂的時光總是不知不覺地過得很快，等到柳梅對著手機上的顯示時間發出一聲驚叫的時候，其他人也同樣吃了一驚，原來一個小時前，我們就已經進入新的一天了！

天下沒有不散的筵席，同樣，也沒有不散的牌局。

張揚說我們乾脆玩個通宵算了，話音剛落，就被小欣狠狠瞪了一眼：

「你們男人就知道玩玩玩，你不要睡覺，我們不要睡覺啊，柳梅不要睡覺啊？」

說罷，小欣還連連的衝著張揚使眼色。

她的眼色其實大家都看見了，包括柳梅。

此刻，除了柳梅，我們都成了一夥心照不宣的陰謀家。我注意到柳梅的臉色再次倏地紅了，自語似地說了一句：

「我還要到我媽家去呢。」

小欣裝著吃驚的樣子說：「這麼晚了，還上你媽家去啊，今天就先回自己家，有事明天再說吧？」

柳梅說，「不，說好的，我要回我媽家，打個車，也快。」

小欣暗中拽張揚的衣服，說：「張揚，你去送送柳梅。」

張揚有點不知所措，嘴上應著：腳下卻遲疑著：「我盡量、盡量……」

第18條婚規
換妻遊戲

張揚悄悄打開衛生間的門，溜了出來。他掩在牆後，探頭看見小野光著下身站在床邊、兩手撐開、身體一聳一聳的像在奮力推車。張揚呆呆地站在那裡，呆呆地看著。

一、事出有因

小野和張揚是從小玩到大的好朋友，一晃，現在都是三十多歲的人了。

以前，張揚各方面的條件都比小野好：論長相，張揚一米八幾的個頭，長得濃眉大眼，堂堂正正，至於小野的長相，在此不便多描述，就說一句吧：特徵基本與張揚相反；論家庭出身，張揚算得上是一個幹部子弟，小野則是標準的貧下中農出身，家也住在農村；上學的時候，張揚的學習成績一直比小野好，手臂上的紅槓槓經常達到三條（小野呢，從來就沒有過）；因為成績好，高中畢業考工作，張揚考進了人人羨慕的機床廠，成了一名「學好車鉗飽，走遍天下吃得飽」的技術工人，小野則名落孫山，在家荒蕩了近一年，後因村子附近的一個電廠徵用土地，才得以進這個電廠做了一名機修工。

以上都是二十世紀八〇年代末的事情了。

誰也沒想到，時隔十年之後，兩個人的處境會來個大交叉，大換位。

簡單一點說，張揚的單位，即當初那家人人羨慕的機床廠漸漸倒閉了（先是賣地皮，再賣廠房設備，最後「賣」人）。張揚失業回家後，拿八千元的「賣身錢」去學了駕駛，然後給一個私人車主打工，開出租。那個車主白天自己開，晚上七點到翌日凌晨七點張揚接過方向盤接著開。張揚汽油費自理，每天還必須交給車主一百元。開始幾年生意還好，後來這個江南小城計程車氾濫成災，張揚常常通宵轉下來，還掙不到一百元。

而這期間，小野所在的那個本來沒人瞧得起的電廠，由於是壟斷產業，名聲一日日地堅挺起來。什麼名聲呢，當然是孔方兄的名聲了。這年頭，哪個單位經濟效益好，哪個單位的名聲就響，其職工也就跟著沾光，比如我們這篇文章的主人公，這個農村戶口、其貌不揚的小野，就後來居上，找了一個年輕漂亮、號稱「國家幹部」編制的老婆，我們就叫她小欣吧。

張揚結婚要比小野早幾年，那正是機床廠的「一賣（賣地皮）」時期。俗話說，大船爛了還有三擔釘，曾經紅火一時的機床廠，就像一個害了絕症的壯漢，不是一下子就能倒下去的。然而畢竟是害了絕症的，別人也許還不太清楚，但壯漢本人是清楚的。張揚就在壯漢勉強撐著、沒有倒地之前，閃電式地結了婚，如果再拖一拖，成了失業大軍的一員，成了社會閒雜人員，還有哪個女人敢跟你？張揚的老婆在一家賓館當服務員，叫柳梅。當時張揚的小兄弟們背後給柳梅作民意測驗，平均下來，是七十六分。

在此之前，張揚實在是浪費了太多的機會，認識張揚的朋友都這樣說。他們說的機會，是指娶一個更好的姑娘做老婆。但當時張揚的條件實在是太好了，周圍圍著他、甚至主動追求他的好姑娘實在是太多了，其中不乏九十分以上者，張揚根本應付不過來。張揚清楚地知道，好姑娘再多，分打得再高，能娶來當老婆的機會一次最多也就一個，但玩她們的機會卻遠遠不止一個，所以說，張揚一點也不笨，他寧願浪費極少的機會，而換來更多的機會。

那是張揚的黃金時代。黃金時代的張揚姑娘多得用不完，消化不了。為了「去偽存真、去粗取精」，張揚常常會將一些下腳料下放給他的哥們兒，以減輕自己日益沉重的負擔。但在當時，在小野之流們看來，張揚的這些下腳料全是天鵝級的，可望而不可及。通常情況下，她們看也不會看他們這些癩哈蟆一眼，就撲楞撲楞潔白的翅膀，輕慢、優雅地飛走了。

當然也有例外的。有一次張揚向小野轉移過來一個年輕的少婦，風流女護士，才二十五六歲（作為少婦來說，相當年輕了），其丈夫在很遠的外地打工，她自然就顯得比其他姑娘更自由，更方便，也更實惠。當時張揚身邊的姑娘、處女多得還忙不過來呢，哪有心思和時間對付一個少婦？但對小野來說，情況就不同了，似乎沒有比這樣一個年輕的少婦更適合的了。兩人一拍即合，很快如膠似漆地好上了。這一好就是五六年。少婦果斷決定離婚，欲與小野重組家庭。

對此，小野開始也是一百個願意的。你想啊，少婦是他第一個、也是唯一的女人，是他的啟蒙老師、優秀教練，是他的初戀、情人、母親、女兒，是他青春的全部秘密，是他生命的另一半……總之，一句話，是她給了他別人不能給予的一切。

但要命的是，小野的父母是一百個不願意。這也是可以預料到的事情。為此，小野和父母玩起了「敵進我退、敵駐我擾、敵疲我打、敵退我追」的遊戲。但這持久戰打了沒幾年，小野首先堅持不住了，想想看，他——小野，對外需要對付社會輿論，對內需要對付家庭壓力，前面需要對付少婦及其孩子的精神和物質問題，後面需要對付父母為他介紹的一個個花枝招展的對象的誘惑……小野他容易嗎？小野的神經就像一根跑調的琴弦，綳得越來越緊，越來越緊，終於有一天，只聽「啡」地一聲……

正如你預料的一樣：小野住進了市精神病院。

還有一種說法是，小野為了逃避一場敲詐案的糾紛，而主動住進了江城精神病康復中心。

也許是精神康復中心真的康復了小野的精神。半年後，已經二十八歲的小野從醫院裡出來，整個人看上去軟綿綿、迷糊糊的，聽話多了，馴服多了。

不久，父母又為他忙碌了一個年輕漂亮的姑娘，也就是前面提到的小欣，小野一眼便看上了。俗話說，有比較才能有鑒別，少婦再好，也是三十出頭的婦女了，怎能和眼前這個二十出頭的少女相媲美？這是呆子都知道的事情。小野不呆。小野很快被小欣的天真活潑青春新鮮征服了。憑著多年來少婦教給他的那方面的經驗技巧，在第二次約會中，小野就輕而易舉的把小欣給辦了——據小野事後宣佈：小欣還是個處女！這樣一來，前面那個少婦就更無法與之媲美了。

說起來，小野和小欣的婚事也是經受了很大的磨難的。主要是女方小欣的父母堅決反對，小欣所有的親朋好友都堅決反對，他們經過暗訪，終於瞭解到小野那些不可告人的隱私：比如少婦，比如精神病，件件都擊中要害、無法容忍。

「你總不能眼睜睜地把自己這朵鮮花插到牛糞裡去吧？」小欣的父母這樣對小欣說。

「你總不能明知前面是火坑還閉著眼睛硬往裡跳吧？」小欣的父母這樣對小欣說。

但小欣不知是出於什麼心理（事後分析，可能是處女失身後產生的巨大的惶惑和羞恥感，加上小野騙她說他是大款，炒股賺了幾百萬），小欣鐵著心要跟小野結婚。為此，小欣家裡鬧翻了天。最後小欣的父母威脅要和她斷絕關係，但這一招也沒有把他們這個一貫順從的小女兒嚇住。

唉，過去的事說來話長，還是言歸正傳，說說現在——進入新世紀後的第三年，小野和張揚換妻的故事吧。

二、七年之癢

張揚和柳梅的婚姻歷時已有七年；小野和小欣也有了五年的婚史。

有人說，婚姻就像一盤菜，剛燒出來的時候是新鮮誘人的，時間放長了，必然要腐敗變質。而一般來說，七年的菜就要比五年的菜腐敗得更厲害一些。這是自然規律，誰也奈何不得。

先說這盤七年的菜。

七年前，柳梅嫁給張揚，說穿了，無非是看中了張揚的家庭背景，還有張揚的工作、工種不錯，人長得也不錯。但婚後沒兩年，本來不錯的東西紛紛都錯了：先是張揚的單位垮了，然後是當官的公公離休了，就剩下個長得不錯的人了。但有句俗話怎麼說的，人是英雄錢是膽，沒膽的還能稱得上英雄嗎？長到三十歲，張揚才悟到一個真理：男人的地位原來是由他口袋裡錢的多少來決定的，在家裡，在外面，莫不如此。難怪孔聖人說三十而立呢。剛開出租那幾年，張揚每個月還能給老婆捧上千兒八百的，後來就越來越少了，老婆的臉色也就越來越不好看、語言也就越來越不好聽了。這也不能怪柳梅，換了誰心情能好啊？就算你有修養，表面硬裝出來個好顏色，但又能維持多久呢？

進入新世紀後，張揚索性扔掉了這份光出力不賺錢甚至還賠本的工，當起了家庭婦男。柳梅那邊呢？情況也好不到哪裡去，她所在的賓館越來越不景氣，柳梅白幹活不拿錢不算，還不停地要出人情份兒，領導同事的紅白喜事層出不窮，眼睜睜地往裡倒貼錢呢。

細心的讀者可能已經看出問題來了：夫妻倆都沒有錢回家，這個三口之家靠什麼維持生活呢？他們有個五歲的女兒正嗷嗷待哺，公主的待遇絲毫不能削減半分。

當然，雙方父母不會見死不救，多少會補貼他們一點，但也不是個事啊。在這樣的情況下，如果柳梅利用賓館的工作條件，用自己不再青春、但尚未衰老的姿色去掙點錢的話，別人也是可以理解的吧？

事實上，作為老公的張揚也不斷聽到外面有關老婆的種種桃色傳聞，只是還沒有親自抓到她的證據，他能說什麼呢？就算他親自抓到了證據，他又能拿老婆怎麼辦呢？所以乾脆，張揚對這種事就睜一隻眼閉一眼了，裝看不見，裝聽不見，如果鈴聲太響，那就用古人教的辦法，把耳朵捂起來。

俗話說，貧賤夫妻百事衰。張揚和柳梅的「七年之癢」唱的是這樣標準的三步曲：開始是兩人沒完沒了的吵架、發洩；然後是冷戰、對峙；最後是互不理睬，甚至拳腳相向。至於他們的夫妻生活，就別提了吧，這麼說吧，自從張揚沒錢拿回家的那一天起，柳梅就沒有讓他碰過自己的身體。

那麼好吧，下面再說說另一盤菜。

五年前，小欣嫁給小野，說穿了，無非是看中了小野的錢：電廠效益好，而且據說他股市裡有幾百萬。但婚後不久，小野的「間歇性幻想症」就漸漸露餡了，小欣怎麼看他，也不像個大款。房子是臨時租的，又小又舊，也沒裝潢，屋裡連一件像樣的傢俱都沒有，連冰箱電視都沒有。小野只說這個小窩是臨時的，臨時的，馬上就要買別墅、買轎車，就要一步到位，現在先糊一糊。可這一臨時、一糊就是五年，別墅、轎車，八字還沒見一撇，人生有幾個五年啊？

後來小欣從小野的姐姐那裡無意中瞭解到，小野股市裡只有十幾萬元，且和全國股民一道，在新世紀的第一年就被深深地套進去了。

小欣後悔也遲了。真是啞巴吃黃連，有苦說不出。現在，女兒都快五歲了，上幼稚園了。還說什麼呢？小欣把全部感情都寄託在了女兒身上。

現在的小欣冷眼看小野，越看越不是味。小學教師小欣現在喜歡退一步想：老公就算沒錢，也要有個人樣吧，女人對男人，總要圖一樣吧？在一起生活的時間越長，小欣越來越發現小野真的是個神經病，而且病得不輕。這點，外人從外表上通常一眼就能看出來：那披頭散髮的「藝術家派頭」，那躲躲閃閃的眼神，那莫名其妙的奸笑，說起話來答非所問，前言不搭後語……

作為老婆的小欣發現的就更多了，也更難以啟齒：比如小野的不講衛生，平時不洗頭，不洗澡，喜歡光身子睡覺，晚上睡覺不刷牙不洗臉不洗腳，特別喜歡看黃片，不分白天黑夜的，還喜歡拿個望遠鏡往別人家裡望，喜歡不分白天黑夜的和她來那事兒，天天都要來，甚至一天要來上兩三回。

婚後不久，小欣就得了一種治不好的婦科病。醫生說，這是男人不講衛生、不該來的時候硬來導致的那種病。實際上，自從生了女兒後，小欣對夫妻功課就不怎麼感興趣了，自從得了那種治不好的婦科病，小欣對那件事簡直就打心眼裡厭惡了。她常常把女兒帶回娘家去住幾天，躲避這件事。後來小野拉下臉來威脅她說，假如她不回來過夜，他就花錢找其他女人。小欣於是不得不乖乖地回來送給他睡。她好歹是個小學教師，為人師表者，臉面是勝過一切的呀。

說起小野和小欣的夫妻功課，也沒什麼特別的，可以說和周圍大多數夫妻的模式差不多，無非是男人主動，女人被動；男人涎著臉求歡，女人皺著眉應付；男人總是操之過急，且完事就呼呼大睡——用女人的話說就是：「拔鳥無情。」

對此，女人當然是很不滿意的。然而讓她們想不到的是，男人對此可能更不滿意呢！他們在翻過身背朝女人呼呼大睡之前，心裡大都會想：我他媽的是做愛，又不是姦屍。

小野也就是放在心裡想想，一直沒有當老婆的面說出來。平時，雖然他處處擺出個大男人的派頭，但骨子裡面，他對老婆還是有點心虛的。俗話說，做賊的心虛嘛。他內心清楚得很，這個老婆是騙來的，他是配不上她的，雖然他目前的薪水比她多一倍。每次和她幹那事，都覺得是她恩賜的，賞給他的，似乎是拿了一筆不該拿的獎金，發了一筆意外之財。

可想而知，抱著這樣自卑的心理，小野幹的時候總是放不開，縮手縮腳的，該喊的不敢喊，該叫的不敢叫，該做的動作不敢做，尤其在她得那個病之後，他就一次也沒有爽過了。

三、SM俱樂部

換妻這個概念，最初，小野是從黃片上看來的，但那種片子以黃為主，以sex為主，換妻不過是其中的一點佐料，並沒有引起小野的真正注意。

後來在網上流覽時，小野無意中看到了一個叫換妻俱樂部的網站，小野非常興奮。

小野在裡面找啊找的，終於結識了一個代號叫69的網友，並和他聊了起來。69的自我簡介裡明確地寫著：喜歡換妻和夫妻ＳＭ。

小野問他，夫妻ＳＭ是什麼意思？對方告訴他，就是夫妻派對，兩對以上的夫妻在一起的意思。

小野一聽，覺得頭髮都快離開頭皮了：——你做過嗎？

69於是就很耐心地講述了他幾次換妻的經歷。

小野感到，69句句話都說到了他的心坎上，讓他佩服得五體投地。

後來，當69主動問他所在城市，並表示願意飛過來和他們見面時，小野退縮了。這表明小野還有一部分正常的神經在工作。最後，他們只是互留了E妹兒，以便今後聯繫。

此後，小野就比較留心這方面的內容，在網上也不斷看到這方面的消息，但多數是批判性質的——

醜陋人性，無聊遊戲：長沙竟有人玩起了「換妻」

國內多城市出現換妻遊戲，荒唐難逃「六宗罪」……

小野天生有種逆反心理，平時最看不得這種居高臨下道德批評的話，不知為什麼，他固執地認為，凡是被批的東西都是好東西，比如被禁的書、被禁的電影都是好書、好電影。這種批判，只能愈發堅定了他對換妻的嚮往。

媽媽的，天天吃一樣陳菜，吃了五年，該換換口味了。

在一次翻過身背朝小欣呼呼大睡之前，小野這樣想。

四、你換了嗎

有一天早上小野去電廠上班，同事見了他先是一陣怪笑，然後問了一句莫名其妙的話：「小野啊，你換了嗎？」

同事們平時喜歡拿大腦不正常的小野作耍，取樂。

「換什麼？」小野一時沒有反應過來。

「你說換什麼？嘻嘻……哈哈……」

「換工作服啊？」小野說，「今天哪台機壞了，急著修啊？」

同事們哈哈大笑，這個樂呀。

後來小野才弄明白，同事問的是「換妻」。最近的手機上正流行這樣的簡訊：

「小富換房，中富換車，大富換妻。」

八十年代人們見面問：吃過了嗎？九十年代人們見面問：離了嗎？新世紀人們見面問：換了嗎？

小野頓時感到自己落後時代太多、太多了。人家都大富了，都換妻了，我連房還沒有換呢，連手機還沒有換呢，明天先換個手機再說。

但小野自以為不傻，他立刻反問人家：「你換了嗎？」接著他還很得意地將對方一軍：「你今天換，我明天就換。」

同事一本正經地說：「我們早就換了，不信你問他們，他們都換了，換了好多次了。你要是不相信，我們明天來換一換？」

小野啞了，但很快嘴又硬起來：「換就換吧，誰怕誰啊？」

另一個說：「小野你別和他換，他老婆農村的粗大笨，你老婆國家幹部，小學教師，又鮮又嫩，換給他不吃虧死了？還是跟我換吧。」

小野想了想，說「你老婆更醜。」

「哈哈哈哈……」機修室裡笑翻了屋頂。

但小野沒有笑。他在認真地想：「雖然我不是大富，但我也要換，房啊車啊先不管它們，直接換妻，一步到位算了。」

五、交換伴侶

碰到雙休日，小野有時會找張揚玩，更多的是張揚主動來找小野玩，到小野家來蹭飯吃，多半還會把老婆孩子一起帶來蹭飯。

張揚因為是窮人，以前的朋友都跑光了，沒人玩；小野雖然說不上窮，但由於眾所周知的原因，平時也沒有人理他，小欣又羞於將親戚朋友帶到這個狗窩裡來玩，她丟不起這個臉。但人總是需要有人玩的，僅僅和老公老婆孩子在家裡大眼瞪小眼是遠遠不夠的。對張揚夫妻來玩，小欣還是歡迎的，因為至少，比比他們，她覺得自己活得還不算最差。

一般來說，吃完中飯，把小孩子哄睡覺，大人便可抽時間放鬆一下。有時分組活動，兩個男人關起門在電腦上看黃片，兩個女人或上街購物，或坐在一起說些悄悄話。有時四個人在一起打牌，打千分或者打升級，通常是小野和柳梅合夥，張揚和小欣一家，這樣他們才不會吵架。

這也是歷史的教訓。以前，剛開始在一起玩牌的時候，還裝模作樣的，各自夫妻合夥在一家，結果小欣被小野罵的，抓牌的手都在發抖，每次都要看著小野的臉色出牌，但總出不對，總是不斷的挨小野罵。張揚呢，他倒是不敢罵柳梅，但臉上那不滿的表情是抑制不住的，柳梅一看就不樂意了：「我沒罵你就算便宜你了，你還給臉色我看！」

自從實行「換妻」制度後，這牌就玩得很順利，很開心，大家贏了也樂，輸了也樂，尤其是女人們，興趣竟越來越濃了。

也許是受此啟發吧，小野這天下午打牌的時候，有點心猿意馬，眼珠子亂轉，心裡撲騰撲騰的，動了真的「換一換」的念頭。

動這個念頭之前，小野當然是先對柳梅動了心。他發現，柳梅雖然比小欣大兩歲，但可能是受職業的影響吧，這位賓館服務員比小學教師有味多了，就是男人常說的那種女人味兒，身材比小欣豐滿是明顯的，更關鍵的是，她的眼睛會說話，眉目會傳情，她愛打扮，會打扮，即能讓男人動心的那種打扮，還有，她的言行舉止喜歡忸怩作態，撩撥人心，如果在床上的話……

小野開始想入非非了。

小野這種人，一旦對什麼想入非非，那是止也止不住的。

這天晚上，柳梅走了以後，小野就故意讓張揚在電腦上看那個「換妻俱樂部」的網站，自己從一旁觀察他的反應。這天，他們從網上看到這樣一條消息：

二〇〇二年九月二十八日晚，未滿三十歲的東蘭縣隘洞鎮某村農民朱二、梁三喝酒回來途中，兩人突發奇想，商量互換妻子行姦。當晚十一時許，兩人首先來到梁三家，梁三進入家門後，見其妻韋某已入睡，便將電閘拉下，讓朱二進入屋內。朱二悄然進入韋某臥室，將韋某姦淫。

朱二得逞後，按兩人的約定，他帶著梁三來到自家大門前。朱二回家後，見妻子呂某還未入睡，便催其睡覺，並關掉電閘。燈黑之後，朱二即讓梁三進入臥室與自己妻子呂某發生性關係，不料被呂某察覺，梁三強姦未遂。

小野和張揚看了，差點笑死。小野評論說：「這位梁兄也太性急了一點，等人家老婆睡熟以後再動手不遲嘛。」張揚評論說：「女人嘛就那回事，事先弄點催情藥給她們吃吃，保證百發百中。」

小野和張揚的這兩句評論，到後來，竟成了他們換妻計畫中的兩個關鍵環節。

六、週末行動

接下來小野的那個「週末換妻行動」策劃得相當周密，簡直近乎完美。由此我們可以發現小野在這方面隱藏著非凡的才能，也就是天才。

平時小野經常對別人吹噓他是個天才，別人從來沒有相信過，事實證明，他們都錯了。古今中外很多文學家、藝術家是天才，同時也是瘋子，甚至很多政治家，比如拿破崙、希特勒、史達林，他們秘密的精神病史後來都陸續曝光了。

這次換妻行動的發生地，小野將其選擇在了揚州。

現在是五月，雖說過了「煙花三月下揚州」的最佳時機，但畢竟還是春暖花開的旅遊季節。

自古揚州以出美人聞名，在小野印象中，那是一個胭脂紅粉之地，適合發生一些男男女女情啊愛的曖昧故事。聽聽那些古人詠唱的詩句吧：「廣陵胭脂氣熏天，惱得天花欲妒妍」；「並舫笙歌垂柳岸，隔簾金粉畫樓人」；「春風十里揚州路，捲上珠簾總不如」；「二十四橋明月夜，玉人何處教吹簫」……

可惜這些名詩豔句，兩個女人都不感興趣，她們對這些文縐縐、酸溜溜的玩意兒從來都不感興趣。小野真為她們感到可惜，小野為天下所有不知道這些詩句的人感到可惜，他們白白來這世上走了一遭。

從江城到揚州，坐快客大約一個多小時，利用雙休日，一來一去，晚上住一宿，正好。

七、渴望狂歡

四個人到達揚州後，他們先將晚上住宿的賓館訂好，以便放下包袱，輕裝上陣。

上午看過瘦西湖，下午看過平山堂，大家都看出了一點興致，體力也耗得差不多了。晚上吃飯的時候，大家念著賓館牆壁上「夜市千燈照碧天，高樓紅袖客紛紛」的詩句，不覺就有了喝酒狂歡的渴望——就算張揚不在酒裡偷放催情藥，小野相信，女人們還是會意亂情迷、情不自禁的……

一切都在按計劃順利地進行著，連時間都掐得很準，一切就好像放電影一樣。

兩個標準間，當然是一對夫妻各佔一間。

女人先洗澡，男人後洗澡。

女人先上床，男人後上床。

女人的身體疲勞之極，精神卻莫名地興奮。

男人按事先的約定，關上厚重而豪華的窗簾，再將門後牆上的鑰匙牌拔了，這樣一來，房間裡就不會有電了，也不會有光了。

黑暗中，兩個男人同時「進錯了」房間，他們分別緊張著，恐懼著，興奮著，顫抖著，大氣不出，心搗如鼓，一步一步地，朝床上的那個女人摸過去……

小野輕手輕腳地摸到床邊，床上的柳梅似乎並沒有察覺，小野先是感到有一股好聞的香氣撲鼻而來，然後就感到了床單下面的那具女人肉體的騷動不安，那動作，那氣息，那呻吟，都十分曖昧，十分可疑……

「難道她在自慰？」這個念頭一閃，小野的身體立馬像觸電似的，渾身一麻，感覺頭髮一根根豎了起來，下面立刻就大了，膽子隨即也大了，伸手就朝女人的胸口摸去……

女人驚叫了一聲，隨即叭一下，將小野的那隻爪子橫掃下來，小野的手臂都被她震麻了……

小野大驚：「難道她識破我了？」

識破了又怎麼樣，小野又想，她難道真是什麼正經貨嗎？再說這次來揚州旅遊的錢都是我出的，她總不至於當場和我翻臉，將我扭送公安機關吧？

正疑惑著，床上的柳梅說話了：

「我早說過了，張揚哎，這輩子你別想再碰我，你以為出來住住店，酒裡放點藥，陰謀就得逞了？這點雕蟲小技，少在老娘我面前玩，忘了老娘是幹什麼的了？告訴你，張揚哎，我就是自己解決，也不會給你，我寧願給街上擦皮鞋的，也不會給你，告訴你，這輩子你別想再碰我，趁早死了這條心！」

小野遭此劈頭蓋臉一罵，頓時有點懵了，下面也垂頭喪氣、性趣全無了。他萬沒想到，平時風情萬種、溫柔誘人的柳梅在床上居然這麼潑辣、這麼凶？

身著汗衫短褲的小野受此驚嚇，趕緊從那間黑暗的房裡溜了出來，趕緊去推自己的那間房門，卻推不開；於是又敲，咚咚咚咚——

「張揚，張揚，快開門，快開門！」

裡面還是沒有動靜。

小野氣急敗壞，他覺得受了朋友的騙：「你老婆平時從不讓你上身，叫我怎麼搞啊？」

「張揚，快來開門，你聽見沒有！」

小野又提高聲音，喊小欣——

「小欣快停，快停，聽見沒有？搞錯了，張揚他走錯門了！」

門終於開了，門後站著睡眼惺忪的小欣，黑暗中，小野只覺得眼前一片雪白。

「張揚呢？張揚呢？」小野急切且惡狠狠地問她。

小欣好像聽不懂他的話：「你找張揚？他不在隔壁房間啊？」

小野手忙腳亂地弄亮房間裡的燈，四處一尋，連床底下也看了，卻沒有發現張揚。倒是小欣一絲不掛地仰躺在床上，做著撩人的動作，嘴裡哼哼嘰嘰：「我難受死了，你到哪裡去了，我難受死了……」

小野也是喝了藥酒的，哪裡受得了這個？三下五除二扒光了下身，上衣都沒有脫，就一個餓虎撲食，撲了上去。

少頃，張揚悄悄打開衛生間的門，溜了出來。他掩在牆後，探頭去看，昏暗中，他隱約看見小野光著下身站在床邊、兩手撐開、身體一聳一聳的像在奮力推車。張揚呆呆地站在那裡，呆呆地看著。

突然，小野像被人捅了一刀，發出了一聲撕心裂肺的嚎叫……

張揚大駭，連忙打開房門，連滾帶爬溜了出去。

第19條婚規 好處慢慢給

甲魚姐看見華冰臉上一閃而過的詫異表情，心裡有點犯嘀咕。「今天是什麼日子，你該不會忘了吧？」她有些懷疑地問。

一、女人多作怪

好像只是一晃的功夫，「甲魚妹」就成了「甲魚姐」，就迎來了自己結婚十周年的紀念日。

這天下午，甲魚姐早早跟單位請了假，上街給老公精心挑選了一份紀念禮物，然後趕回家來，做了一桌好菜，還點了一屋子的紅蠟燭，滿懷喜悅地等待華冰歸來。

這一等就是一個半鐘頭。兒子小星餓得有些過了，便建議說給爸爸打個電話，問他到底什麼時候到家？當媽媽的卻不同意，說這種浪漫的事，說穿了，說白了，就沒有意思了。讓當事人獲得意外的驚喜，這才叫浪漫。

就在母子倆等得不耐煩的時候，鋼琴上的那隻電話響了起來。是華冰打回來的，說晚上有重要的應酬，不回來吃晚飯了。甲魚姐一聽，心裡頓時涼了截，但鑒於今天這個特殊的日子，又不好發火，只好用盡量溫柔的語氣說：「那你早點回來，我等你。」

我等你，其實是他們夫妻間的某個暗號。尤其當初新婚燕爾之時，華冰一聽到這個暗號就渾身發緊，激動不已。

可今天這一等，就等到了夜裡十二點。要是放在往常，甲魚姐早就睡了。可今天不。今天她在房間裡點滿了紅蠟燭，且沐浴淨身，換上了最漂亮、也最性感的粉色睡衣，充滿遐想地等著他。

華冰深更半夜進門之後見狀嚇了一跳，以為家裡來了狐仙。老婆喜歡搞點浪漫，搞點情調，他是知道的。他將其統統稱之為「作怪」。今天她又要作什麼怪呢？

甲魚姐看見老公臉上一閃而過的詫異表情，心裡有點犯嘀咕。「今天是什麼日子，你該不會忘了吧？」她有些懷疑地問。

華冰聞言心裡一驚。他還真不知道今天是個什麼特殊的日子。甚至連今天是幾月幾號、星期幾，他都不清楚。在機關裡混，幾月幾號並不重要，重要的是誰的官大，誰的後臺是誰，誰是誰的死黨，誰又是誰的死對頭。

「今天什麼日子，我怎麼會忘呢？我是誰呀？」華冰嘴比誰都硬。他借轉身掛西服的當兒，偷看了一眼手腕上的電子錶，上面的日期是五月四日。於是他轉過身來說：「今天不就是五四青年節嗎？你激動什麼？我們都三十大幾了，又不是青年了，有什麼好激動的？」

「但願你是在跟我玩幽默。」甲魚姐竭力掩飾自己失望的表情，耐心地啟發他。「你好好想想，十年前的五四青年節，你都幹了些什麼好事？」

「十年前……」華冰只愣了一秒鐘，就全想起來了。十年前的今天，他確實幹了一件被他稱為有生以來最愚蠢的事，拿哥們兒的話說就是領到了一張無期徒刑的判決書。當然，這話在太太面前就不能這麼說啦。

「瞧你說的，這麼大的喜事我怎麼會忘記呢？我是誰呀！」

甲魚姐又轉憂為喜：「那——你準備有什麼表示呢？」

「表示？那當然啦！等會兒上了床，你就看我的實際行動吧！」

「去！誰要你這麼表現了？討厭！」甲魚姐滿臉幸福地閉上眼睛，原地轉了一圈。「現在，就讓我們開始交換禮物吧！」

「禮物？……」華冰的頭嗡一聲大了。

甲魚姐重又睜開眼睛，疑惑地問：「你……你沒有給我準備禮物？」

「哪能呢！」華冰開始了他擅長的機關幹部式的即興表演。「這麼重要的紀念日，禮物我早就準備好了，而且非常不一般吶！」

說罷，他裝模作樣地拿起公事包，打開，煞有其事地翻了半天，然後煞有其事地叫起來：「哎呀，對不起，我把它放在車裡了。」

他睜著一雙無辜的眼睛誠懇地看著自己的太太，盼著她配合自己說上這樣一句臺詞：「那就算了吧，明天給我也是一樣的。」以前她都是這麼說的。可今天真是作怪了，她偏偏不適時宜地撒起驕來：「那你還不趕緊下樓把它拿上來？浪漫的禮物交換儀式還在等待著我們呢！」

話說到這份上，華冰再也找不到偷懶耍滑的藉口，只好重新換上皮鞋，打開門，慢吞吞地往樓下走去。

二、憋死尿

華冰走到半路，心裡就有了主意。真是，活人能叫尿給憋死？我華冰好歹也在機關裡混了好幾年了！他打開車門，發動汽車朝外面開去。他記得有家高級賓館的禮品屋是通宵營業的，只有開到那兒現買一個了。

在小區門口，華冰的車差點和一輛車碰上。華冰剛要發脾氣，一看對方的車是寶馬，脾氣就消了一半；再一看開車的是個美人，就一點脾氣也沒有了。

這個美人是一個台商的「二奶」，平時打扮得珠光寶氣、妖裡妖氣的，大家都叫她小妖。剛才華冰的車因為開得急，差點就要和對方的寶馬親吻。寶馬的主人自然就不樂意了，刺了桑塔那一句說：「華冰，你的車是偷來的吧？」

華冰一面賠笑，一面打起了美人的主意。這小妖身上的珠寶多得很，何不讓她轉讓一個呢？

主意既定，華冰便下了車，來到寶馬跟前，如此這般將自己的窘況向小妖訴說了一番。

小妖聽清華冰的意圖後，倒為難起來，因為她身上的珠寶雖然不少，可都是有記號的。那個台商在每個珠寶上都打了不同的字母。

「那麼，他在你身上有沒有打上什麼字母？」華冰忙中偷閒還不忘調戲美女。

小妖也不示弱：「你是想檢查檢查，還是想參觀參觀？」

「檢查不敢，還是參觀吧，今後有機會，我一定參觀！」華冰得寸進尺。

這時門房的保安出來向他們敬了個禮，客氣地問需不需要幫忙？（因為他們兩輛車把大門給堵上了。）

他們懶得理他，只顧自己打情罵俏。

「喲，華冰現在練出來了嘛？油腔滑調的，美女泡多了是不是？」

「不敢不敢。小生只是希望美女能救我一命。」華冰說著，站直了身子。「俗話說，救場如救火，美女總不會見死不救吧？」

「沒這麼嚴重吧？」小妖笑著，將寶馬駛進了小區。

華冰也上了自己的桑塔那，將車調頭，緊跟在她的後面。

在華冰死皮百賴的「追求」下，小妖只好答應將手上最新的一只鑽戒借給他幾天，臨時救他這個「火場」。華冰發現戒指上果然刻著個字母J，就問她J是什麼意思？小妖說：「沒什麼意思，他是按英文字母的順序排的。」「哦，那就謝謝了！」華冰衝她做了個V的手勢。「改天請你吃飯！」

不過小妖還是表示有點兒擔心，「光禿禿的一個戒指，連個外包裝都省，他華冰在太太面前能混得過去嗎？」

「這你就別替聖人操心了！我自有辦法。我是誰呀？哈哈……」華冰此刻借到了寶貝，又趾高氣揚起來。

三、珍貴禮物

話說華冰氣喘吁吁地回到家，甲魚姐已經等得不耐煩了，且滿腹狐疑：「你怎麼去了這麼久？」

「咳，遇到了兩個保安，隨便聊了幾句。」華冰隨口答道。「人家對我的車那麼重視，那麼負責，我不能不表揚他們幾句吧？」

甲魚姐聽了，連連點頭。

「好了，現在，我宣佈，結婚十周年紀念日禮物交換儀式正式開始，請我親愛的太太閉上眼睛！」

（甲魚姐於是聽話地閉上了眼睛，睜開的是一臉的幸福。）

「請伸出你的右手！」（甲魚姐於是聽話地伸出右手，膨脹的是一臉的陶醉。）

趁此機會，華冰就將那只光禿禿的沒有任何包裝的戒指一步到位直接套上了她的手指。

甲魚姐驀地睜開眼睛，注意力立刻被手指上這只漂亮的鑽戒吸引住了，壓根兒就沒有想什麼包裝、發票之類的事兒。反覆欣賞的結果，她倒是發現了戒指上刻有一個小字母：J

「J是什麼意思？」甲魚姐好奇地問。

「是啊，本來我也是這麼說的。可人家說，現在時髦刻J。」

「為什麼呢？」

是呀，為什麼呢？華冰絞盡腦汁在想詞兒。「J啊，是結的聲母，是結婚的意思，又是戒的聲母——戒指的意思，它還是英文的第十個字母，代表我們結婚十周年。更絕的是，J不正好代表甲魚姐嗎？」

甲魚姐立刻高興得手舞足蹈：「啊？原來J裡面有這麼多的意思啊？」

四、有臉必露

女人心裡有事就憋不住，何況是高興的事兒，大喜事兒，露臉爭面子的事兒。

翌日是週末。雙休的第一天。甲魚姐特意打扮了一番，就跑到小區旁的一個茶館裡顯擺兒去了。小區裡的很多女人都喜歡在那兒泡著，似乎想把自己泡成玻璃杯裡的紅茶綠茶。

這天下午小妖也在茶館裡。小妖嘛，本來就是個無事生非、無風三尺浪的角兒，何況你給了她三級風？這會兒，她剛把昨夜華冰夫婦的奇事跟女伴們說完，甲魚姐就一臉幸福地光臨了，走路都跟跳華爾滋似的。

「啊？甲魚姐也來了，你可是這裡的稀客呀！」她們開心地逗她。「今天你一定有什麼稀奇事要告訴我們吧？」

甲魚姐也不繞彎子了，決定直奔主題，直截了當地亮出她手上的鑽戒，亮出她的幸福。她實是有點忍不住了。

大家一邊互使眼色，捂著嘴笑，一邊熱情稱讚她的鑽戒多麼漂亮。甲魚姐還像個新官上任三把火的導遊一樣，對景點做了熱情洋溢而又細緻周到的介紹：這枚戒指是華冰怎樣怎樣為她定做，J又代表了什麼什麼……

俗話說「兩個女人百隻鴨，三個女人一台戲……」，這裡幾百隻鴨正呱呱得熱鬧，誰也沒注意，從茶館外面又進來一個人，他就是小妖傍的那個台商。他走進她們圍著的那張桌子，順著她們的眼光看過去，一眼就注意到了甲魚姐正在炫耀中的那只戒指——

「奇怪，這個鑽戒，怎麼和小妖的那個一模一樣？連上面的字母也一模一樣？」台商說著，就去抓旁邊小妖的手，摸出她的手指一看，更奇怪了。「咦，你的鑽戒上哪兒去了？」

小妖一點思想準備沒有，一時支支吾吾的說不出話來，她只好先給他來了個熱烈的擁抱，然後一把挽住他的臂膀，幾乎是硬把他拽出了茶館。

五、欲蓋彌彰

台商一路上還是念念不忘鑽戒的事。小妖只好再祭起緩兵之計，說：「等回家以後，我再慢慢跟你說嘛。」

一路上，小妖都在絞盡腦汁想詞兒。對他實話實說？肯定不妥。這樣珍貴的信物，怎麼好隨便借給人家去騙人呢？想來想去，覺得只能說自己不慎將鑽戒丟失了，等過幾天，華冰把鑽戒還給她，再告訴他鑽戒又找到了，失而復得了。這樣做，不僅沒有任何損失，說不定還能給他一個意外的驚喜呢！

主意既定，回家以後，她就如此這般的一套對台商說了。台商聽了，點了點頭，卻沒有一筆放過。他問：「」到底是怎樣丟掉的呢？他想知道詳細的細節。

小妖只好繼續瞎編，說是自己在外面洗澡的時候丟失的。

在外面洗澡？台商警覺起來。「我們家浴室的條件還不夠好嗎？為什麼還要到外面去洗？」

那感覺不一樣，小妖耐心地解釋說：「就像我們喜歡去茶館喝茶，並不是因為家裡沒有好茶葉。」

可台商的腦筋還是轉不過彎。他說：「我去茶館喝茶，不用脫光衣服吧？」

「你的意思是我去外面洗澡，也不用脫光衣服？那怎麼洗啊？」

「再說，茶館裡有男有女，大家可以在一塊喝茶。」

「對呀，浴室裡也是有男有女，大家可以在一塊……分開洗澡嘛！」

……

兩人就這樣越說越多，越說越亂，越說越糊塗。

「不過，最後臺商還是鑽出了迷宮，緊緊咬住甲魚姐不放。剛才我看見甲魚姐手上戴著一只鑽戒，跟你的那只一模一樣，會不會是她也去浴室脫光了洗澡，撿到了你的鑽戒？」

小妖還想掩飾，說：「這事我問過甲魚姐了，她說那個戒指是她老公昨天送給他的禮物。」

「哦？照這麼說，是她老公去浴室脫光了洗澡，撿到了你的鑽戒？原來和你在一塊洗澡的人是他？」

小妖聞言一驚，連忙矢口否認：「誰和他一塊洗澡了？這話可不能隨便亂說哦？那可是要惹大麻煩的哦！」

「怎麼是我隨便，是我亂說呢？台商的腦筋還是沒有轉過彎來。明明是你手上的戒指跑到了華先生太太的手上……」

「你怎麼能斷定，人家太太手上的戒指就是我丟失的那個呢？小妖還在掙扎。世界上同名同姓、面貌相似的東西太多了，人家就不能買同一樣商品麼？」

「不會的。」台商嚴肅認真地說，「我送給你的那枚鑽戒是我在泰國為你定做的，店方保證說，它是獨一無二的。那個J，是表示我給你定做的第十件禮物……」

「對不起，親愛的，」小妖驀然紅了眼圈，撲到了台商的懷裡，「請原諒，原諒我剛才撒了一個善意的謊言。」

「善意的謊言？」

「是的，現在，我決定向你坦白一切。」

「坦白一切？你真的和華先生脫光了在一起洗澡？」

「去，你想哪兒去了！」小妖撒嬌地推了他一下。「前幾天，華先生偶然看見我手上戴的這枚鑽戒，非常喜歡，說他也要為他的太太定做一個這樣的，就借了我的戒指去做樣品，並叮囑我要保密，說這事如果讓別人知道了，他的太太會很沒有面子。所以，我就對你撒了一個善意的謊言。親愛的，你能原諒我嗎？」

「哦，原來是這樣。」台商如釋重負地點了點頭。「不過，我還有一點不明白，華先生為什麼到現在還不把戒指還給你呢？」

「可能是他忙得忘記了。」小妖說，「明天我主動提醒他一下，一切不就OK了嗎？」

「OK，OK。」台商終於發出了一聲假笑。

六、天知地知

第二天，小妖找到華冰，把她昨天晚上竭力周旋、化險為夷的經過一說，華冰倒為難了。不過，他很快就想出了新的辦法。在華冰的授意下，小妖找到甲魚姐，再次將她手上戴的鑽戒天花亂墜地稱讚、羨慕了一番，然後說要借她的戒指做樣品，自己也去定做一隻。

甲魚姐受到小富妹專程送上的豔羨，虛榮心得到了極大的滿足，也就變得特別好說話。她二話沒說，就將手上的戒指摘了下來。但在交給小妖的一剎那，她把手縮了回來：「我聽你先生說，你也有一隻鑽戒，和我的這只一模一樣，這是怎麼回事？」

「是啊！」小妖故作神秘地壓低聲音，「我不慎把那只戒指丟掉了，怕我先生不高興，才想起借你的戒指去仿造一隻。甲魚姐姐，你可要為我保密喲？這要是讓別人知道了，尤其是讓我先生知道了，我可就沒臉活下去了。」

「放心，放心，」甲魚姐將戒指重新交到了她手心裡，「我甲魚姐姐是那種人嗎？這事，天知地知你知我知。」

「那就先謝謝你啦！改天再請你吃飯！」

「吃飯就免了吧，那多俗啊？」甲魚姐喜孜孜把小妖送出門，脫口問了一句：「在哪個飯店？」

小妖愣了一下，但立馬就反應過來了，心想反正是華冰請客，我替他省什麼錢啊？於是很豪爽地說：「當然是在國際飯店啦！我請你吃鮑魚！」

「真的？這麼隆重啊？」

為了充分享受這頓鮑魚，甲魚姐叫上了自己的幾個好姐妹，同樣，小妖也叫上了自己的幾個好姐妹。在飯桌上，大家面對菜單，統統丟掉包袱，充滿幻想地大點特點，顯得毫無後顧之憂，點得毫無節制，也毫無章法，一句話，花別人的錢不心疼。

氣氛早早就進入了高潮。大家先是歡聲笑語，接著是胡言亂語，然後是前言不搭後語，最後是不言不語。一桌女人輕而易舉地打破了該飯店的單桌消費紀錄：一萬零九百九十元。也就是將金卡交給服務員刷了一下，小妖眼皮都沒有眨一下。

七、遊戲結束

第二天，小妖就拿著飯店的發票找華冰「報銷」來了。華冰聽說此事，先是蠻不在乎，當他看清發票上的數字後，一張嘴才漸漸張開，像一隻呼吸困難的河馬：

「這……這也太……太離譜了吧？」他結結巴巴地說。

「你太太帶了一幫姐們，像河馬似的拚命地吃，還高喊什麼打土豪分田地，我又有什麼辦法？小妖幸災樂禍地說。我又不能把事情說破嘍，對吧？那樣我對你華大哥就更不好交待了，是不是？」

「你想啊，我給她定做的那只鑽戒不過才一千九百元，而你這一頓就吃掉了五、六個鑽戒，也太離譜了吧？我又不是你先生，千萬富翁……」

「我家先生才不會給我買假鑽戒呢！」小妖明顯不高興了，冷了臉說：「華先生怎麼能這麼算賬呢？

婚姻、家庭、幸福，這些神聖的東西，怎麼能用金錢去衡量呢？」

華冰一聽這話就火了，一個低賤的「二奶」居然教訓起堂堂的機關幹部來了，還滿口的婚姻、家庭、幸福、神聖……？這話也是配她這種人說的嗎？華冰不假思索地就給了她一棱子：「不能用金錢衡量？你先生要是窮光蛋，你會跟他嗎？」

俗話說：「打人不打臉，罵人不揭短」，一貫驕橫跋扈的小妖何時受過這樣的奇恥大辱？好在此刻她還沒有忘記自己名牌大學畢業生的身份，沒有像潑婦似的跳起來，儘管她已經氣得花容失色，四指發顫。

「我限你三天之內，把錢還給我，逾期我就去跟你的太太要。」

她出口的每一個字都像是黑暗的冰窟裡射出的毒箭。

三天很快過去了，沒有什麼動靜。

三十天過去了。小妖和她的台商先生搬出了小區。去向不明。

三個月過去了。甲魚姐帶著孩子也搬出了這個小區。同樣去向不明。

至於那只一千九百元的假鑽戒，據說第四天的時候就被甲魚姐扔進抽水馬桶沖掉了。也有人說沒有沖掉，還卡在馬桶裡面。

但不管怎麼說，這場因製造「婚姻浪漫」而起的遊戲總算是畫上了一個小小的句號。

第20條婚規

不要和陌生人說話

江小波確實是江波與高雅所生。這之後，高雅確實嫁了一個軍官，而小雅，是高雅隨這個軍官轉業到地方時，從福利院領養來的孩子。

一、疑似敲詐

江波是當代社會裡比較時髦的那種單身貴族。在江城文藝界，算得是一個大腕。其實，單身貴族與大腕，有時就是一個概念，你想啊，如果你不是大腕或者大款，那你只能稱之為單身，貴族的帽子可就戴不上了。

大腕有各種各樣的，江波是作家圈裡的，算是比較走紅的編劇吧，目前社會上不時流行的長篇電視劇裡，經常能看到他的大名。據說他現在寫電視劇的身價是每集三萬元，到了賣牌子的地步了。一個劇作家到了賣牌子的份兒上，叫他大腕也不為過吧。

江波年輕的時候，有過一段不算太長也不算太短的婚史。他的婚姻，在別人看來，是相當完美的。門當戶對，青梅竹馬，這類的詞，都可以用在他的婚姻上。江波和木梨從小同學，後來一塊下鄉插隊，後來又一起考上大學，繼續做了大學同學，江波學編劇，木梨學表演。

對於他們婚姻破裂的原因，外界有種種猜測，猜來猜去其實也沒有什麼新鮮的，因為古今中外，人類的痛苦和幸福都是相似的，就那麼幾把刷子，歷史不過是在一遍遍地重演，只是人們第一次經歷的時候感到新鮮好奇罷了。有人總結說，也許是他們之間的相似之處太多了，相互之間太瞭解了，失去了兩性之間必不可少的那種神秘感，這樣的婚姻無疑是令人乏味的。還有人乾脆說得更簡單：兩個人都在文藝圈裡混，能好得了嗎？你看有幾對文藝夫婦長得了的？

有句話怎麼說的，婚姻就像腳上的鞋，合不合腳，只有自己知道。江波和木梨分手的真正原因，也只有他們自己知道：江波真正的初戀，或者說真正喜歡的女孩子並不是木梨，而是高雅——另一個知青插友。

事情已經過去了二十餘年，高雅一直杳無音訊。江波似乎已經將她忘掉了。雖然有些事，想忘掉它並不那麼容易。人生的幽默之處在於：許多應該記住的怎麼也記不住，不該記的卻搞得入木三分。

話說二十餘年後的一天，一個陌生的漂亮姑娘找上門來，求見江波，她要當面交給他一封信，說是她媽媽關照的，一定要當面交給他。江波有些奇怪，這年頭通訊如此發達，貼張郵票就能解決的事，幹嘛費這麼大折騰？還得派專人專遞？江波心裡本能地湧上一層警覺。

「誰的信？」他冷冷地問那姑娘。

「我媽的。」姑娘誠惶誠恐地回答。

「你媽是誰？」

「她，她叫高雅……」

江波聞言心裡一震，目光頓時成了兩把錐子，再次仔細地將這位陌生姑娘裡裡外外刺探了一番。嘴裡說出來的話卻像一隻沒上線的鞋底。

「有什麼事嗎？」

「我，我不知道……」

「她為什麼自己不來？」

「她，已經、走了……」

說這句話的時候，姑娘的眼圈紅了，還濕了。

江波聞言心裡又是一震，目光成了一團亂麻，臉上還是一隻沒上線的鞋底。他轉過臉，不再看她，要知道，人的有些話是不能、也不敢對著對方的眼睛說的。沉默幾秒鐘之後，江波說的是：

「對不起小姐，你認錯人了。」

說完，江波轉身進了廚房，慢吞吞地給自己倒上杯茶。然後端著茶，走到明亮的半圓型陽臺——那是他的花室兼茶室，他坐下來，一邊賞花，一邊飲茶。不再理睬那個姑娘。他想讓姑娘知難而退。經驗豐富的他此刻的判斷是，這是一封敲詐信，類似於一個新病毒，而對付病毒最好的辦法，就是別接觸它，比如說在電腦裡發現可疑的電子郵件，最安全的辦法是刪除它，而不是打開它。

這類的事，江波這幾年碰得太多了。自從他成了大腕以後，各種各樣的人用各種各樣的名義找上門來，拉贊助跑廣告的，借錢合資的，逃難救濟的，威脅敲詐的……軟磨硬泡，死纏爛打，目的不外乎一個字：錢。

其中一些和他有過不同程度關係的女人，尤為難纏，她們是一團團亂麻，剪不斷，理還亂，她們是柔軟的洪水，你越堵它漲得越高。剛開始，江波仗著自己發了，有幾張六七位數的信用卡，心一軟，就用錢將這些麻煩事打發了，事後還頗有幾分成就感。這些麻煩事就像茅坑裡的石頭，又臭又硬，後來漸漸地，江波的這點同情心和成就感被這些石頭給磨平了、磨破了，破了之後，流出來的是鮮紅的厭倦。

少頃，陽臺上的江波隱約聽見了江小波和那姑娘的對話聲。

江小波自然是江波的兒子，今年二十三歲，在上大學三年級。兒子成績一般，學校的牌子也一般，不提也罷。平時兒子住校，不回家的，這幾天正巧回來過國慶長假。放在平時，就算這姑娘摸到了門牌號碼，也十有八九找不見人的。

江波不得不故作鎮靜地慢慢踱到客廳來。

江小波顯然被姑娘哭哭啼啼的可憐相搞暈了。二十三歲的小夥子，正是人生的春天，正是仁愛心同情心還有力比多什麼的瘋長的季節。他顯然認為，在對待眼前這個如花似玉的姑娘這件事上，父親做得太無禮，太過分了。他從姑娘手裡接過那封信，走過來交給父親。

「那是一封敲詐信，我不會看的。」江波說。

「還給她。」江波又說。

江小波愣住了。他站在兩人中間，看看父親，又看看姑娘，父親嚴肅而激動，如一塊發燙的鐵板；姑娘柔弱而膽怯，如一枝帶淚的海棠。江小波的立場在比較中很快得到了確立。他拿著那封未拆封的信，向著父親的方向又走近了一步：

「你還沒有看，怎麼知道它是一封敲詐信呢？」江小波說。

「這正是你要學習的人生經驗啊，懂嗎？」江波換了一種循循善誘的語氣。「你先把信還給她，讓她走，爸爸再慢慢和你講。」

江小波看看手上的信，又轉過身看看門口的姑娘，似乎怎麼也難以將敲詐二字和她們聯繫一在起。不過他還是走近了姑娘，和聲細語地對她說：「很抱歉，今天我父親心情不好，你可以改天再來。真的很對不起。」

「我送你下樓吧。」江小波又說。

「小子，懂得憐香惜玉了。」這江波目送兒子和姑娘出了門，目光又像兩團亂麻似的散開了。

二、大腕祕史

現在回想起來，那兩年半的知青生活給予他們的鍛煉真不小。古語說得好，吃得苦中苦，方為人上人。如果把人上人理解為精英、理解為價值昇華，這句話也沒有什麼不好。現在人們都說，經過下放農村鍛煉的，吃過那種苦的人，以後什麼苦都能吃了，什麼大事都有可能做出來了。這正是江小波他們這一代人最為缺乏的東西。他們這一代人是幸福的，又是不幸的。

實際上，比起其他的知青，江波當年插隊的林場，生活條件和勞動強度並算不上多麼艱苦。林場不像農村有大忙季節，林場有集體食堂，所以也不要自己開夥做飯。

林場的老支書也是個好人，從來沒有幹過其他地方談虎色變的騷擾女知青之類的醜事，每次開會他都要強調一遍，知青是高壓線，誰碰誰找死，沒法救。再者，老支書還多少有些文化，喜歡有文化的人。他喜歡讓知青們幹好兩件事：第一，每月一期壁報；第二，每年三次文藝會演（五一，國慶，元旦春節）。這兩件事受到了當時公社、縣知青辦的表揚和推廣，老支書就更來勁了。

老支書一來勁，得益的還是知青們，他們如果被選拔到宣傳隊裡，出壁報或者排文藝節目，就可以不下田幹活了。從這個意義上說，這也給了當時的知青隊長江波很大的權力。他要選誰就選誰，他想開誰就開誰。

當時唱歌跳舞的總教練就是木梨，江波則是總導演，總策劃，總伴奏。幸好江波從小學會了彈鋼琴手風琴，伴奏就全靠那只從家裡帶來的兒童琴了。到了真正演出的時候，再到中學裡或者文化站去借一隻大的手風琴。

一檔節目約兩個小時，基本是江波自編自導加自演，節目品種還必需多樣，有對口詞，三句半，相聲，快板，舞蹈，獨唱，大合唱，小合唱，手風琴獨奏，小提琴獨奏，也算豐富多彩了。

當時的小提琴獨奏者就是高雅。高雅的小提琴也是從小正規學的，都是想用一技之長來拯救自己的前途的。那年頭學知識學文化沒有用（大學不招生），只好去學一技之長，死馬當作活馬醫。高雅拉小提琴，江波為她伴奏；江波手風琴獨奏，高雅也為他伴奏。江波和高雅的感情，就是在這樣的相互練習和配合中培養起來的。

當時林場、江波和高雅的關係幾乎人人心知肚明。但誰也不好明說。因為知青之間是不提倡談戀愛的。和貧下中農談戀愛又另當別論了，因為那表示知青有「紮根」的決心。男知青們經常在背後和江波開玩笑，問他上過高雅沒有。其實，當時的青年人很單純，江波和高雅的關係純潔得就像一張白紙，說來誰也不信，直到江波離開林場，他們之間聯手都沒有拉過呢。

江波是一九七七年底，大陸首次恢復高考時考走的。當時林場知青裡一共考取了兩個，另一個就是女知青木梨，而且碰巧的是，他們同時考取了北京一所知名的藝術學院。

當時的江波真年輕啊，考上大學那年，他只有二十歲。到三十歲的時候，他已經離婚了。那時他第一次感到自己老了。其實是心老了。古人說哀大莫過於心死。心老了，心死了，怎麼活，就無所謂了。

在上大學的四年裡，木梨一直沒有放棄對江波的追求。這是江波事後才悟到的。當時他根本沒有往這方面想。他們是同學，是老鄉，是插友，關係好，常在一起玩，是正常的。因為木梨知道江波和高雅的關係，江波什麼事都不瞞著她。不僅不瞞，什麼秘密心事都和她商量。

在木梨面前，江波是透明的。江波也以為自己很瞭解木梨，許多年以後，在經歷了和木梨結婚、離婚等等過程以後，江波才驚訝地發現：他對木梨的瞭解，一直是白紙一張。比如木梨有輕度的狐臭，當年所有的知青都知道，大學裡所有的同學都知道，這麼說吧，似乎天下人都知道了，只有他江波一個人被蒙在鼓裡。其實這事誰也不想故意瞞他，都以為他是知道的，可江波卻偏偏不知道。甚至直到兩人結婚兩年後，木梨偷偷懷上了孩子，別人都看出來了，他江波卻還懵然無知。

很多事情搞得像一個國家的歷史一樣，很多年以後，需要不停地來個大揭密，大曝光，真相大白什麼的。當江波問到木梨懷孕、生二胎的問題時，木梨是這樣回答他的：

「這種小事，你就別瞎操心了，就放心地交給我得了，合法手續我都辦好了，一不會罰款，二不會丟工作，你就放心吧。」

「會不會遺傳呢？」那江波突施冷箭。

「遺傳？」

木梨突然僵住了。先是目光，然後是身體，上上下下，裡裡外外，全部僵住了。由一顆萊陽梨變成了一顆酸棗梨。看著木梨的這種變化，江波悟到了一個道理，樹上的梨越長越熟，越長越軟，女人這顆梨卻是越長越硬，越長越酸。

「你指什麼？」木梨的問語像四顆木梨核朝江波臉上扔過來。

「指什麼你心裡有數。」江波以守為攻。

「沒數。」木梨乾脆以退為進。

江波差一點就要大喊起來：「狐臭啊！」

但他終於沒有喊出來。三十歲的江波畢竟不是二十歲了。十年的飯到底不是白吃的。

每次的談話都以不了了之的結束。這次也不例外。更多的秘密，更大的隱患或許就是這樣被埋藏起來的，以便用於若干年以後的大揭密，大曝光。

事實證明，有些事情還是不揭出來為好，幹嘛都要真相大白呢？古賢不是說難得糊塗嗎？渾渾噩噩醉生夢死固然可悲，但夢醒之後無路可走不是更加可悲嗎？又有多少人具備面對真實的勇氣？

其實他們雙方都清楚：離婚是不可避免的，只是時間問題罷了。

江波三十歲這年，他接到一個去境外進修的美差，這也給了他一個忍痛割愛的機會。他右手拎著一隻手提箱，左手攙著兒子，永遠離開了那個家。江波出國期間，兒子江小波暫時住到了奶奶那裡。

離婚後的江波一直沒有再婚。雖然他具備了娶美女的最好條件：而立之年，事業正紅，名氣正響，錢包正鼓，主動和假裝被動追他的美女排成了好幾隊——這時的江波才親身體會到，一個男人的黃金時代是什麼樣子。同時他也弄懂了，怎樣才能保持住一個男人的黃金時代。假如他和其中的任何一個美女結了婚，或者確定了什麼關係，那麼，其他的美女就會漸漸離他而去，也不會有更多的美女來前仆後繼了。

一晃二十年過去了。都說江波趕上了好時代。是的，如今的江波往五十上爬了，但依然是目前社會上最流行、最時髦的搶手貨，只是江波自己並不珍惜這樣的黃金機會。拍片之餘，他的興趣並不放在女人身上，而是放在了高爾夫、圍棋、書畫這些閒事上，不由得讓人替他可惜：玩物喪志，真正的玩物喪志啊。

在這座號稱城市山林的江南小城裡，像他這樣的單身貴族，整天熱衷的無非就兩件事：賭錢和美女。圈內話叫放鴿子和養蜜蜂。好像除此之外便不能刺激他們昏昏欲睡的神經。圈內人都半信半疑地議論說：江波這鳥人，不放鴿子倒也罷了，蜜蜂也不養，人還活個什麼鳥勁？這鳥人如此的浪費資源，是可忍，孰不可忍。

三、一夜成人

江小波下樓去送小雅，很久沒回來。

兒子二十三歲了。長得倒是一表人材。從小到大，他的學習成績一直平平，高考兩度失利，最後上了一所民辦專科。江波對兒子的學習成績一直抱無所謂的態度。圈子裡的人都這個樣子，沒時間、沒心思管，也不想管。有錢人都不想自尋煩惱。況且大部分煩惱都可以用錢去擺平。孩子們呢？似乎比大人更懂得這個道理——他們才不想讓自己活得像一台電腦呢。

江波對兒子成績的無所謂，卻是另有原因的。他是對眼前的這種應試教育不滿。學生都成了考試機器，成了背書蟲，最後成了一道道難解的偏題，怪題。應試教育就像一張床，所有的學生都必須來適應它，身材短的要拉拉長，身材長的則要被截掉一段。江波不想讓自己的兒子變成殘廢。其實大多數家長們也不想的，但他們沒有經濟實力，只好陪著孩子一起去受刑，或者乾脆就成了那張床的幫兇。

眼看兒子一天天長大了，現在都二十三歲了，個頭都超過老子了，看來，傳授他必要的人生經驗，已經到了刻不容緩的時候了。江波想。現在社會上的那些美女，傍不上老奸巨滑的大款，就把目標轉向大款的兒子。無論如何，也不能讓自己的悲劇在兒子身上重演了。江波想。

這天，江波想得很多很多，把頭都想疼了。

國慶假後不久，江波的律師向江波報告，江小波新近在學校外面租了間民房，和一個叫小雅的姑娘同居在一起。

這消息如同晴天霹靂，瞬間就將江波打暈了。江波最擔心的事終於發生了。或者說，提前發生了，比江波預計的時間提前了。

這是一個天下父母共同的錯覺。在父母眼裡，孩子永遠是孩子，孩子好像永遠不會長大。哪怕他們的身高體重都超過了父母，他們還是孩子。在江波的潛意識裡，江小波還小呢，難道不是嗎？他現在還是個學生呢，對他的那種成人教育，無論是生理，心理，愛情，婚姻，還是具體的男女關係，社會經驗，好像都早著呢，等他走出校門、踏上社會，再加班加點的教也不遲。所有這些內容，江波其實都準備好了，包括分哪些步驟，用什麼方式方法，選什麼合適的時機，江波都考慮得比較周全了。哪想到，兒子卻打了他一個措手不及，兒子提前給他來了一個九一一，或者就是一場沙漠風暴，一場伊拉克戰爭，甚至沒有宣戰，地面部隊就偷襲進來，並長驅直入了。

江波非常痛悔。且悔之晚也！孩子，你才二十三歲，還上著學，著什麼急呢？人生的路才剛剛開始，甚至，還沒有開始呢，還在做準備活動呢，還沒上戰場呢，就走火了，就自傷了，就毀掉了……

江波真是追悔莫及。

這一點，江小波當然意識不到。就像當年，江波自己也意識不到。在本能的驅使之下，一顆年輕幼稚的心沉浸在莫名其妙的興奮與激動之中，以為那就是幸福，人生的幸福就是那樣的。好比有毒的植物都長著特別鮮豔的花朵。為什麼人生的苦酒非要自己親口嚐了才能知道？正如錢老先生說了：「婚姻是座圍城，外面的人想進去，裡面的人想出來。」大家也都異口同聲地認可了，為什麼，每天，每時，每刻，還有那麼多的人奮不顧身、前仆後繼地往裡面湧啊，湧啊……

是啊，仔細想想，人生是什麼？剝去種種虛假的外衣，人生其實就是過程，就是經歷，就是耳聞目睹，就是身體力行，就是春夏秋冬，分分秒秒，酸甜苦辣，乍暖還寒……除這些是自己的，生可帶來，死可帶走，其他的都不是。

幸福是什麼，幸福其實就是人生過程中的感覺，經歷中的喜悅和滿足。幸福其實和金錢美女權力之類的身外之物無關。有過金錢美女的江波現在終於悟到了這一點。而江小波之輩的什麼時候才能悟到這一點呢？一定要等到親身經歷之後嗎？……

江波挽救江小波的第一件事，是委託他的律師去調查這個自稱小雅的姑娘的身世。有了證據，再說服江小波才有力啊。

可律師的第一輪調查報告令江波很是失望。這個小雅姑娘確實是高雅的女兒，而她的母親高雅確實在不久前去世了。二十多年前，高雅遠走高飛嫁給了一個邊防軍官，後來隨軍官轉業到男方老家山東萊陽縣城定居至今。不過早在一九八八年，高雅就和丈夫離婚了，此後高雅一直帶著小雅生活，沒有再嫁。

看了律師的第一份報告，按理江波應該感到欣慰才是。小雅的身份證實了，她確實是良家閨女，不是騙子，不是假冒偽劣，更重要的，她確實是他的初戀情人高雅的女兒。

難道上一輩沒有結成的姻緣，真的要下一代來補償麼？江波陷入了百感交集之中。

報告中有一處地方令江波特別傷感，即高雅也是於一九八八年離了婚，這似乎太巧合了，就像是兩個人就預約好了的一場陰謀。這麼多年，高雅拖著病歪歪的身體，帶著小雅，不知是怎麼樣生活過來的。一定是非常艱難吧。

不過，江波想，再艱難，現在也不能拿江小波一生的幸福去做賭注、做補償啊。特別讓江波感到困惑的是：小雅和江小波，兩個人，到底誰引誘了誰？

因為毒草太美麗了，苦酒聞上去太香了，人們才會不顧一切地偷嚐禁果。而人越長大，經歷的越多，思想越複雜。這就是為什麼江波從三十歲就保持獨身，一直保持到現在的原因。這也是為什麼中老年人的二次婚姻成功率只有百分之二的原因。

四、情人遺書

最後江波還是想到了小雅帶來的她母親的信——臨終前寫下的一份遺書，一直擱在他的寫字臺抽屜裡，還沒有看。

「為什麼不看一看呢？」江波問自己，「你到底怕什麼呢？」最後他總算想明白了，他怕的是兩個字——敲詐。更確切地說，他怕的是在她的信中看到敲詐或者譴責、怪罪的字句，這樣，他的後半生就徹底完蛋了，他整個人就要四分五裂了。高雅是他的初戀，是他心目中唯一的美好形象和美好記憶，是他在這個世界上的最後一道情感防線，甚至可以說是他生命的最後的一道底線——他實在不敢冒這個風險。

但是現在，為了江小波，他決定以身試法。多數人都是這樣，為了子女可以視死如歸。

江波打開了那封信。

親愛的江波：你好！

我是你的一個粉絲，千千萬萬粉絲中的一個，只要電視上有你編的電視劇，我就一遍遍地看，不管已經看過了多少遍；只要報紙雜誌上刊有你的報導或照片，我就會買來，一遍遍地看，幸福地收藏起來；只要音像店裡有你編的電影電視劇的錄影帶、碟片，我就會買來，一遍遍地看，幸福地收藏起來……

有時，我會叫上女兒小雅一起看。她不明白，為什麼我會對這樣一個在國內並不頂尖的作家感興趣。她崇拜的都是歐美港臺的那些明星，還有體育明星。我沒有告訴她為什麼，這是我的秘密，我們的秘密，我們幸福的秘密。這麼多年來，我就靠著這個秘密，幸福地生活著。它讓我想起我們的青春歲月，我們甜蜜的初戀，我們的肌膚相親，我們幸福的愛情……

真的，看到你功成名就，生活得非常理想，我也感到非常幸福。雖然我們遠隔千里，你甚至不知道我是否活著，生活在什麼地方。但我感到這麼多年來，你並沒有離開我，你一直在我身邊，和我生活在一起，我們的心，我們的血脈，一直緊緊相連……

五、短兵相接

這天下午，正在太湖外景地跟班的江波突然接到兒子江小波的手機，責問他：「你對小雅幹了什麼？為什麼她不辭而別了？」

江波一頭的霧水，他說：「我在太湖外景地呢，我能對小雅幹什麼？倒是你，你都對她幹了些什麼？我還沒有功夫找你說話呢！」

江小波在手機裡顯得悲痛欲絕：「媽媽到學校來了一下，找小雅談了一次話，然後小雅就不見了……」

「木梨？又是木梨在搗鬼？」江波大驚。不過在兒子面前，他還能做到一貫的克制。

江波試探著說：「那你應該找你媽說話呀，找我幹什麼？」

江小波說：「我問媽媽了，她說你知道真相，她讓我來問你，她說一切都是你造成的！你告訴我，小雅她家住在哪裡？我要去找她，我現在就要去找她！」

江波說：「你千萬別幹傻事，我保證，我會派人去找她，你給我十天的時間好不好？你的任務，就是要安心上課，安心讀書，安心學習……」

江波向劇組請了假，趕到木梨居住的城市。

他將前妻叫了出來，兩人在一家咖啡館見了面。

開始，木梨什麼也不肯說，不是裝糊塗，就是一問三不知。但江波稍稍用了一點技巧，就是電視劇裡常演的，公安的那套哄嚇詐騙的把戲，木梨很快就被套住了。不過，木梨在攤牌之前，沒忘了再向江波敲上一筆：「剛考上大學的女兒要買一輛小轎車，當爸的至少要出一半錢吧？」

「好，這我可以答應你。」江波說，「但是要看你的表現。你到底還隱藏著多少秘密，今天乾脆來個竹筒倒豆子，一股腦都倒出來吧！」

木梨痛苦地抱著頭說：「我再也受不了你了，好多事情，我一直被你蒙在鼓裡，你難道準備把這些秘密都帶到棺材裡去嗎？現在我們完了，早不是夫妻了，你留著那些秘密有什麼用？你為什麼不痛痛快快地倒出來，讓我活個明白？」

江波詐她說：「其實這些事，你不說，我也知道了，我的律師都調查清楚了，我不過是想找你證實一下，聽你親自說一遍罷了。」

江波問她：「你去找小雅幹什麼？江小波的事，你想管，也應該事先和我商量一下，由我來出面。撇開法律不說，你對我，至少也要有個起碼的尊重吧？你找小雅都說了些什麼？」

木梨冷笑一聲說：「我是為了她好。她想傍大款，分家產，也不能傍自己的哥哥吧？」

「什麼？你說什麼？」江波簡直聽糊塗了。

「你不是說你的律師都調查清楚了麼？」木梨趁機將他一軍。

「哥哥？你是說，江小波不是你親生的？是高雅的……？我不信，不信……」江波喃喃地說。

「這還不好辦？」木梨的冷笑變成了嘲笑，「現在做親子鑒定很方便的，你不信我，總相信科學吧？」

「這，這到底是怎麼回事？」江波腦筋轉不過彎了。江波好比扛了一根長竹竿進門，橫過來進不去，豎起來還是進不去。養了二十幾年的兒子居然不是親生的？這個做老婆的居然瞞了他二十幾年？這根竹竿也太長了，這門怎麼進。

木梨繼續冷笑，木梨的冷笑有了幸災樂禍的意思。「我勸你別去做什麼親子鑒定了，別去丟人現眼了。哼。這件事，還不是你當年作的孽？當年你多風光，多得意呢？你同時和幾個女人上過床，你自己心裡沒有數嗎？你佔有高雅之後，拍拍屁股去了美國，受害的姑娘卻懷下了你的種。當時高雅為什麼會遠走高飛？因為她懷孕了。她躲到一個偏遠的親戚家，將孩子生了下來，為此我特地請了半年病假，去陪她，服侍你的情人做月子，然後她求我，收養她的孩子，因為她知道你即將和我結婚。我病假結束從外地回來的時候，懷裡便多了一個孩子……」

「不可能，不可能，」江波嘴裡喃喃地說，「這麼大的事情，怎麼會沒有人知道？怎麼會沒有人告訴我？」

江波發現，眼前的這個女人才是最陌生的人，他不想再和她說話了！

律師在提供的第二份材料中，報告了當年木梨橫刀奪愛的光輝事蹟——木梨給高雅寫信，告訴她自己和江波在大學裡早已相好，上床已成了家常便飯，他們早已談婚論嫁，她和他才真正是門當戶對，志趣相投，天設一對，地造一雙，言下之意，就是要高雅知難而退。而關於高雅當年有沒有懷孕、江小波的母親到底是誰，律師的報告卻沒有提到半個字。

在江波的要求下，進一步的調查很快就有了——江小波確實是高雅所生。這之後，高雅確實嫁了一個軍官，但她和那個軍官一直沒有生育，這也是他們離婚的一個主要原因。而小雅，是高雅隨軍官轉業到地方時，從福利院領養來的孩子，小雅本人和當地人都不知道這一情況。

六、情人遺書

親愛的江波：

現在，我恐怕要先走一步了。對此，我很平靜，我很知足。我這個病，我這個身體，能活這麼長時間，已經很知足了。何況，我還得到了你，我的愛人，我最寶貴的愛情，你讓我享受了人生中最美好的時光，並一直伴隨著我，支持著我活到現在。所以，在這臨別的時刻，我要再一次親口對你說一聲：謝謝你，是你讓我這一生置身於天堂……

親愛的，我對你只有一個請求，那就是陪伴了我一生的那把小提琴，我想交給你，交給你來保管它，除你之外，它是我一生的最愛，也是我們愛情的見證，我的幸福生活的見證。

想想我的身後，除了一對兒女，我沒有什麼放心不下的了。不過我也想通了，兒女自有兒女路，兒女自有兒女福，雖然生長的道路充滿艱辛，但比起我們那年代，他們吃一點苦，受一點挫折，又算什麼呢？只要她的身體健康，就是最大的幸福了。

第21條婚規

不要借錢給朋友

黃杏補償小欣的這種方式確實很有創意。這樣一來，鍾山和黃杏便成了小野及小欣最大的恩人。

一、告別小野

我是在粟子山殯儀館的告別廳門口碰見黃杏的。我們將要告別的對象是同一個朋友——小野（原名：謝野）。

時值嚴冬，零下六度也是這座江南小城少見的低溫，何況還伴著五六級大風和雨夾雪。我想，這情景對小野倒是挺合適、甚至是求之不得——四周層巒疊嶂，銀裝素裹，風聲如咽，雪如淚下。但對活人來說，那就是活遭罪了，這鬼天氣，打個車都打不到。

我千辛萬苦地來到這裡，是不得已而為之，因為我被逼著要為小野致悼詞（怎麼推也推不掉）。可黃杏為什麼非來不可呢？她這個晚報的記者，難道要為小野的火葬發一條新聞嗎？可惜小野只是一個普通的工人，又不是什麼大官或者大款。再說，小野又不是因為什麼見義勇為之類的事蹟而獻身，相反地，他死得很不光彩——他是因家庭財產糾紛追殺他的前妻後跳樓自盡的。這件事已經在晚報上作為治安事件報導過了，再報一遍，有意思麼？

「我答應了小欣的。」黃杏說，「給他報個正面的。畢竟大家朋友一場嘛。」

黃杏說的小欣是小野的老婆——現在應該叫前妻。幾天前，在小野的追殺下，小欣倉惶逃命，不幸從樓梯上滾下來，摔成了殘廢——下半身癱瘓已成定局。但女人都是虛榮的，對有的女人來說，面子甚至比生命還要緊。小欣大概就屬於這樣的類型。她一邊咬牙切齒地恨小野，一邊卻找朋友為她的前夫塗脂抹粉，說是畢竟夫妻一場，好給小野最後一個交待。

其實，她是想給自己一個交代罷了。死者已死，交代不交代對其本身已經無所謂了；可活著的人，還要繼續活下去——哪怕是半身不遂。

我問黃杏：「你準備怎麼下面報導呢？」

黃杏笑了笑，且不自覺地媚了我一眼，說：「我正要問你呢，你幫我出個點子吧。」

她這個動作其實很危險，很容易暴露我們之間的關係。我不動聲色地看看左右，幸好沒有人注意我們。

「小野畢竟是個文學青年，」我說，「雖然沒什麼名氣，可也是市作協會員，在報刊上也發表過幾篇作品，還主編過一本書，也是你們晚報的特約通訊員吧？」

黃杏點點頭。

「以前晚報上也有文學青年仙逝被正面報導的，」我說，「比如那個癱瘓多年的女作者叫什麼……？」

「對對……我想起來了，」黃杏說，「是有這麼回事，那篇通訊還蠻長的。可小野……他靠得上麼？況且大家都曉得，他有神經病。」

「叫精神病。」我笑著糾正她。「這當然不能寫，這不是出他的醜麼。」

「那寫什麼呢？」黃杏一臉難色。「寫一筆今天來參加告別儀式的貴賓吧，你算一個。」

「算了吧，我算什麼呀。」我推辭道。

「鍾老師，你是著名作家，又是大學教授，又是作協領導，你不算，誰能算啊？」

「對了，宣傳部的魏部長我們代他名義上送了個花圈，」我提醒她說，「你寫的時候可別忘了他。」

二、探視小欣

致完悼詞、再繞小野一周後，基本就沒我什麼事了。

黃杏問我要不要一起去醫院看望一下小欣？我同意了。作為小野的朋友，禮節上總要去慰問一下的。

黃杏說這幾天她每天都會去一趟醫院，陪小欣說說話，或者送一些魚湯、骨頭湯給她喝。我聽了以後，故作感慨地說：「還是女人有愛心、重感情啊！男人之間就很難做到。畢竟女人是水做的啊。」

黃杏也笑道：「誰讓你們男人是泥做的呢？有句話怎麼說的，泥菩薩過河——自身難保。泥菩薩過河，嘻嘻……」

黃杏覺得這句話很好玩，自個兒嘻嘻笑個不停。

我們終於打到一輛計程車，直奔小欣所在的醫院而去。

半路上，黃杏問我：「小野的那筆錢，你還給他沒有？」

「什麼錢啊？」我問。

「就是前年你們做書時，他借給你的十萬元。借條還在我那兒呢！你不記得了？」

「哦，那筆錢啊，」我故作坦然道，「那是小野的投資，不應該說是借給我，是他主動投資做書的，後來做虧了，錢都打了水漂。我自己也投了十萬元，你又不是不知道，我還不曉得跟誰去要呢！」

聽我這麼一說，黃杏就斂了笑，木著臉，半天沒有吭聲。

計程車接近城區時，遇到了堵車。司機將收音機裡的交通台聲音放得老響，哇啦哇啦吵個不停。我推開車門，下車去活動一下肢體。到處雨雪淋漓，四周一片迷茫。我在車外堅持了不到一分鐘，又鑽了回來。

「怎麼？不高興嘛？」我拉過黃杏的手，揉著，又在她腿上揉了幾下，說是要幫她活動一下血脈。黃杏卻輕輕地推開了我的手。

「讓我安靜一會兒。」她抑著頭，閉著眼睛說。

我也只好學著她的樣兒，陪她安靜一會兒。

「鍾山，這樣不太好吧？」她在我耳邊幽幽地說了一句。

我一時沒有聽懂。什麼不太好？我琢磨，是指我剛才的親昵行為？雖然我們有半年左右沒有這樣了，可我們這種關係並沒有斷，我覺得只要有興趣，我們隨時可以做任何事的。

借錢的事，當時我在場，黃杏還是用那種幽幽的口氣說：「小野說他退出了，不做書了，錢是借給你做資本的，將來是贏是虧都與他無關。況且，你寫的是借條。當時小野不好意思拿你的借條，才讓我替他保管。他這麼信任我……再說，人家現在又出了這麼大的事……」

「黃杏，你的心情我非常理解。」我又拉過她的一隻手，撫摩著說：「你也知道，做書這件事，是小野發起的，是他拉我合作的，結果半道上他又退出了，不做了，這算怎麼回事？我前期的財力精力時間都花上去了，這不是開玩笑嗎？這個損失誰來承擔呢？當時名義上說是借錢給我，其實大家心照不宣，就是補償我的損失。你想啊，浪費半年時間，對我來說，意味著什麼？就算我寫一部長篇，版稅也能掙個幾萬元吧？」

黃杏又抽回了手，放在自己的額頭上，依然閉著眼睛，一副心事重重的樣子。

「你說的這些情況，我都知道。」停了一會兒，黃杏說。「當時我就勸過你，不要和小野一起做書，他神經病，幾天一個花樣，你也跟著起哄？果然，做到半途，他忽然撒手了，說不做就不做了。當時我又勸你，他不做就算了，你也別做了，趁損失不大趕緊回頭吧。我還說，你要相信一個神經病人的直覺，他覺得形勢不妙，他才會果斷退出。」

「是精神病。不是神經病。」我笑著糾正她。

這次黃杏卻沒有笑。她還正色說：「我沒和你開玩笑。這件事，你還是再認真考慮一下。該怎麼辦。何況，小欣也知道這件事呢。」

我心裡格登一下，忙問：「她知道？她知道多少？你告訴她借條的事了？」

黃杏搖搖頭，「這我還沒說，我不知道我該不該說。」

我將手伸過去，放在她的大腿上面，輕輕拍著。

「鍾山，這件事，我們都再好好地想一想，好嗎？」

下了計程車，進醫院之前，我去了一下旁邊的銀行，從卡上取了一迭子現金。

病床上的小欣被白紗布裹著像粒大棕子。好在她神志很清醒，眼珠兒、耳朵和嘴還能管用。一看見我和黃杏，小欣的眼圈立馬就紅了。

「鍾……鍾教授，我……我的下半身、下半身……」小欣哽咽著說了半句話，就說不下去了。

我和黃杏連忙講了很多安慰她的話，連我自己聽了都覺得空洞。我們又不能罵兇手，小欣自己也沒有罵小野，她只是反覆地悲歎自己的命苦，小野的命苦，謝華的命苦（謝華即他們的女兒，今年才八歲）。

「謝華呢？」我沒話找話地。

小欣說：「她爺爺帶她去參加追悼會的，你沒看到她啊？」

我只好說：「看到的，看到的，半年不見，又長高了不少。」

「唉，要不是為了她，我就不活了……」小欣又哽咽起來，「我這樣子活著，還有什麼意思呢？」

我和黃杏趕緊又勸慰她一通。鼓勵她看在孩子的份上，也要堅強地活下去。我及時從身上掏出了那迭子現金，放到小欣的手上，說：「這一萬元，是我和黃杏的一點心意，以後你有什麼困難，儘管說，只要我們能幫得上的。」

小欣又一次感動得要哭。

黃杏說：「小欣啊，我們一來就要惹你傷心，別哭了，啊，哭多了對身體不好，你需要保養精神，節省體力，恢復得才快。我們就先告辭了，好不好？」

「小野的報導……？」小欣吞吞吐吐地問。

「你放心，我會盡力的，我一定盡力。」黃杏說。

「黃老師你有事就先忙吧，」小欣說，「鍾教授難得見面，我跟他再聊幾句。」

黃杏遲疑了一下，然後說：「好吧，不過你不能多說話，說多了傷神。」

三、虛似債主

這天晌午，小欣躺在病床上，對我講了她和黃杏之間一段令人哭笑不得的故事。

黃杏在江波的幫助下，進了報社工作，她經常有些外塊，漸漸地存下了一筆私房錢。前年股市紅火，黃杏的老公炒股賺了不少錢。黃杏想把自己的私房錢拿給老公炒股翻番，又不想暴露錢的性質，就謊稱是向小欣借了十萬元。女人的心是容易相通的，小欣一口答應為她保密。

不久，小野小欣兩口子就開始鬧離婚，散夥了。

就在一個星期前，一個偶然的場合，小野認識了黃杏的老公小卞，兩個人攀談起來，且越談越近。這小野也喜歡炒股，而且自稱股神，雙方不免就要切磋一下炒股的技藝。小卞就問小野：「兩年前，你老婆為什麼把錢借給我老婆，而不交給你炒股？說明她對你的技術不放心吧？」

小野還是第一次聽說此事，腦袋嗡的一下恨不得脹裂開來，他認定小欣對離婚早有預謀，且事先轉移了財產，自己卻一直蒙在鼓裡，吃了這麼一個啞巴虧！

要說十萬元，倒不是什麼天大的數目，但小野這輩子最恨的就是被人嘲笑，被人愚弄，沒人欺騙！士可殺而不可侮！

小野本來就害過精神病（這也是小欣和他離婚的主因），一旦碰到誘因，就像炸藥被點燃了引信，一場爆炸便在所難免。

當天夜裡，小野直接打車去了他過去的住宅（後判給小欣居住），敲開防盜門，瞪著一雙血紅的眼睛，責問他的前妻，良心是不是被狗吃了？

小欣當然要竭力為自己辯解，她不辯解還好，越辯解，小野就越生氣，他隨手操起一張小木凳，高高舉起，砸向他的前妻。小欣見狀驚恐萬分，連滾帶爬，像老鼠一般四處逃竄，最後兩人衝到了門外，小野一個箭步趕上前去，手起凳落，小欣本能地一躬腰一縮頭，只聽咣的一聲巨響，小木凳砸在扶梯上，早斷成幾截；於此同時，小欣一腳踏空，大叫一聲，順著樓梯翻滾而下，好似一袋麵粉撞向牆角，不動了。

小野站在原地愣了幾秒鐘，然後鬆開了手上握著的一條木凳腿，返回門裡，走上陽臺，探身前傾，頭朝下，也像一袋麵粉似的，無聲無息地從四樓掉了下去……

小野跳樓的事，我早就聽說了。想不到這裡面還有黃杏插上的一扛子。而且是無意插柳柳成蔭。我沒有想到一向以高雅著稱的黃杏會做出這樣的事，會想出這麼一個倒楣的餿點子。

不過，再一想，我便想通了。再高雅的女人也是女人，她有女性自身的弱點，如虛榮心，如佔有欲，如小聰明，小家子氣……

「家裡人要我找黃杏賠償，我不好意思。」小欣最後說了這句話，便沉默不語。

我不知道我該說什麼。我也沉默著。我以為小欣要和我談小野借我十萬元的事情。我已經準備好了怎麼回答。至於別人的事，我只好三十六計，和稀泥為上了。

「這樣吧，我來幫你探探黃杏的口氣，」我說，「然後你再做下一步的決定，好不好？」

「我也是這個意思。」小欣說，「我曉得你和黃杏關係好。」
「一般一般，」我說，「大家都是朋友，跟小野一樣，都是朋友。」
我正要告辭，不料小欣又說：「鍾教授你等一下，還有個事。」
我心裡頓時一緊。
她果然就問到我擔心的那件事了。
小欣是這麼問的：「我和小野離婚時，分割家產，他說有十萬元在你這裡，不知是怎麼回事？」
「哦，是這樣的，」我不急不忙地答道，「前年，小野主動要求我跟他合夥做圖書生意，每人出十萬元，做了四本書，由北京的朋友馬烏負責印刷發行，後來一共是印了四萬本，據馬烏說，一共只賣了六千多本，還剩下三萬多本，一半壓在下面書店，一半壓在出版社的倉庫裡。」
「哦。要是這剩下的三萬多本都賣出去，值多少錢？」小欣傻乎乎地問道。
「哦，要是按四折全批發出去的話，能值二十來萬吧。」我說。
「那趕快批發呀！」小欣著急地說。
「是啊，我一直在想辦法，一直在催馬烏呢，我比你還急呢！我說。為這事，小野和馬烏去年都吵翻了。這樣一來，事情就更不好辦了。」
「會不會是馬烏搞了鬼？」小欣問。
「也有這可能。」我說。
「那就找馬烏，實在不行就告他呀！」
「是啊，實在不行只好去告他了。」

這天中午，我為自己終於能從那間病房裡脫身而感到慶幸。這輩子我是再也不想見到小欣了——雖然我很同情她，但我只能在心裡對她說聲對不起，我實在是愛莫能助。

四、神秘的借條

告別小野後的第二天晚上，不，深夜了，黃杏突然打電話給我，說心裡悶得慌，想出去玩一天，散散心。

我想這不像黃杏的風格啊。她從來沒有在深夜用電話騷擾過我呢。我有些驚疑不定，說：「明天是星期四啊，你不上班啊？」

她說：「我們採訪也是上班啊，星期四景點人少，清靜。」

我問還有誰？她說沒有了，就我們兩個。我聽了有點受寵若驚的意思。我問她：「這冰天雪地的，你有什麼好地方？」她說美容縣有一個叫湖中島的度假村，不錯的，石頭屋裡燒壁爐，蠻暖和的。

事情就這麼說定了。

以前都是我主動約她求她，她還要擺擺架子，不肯輕易就範。最近有半年不碰她了，她反而主動來約我了。

第二天上午，我們租了輛車，直奔美容縣的湖中島。路上，我問她怎麼知道這個地方？她說秋天的時候，和報社的人一起去玩過。

計程車一直開到湖邊停下。我看見湖面很大，三面環山，湖邊的水面結了冰，上面有厚厚的積雪，像是圍著湖面的一圈白色的花邊。湖中央波光鱗鱗，清澈如鏡，早有一隻小船劃開鏡面向我們悠悠駛來。

黃杏解釋說，入島必須坐船，別無他路。

坐上船，仔細一看，發現湖中島並非位於湖中央，而是一座半島，島上的樓臺石屋時隱時現。

上島後，我們在四面環湖的竹樓上喝茶。大面積的玻璃牆為我們擋住了寒風，透進了溫暖的陽光。我們不時走出竹樓，來到走廊上，讓湖面的寒風在臉上割上幾刀，有一種疼得發麻的暢快。

午飯也是在竹樓上吃的。魚和蝦都是湖中特產，還有野兔，野鴨之類的野味，喝著名為「山寶」的藥酒，漸漸地，兩個人的臉都紅了，懷裡似揣著一隻躍躍欲試的野兔。

於是我們即時放下酒杯，去林中石屋休息。

石屋裡的壁爐燒得正旺，室內溫暖如春。我們迫不及待地交纏在一起，發現雙方的臉孔滾燙，如同一塊燒紅的木炭，而雙手卻是那麼冰涼——甚至直到激情過後，雙手依然沒有回暖的意思，一碰到對方的身體，必定會引來一聲驚叫……

石屋內還設有網狀吊床，它激起了我們對遊戲的進一步想像。黃杏戲稱我們是一對野人。後來野人終於感到累了，便相擁在床上睡了一覺——身上只蓋著一床薄薄的線毯，直到我們感覺身體有些發冷才驀然醒來——原來是壁爐的火奄奄一息了。

正好也到了應該離開的時候。隨著屋內溫度的下降，我們一件件地往身上加衣服。臨走前，我依依不捨地賴在吊床上，讓黃杏像搖籃似的晃我。

我發現黃杏臉上的紅暈越發鮮豔了。

她從坤包裡拿出鏡子照了照，羞赧地說：「我這個樣子怎麼出去？人家一看就看出來了。」

我故意問：「看出什麼來了？」

「去。」她掐了我一下，說：「你臉上也很可疑呢。」

我拿過她的鏡子照了照，果然紅光滿面，精神煥發。

我們於是決定再等一會兒，喝點茶，消消火。

「鍾山，有件事我不該在這裡說的。」黃杏手扶著吊床，垂著眼瞼說，「我不想煞風景。」

「沒關係，你說吧，我扛得住。」我半開玩笑地說。

「我只是覺得，小欣太可憐了。不能想，又不能不想，弄得自己頭昏腦脹，睡不著覺，眼睛一閉就做惡夢，幸好剛才睡了個把小時，還蠻實在的……」

我握住她的手，撫摸著，輕輕說了句：「我能理解你的心情。」

「那張借條，我找到了。」她依然一動不動地垂著眼瞼，「確實是一張借條。」

「……？」

「我看啊，你分批把錢還給她算了。」她囁嚅著說。

「你說什麼呢，什麼借條啊。」我語氣變得冷冷的，充滿了不快。

黃杏也不說話，而是低頭從坤包裡翻出了一張紙條，遞給我。

借　條

今借到謝野人民幣壹拾萬元整。兩年內歸還。

借款人：鍾山　2007.2.7.

「多此一舉。」我對著手上的紙條說。「當時小野沒要求我寫這個借條，我寫了，小野也沒有要。這玩意兒本來就是多餘的，不該存在的。你說是吧？」

說罷，我將借條輕輕地撕碎，撒在了吊床上。

黃杏睜大了眼睛，吃驚地看著我，臉上脹得通紅。那是和剛才性質完全不一樣的紅。

「真沒想到，你會這個樣子。」她說。

黃杏生氣地轉過身，收拾東西，且不再理我。

我快快地從吊床上下來，套上外套，穿好鞋，默默地站在石屋門裡等她。

「你先出去吧，」她頭也不抬地說，「我還要補個妝。」

「好的。」

這次湖中島之行可以說是不歡而散。黃杏前後判若兩人。我的心情也隨之冰火兩重天。由此我悟到一條真理，說一個女人美麗可愛什麼的，完全是一家片面、可笑之言——越美麗、越可愛的女人，傷害起男人來，威力遠遠勝過普通女人的十倍。

還是那個結論：很多人只見強盜吃肉，不見強盜挨打。

我的第六感覺告訴我，我和黃杏之間，可能已經完了。湖中島之行竟然成了我們的一場告別演出。

幾天之後，我接到小欣的一個電話。她要我趕緊到她的病房裡去一趟。我推託了幾句，但沒有推掉。

小欣說，有重要的事情問我，有一個重要的證據，想請我看一下。聽說此話，我只好硬著頭皮去了。

小欣說的證據，正是那張被我撕碎的借條。現在，它又被人用透明膠帶拼湊到了一起——頑強地、呲牙裂嘴地呈現在我的面前。

我問小欣：「這是從哪兒來的？」

小欣說：「是一個人匿名寄給她的。」她還拿出一個信封給我看，上面寫著某醫院某病區某床小欣收，落款只有兩個字：內詳。

「好像是女的筆跡。」小欣說。

我也努力幫著猜，說：「好像是文光的筆跡。」文光是小野的一個文友，男性，但有點女裡女氣的，一說話臉就紅，十句沒有一句是真的。都說是天生當騙子的料兒。小欣對他也沒有好印象，背後總是稱他是鐵公雞，牛皮筒。

我由此出發，對借條作進一步的努力破解說：「當初我和小野各拿十萬元投資做書，我是主管，我說給小野打個收條吧。寫完後才發現，抬頭錯寫成了借條。幾個人還笑話了一通。當時文光也在場，他拿過去看了看，就撕了。所以說，這是一張作廢的借條，不知怎麼的，又拼起來了。你想想，要是有用的話，誰還會撕它呢？」

小欣點點頭，說：「我也找人問過律師了，說這樣的借條是什麼缺陷性證據，必須有其他有效證據支持，才有作用。」

我心裡不禁格登一聲，連忙岔開話題說：「我和北京的馬烏聯繫了一下，準備將小野主編的那本書發幾百本過來，我們作家協會再搞個義賣活動，這樣又有名又有利，弄個萬把元沒有問題。」

小欣的眼睛裡立刻放出光來，「這樣太好了，錢是次要的，能為小野爭個名，比什麼都好！鍾教授，你的大恩大德，叫我們母子……」

我連忙揮手打斷她：「哎，瞧你說的，說哪兒去了，我應該的，大家都是朋友嘛！」

五、文人的底線

市作協有個內部通訊，叫《江城作家之窗》，由我主編，一年一期，用來總結江城作協一年來的工作成績。

現在是二〇〇九年一月，正好到了出刊期，我用了其中的六個頁碼，搞了個「紀念謝野專輯」。用圖文並茂的形式，將小野狠狠鼓吹了一通。並號召文友們義買謝野生前主編的圖書，以資永久的紀念，並幫助他的家人。我派人將四十本《江城作家之窗》送到小欣病房，隨後小欣在電話裡足足感謝了我四十分鐘。

我覺得「警報」似已解除，放下電話後，終於呼出了一口氣。

過了幾天，小欣又打電話來感謝我，說：「你的心意我領了，這十萬元我無論如何不能收。」這段話弄得我一頭霧水。我在電話裡聽她講了大約十分鐘後，才模糊聽出個事情的大概——

原來黃杏在《江城晚報》上發了個報導，說各地文友慷慨解囊獻愛心，謝野生前主編的圖書《文人的底線》熱賣近八千冊，其中鍾山教授個人出資十萬元，包攬了五千冊，現所有善款已送到謝野的幼子謝華手中，其癱瘓在床的母親也感動得泣不成聲……

放下電話，我立刻撥通了黃杏的手機，問她到底是怎麼回事？沒想到黃杏用一副淡淡的公事公辦的口吻回答說：

「鍾教授你好，你認購的五千冊圖書，我們已經委託北京的出版商直接捐給了四川地震災區，謝謝你的合作。再見。」

我再撥她的手機，她就不接了。

其實不用她說，我也能猜出來，她都幹了些什麼。我估計，送給小欣的「所有善款（約十萬）」均出自黃杏自己的小金庫。

不得不承認，她補償小欣的這種方式確實很有創意。這樣一來，我和黃杏便成了小欣最大的恩人。而小欣是絕不會恩將仇報的。這點我有充分的把握。過去也好，現在也罷，畢竟大家都是朋友嘛。

是的，兩年前，小野拉我合夥投資，做了四本書，由北京的文友馬烏負責印刷發行，可是直到現在，我連一張書皮都沒見著。我只聽馬烏說，各印了一萬冊，最後只賣掉了五分之一，剩下的五分之四成了廢紙。我再三要求馬烏給我們主編各寄一百本樣書，每次馬烏都是滿口答應，然後就說：「書已寄出，注意查收。」我幾次說要親自去一趟北京，馬烏總是喜不勝喜，表示熱烈歡迎，然後又總是發生特殊情況將我的行期一推再推。

現在時間已經過去了兩年，我對馬烏已經不再抱有任何幻想。我意識到當初小野的放棄、退出是有道理的。正如黃杏所言，精神病人的直覺是很厲害的。此刻，我很想找馬烏核實一下，我「義買」的五千本書是不是真的捐給了災區？可惜的是，馬烏的手機號早在半年前對我就成了空號。照理說，黃杏應該知道他的號碼吧？她所說的「北京的出版商」不是指馬烏又是指誰？

黃杏還是不接我的電話。我換其他的號碼打過去，只要一聽是我的聲音，她就掐線。看來她是真下決心不理我了。

再有十天就過春節了。我琢磨著。馬烏也是江城人，以前他都是回老家過年的。自從合作做書以後，我春節就再也見不到他了。他說是沒回來。可明明有人在江城看見了他。聽說他和家裡的老婆離婚了，在北京玩起了小蜜。也有的說舊的沒能離掉，新的正在試用中。他在江城的住址我一直沒摸到，就算他春節偷偷回來，我也沒法兒堵他呀。說起來，大家都是朋友，都是江城的文友。可仔細一想，我們對一個朋友的瞭解又有多少？

大年三十晚上，我給朋友們發簡訊拜年，照例也給黃杏發了一條。末尾問了一句：

「你有馬烏的任何消息嗎？盼告。」

不久，我便收到了黃杏的回覆：

「鍾教授：你好！小欣昨天已出院，正在學用輪椅。今天我去看她，你的十萬元善款她說什麼也不收，硬是塞給我，托我退給你。」

我嘗試打黃杏的手機，她還是不接。我賭氣地一遍遍地撥打，聽到的依然是劉歡的那幾句〈我和你〉，然後，便是嘟嘟的盲音……

第22條婚規

寵物當家

孫燕氣哼哼地說：「鍾山啊，你混到現在，越來越有出息了，連貓都養不活了，這次先送貓、賣貓，下面再賣老婆、賣兒子，最後再把自己賣了……」

一、硬道理

送貓的輿論造了好幾天了，主要是想觀察兒子的反應，其前提是，不要為了一隻貓，鬧出什麼人命來——因為兒子曾多次說過「誓與小貓共存亡」這樣的話。

送貓的人家也物色好了，是老婆聯繫的，她單位的一個男同事，他丈母家在農村，老倆口在家閒著沒事，想養隻貓玩玩，而且聽說還是一隻波斯貓，很值錢的。這樣的貓，如果要他花上幾百元買，農村人肯定是捨不得的，哪怕他家裡很有錢；但白送一個，他還是願意要的。據說這老倆口在鄉下住著不錯的房子，門前還有個魚塘，沒事就釣魚玩兒，貓不愁沒有魚吃。聽了老婆的介紹，我也感到放心了，就像為出嫁的女兒找到了一個好婆家。老婆那個男同事說，他準備清明節早晨來拿貓，因為這天他要回老家去上墳，順便給老人帶個禮物回去。

這事定下來的時候，離清明節還有一個星期。我們便抓緊在兒子面前反覆造輿論，以觀察他的反應，麻痺他的神經。兒子的反應當然還是很激烈的，他堅決不同意送貓。但反覆刺激的次數多了，他的神經果然就有一些麻痺，不那麼尋死覓活了。我們（主要是我）趁機一遍遍地向他反覆宣傳為什麼要送貓的道理。

兒子大學畢業在家待業兩年了，應該講道理了吧。我搜腸括肚地列數養貓的壞處，「比如不衛生啊，容易感染怪病啊，特別是每天一早就吵得人睡不成覺，滿屋亂蹦亂跳亂叫，尤其是喜歡跳到我的電腦上面，再從電腦上面往書櫥頂上跳，憑它越來越重的身體，極有可能把我的電腦蹬翻了，那後果就不堪設想了……」

一隻貓，就像一個人或一個國家一樣，只要你一個勁地說牠的壞話，牠就會變得十惡不赦。何況以上的壞話句句是事實，兒子也不得不承認。對此他也曾開動腦筋，提出了一系列的補救措施，如將電腦桌搬得離書櫥遠一些，或者在書櫥頂上擺個紙箱子，讓牠跳不上去，等等。我對他說：「解決了這個問題，還會有那個問題，新的問題是層出不窮的，何況，為了一隻貓，將人的生活攪得一塌糊塗，值得嗎？」他說：「值得的，怎麼不值得？沒有貓，我就活不下去。」話說到這個地步，我就無話可說了。看來，我不得不把送貓的真正原因向兒子如實托出了。

說起真正的原因，真讓人有點難於啟齒。說到底，我們家已經養不起這隻寵物貓了。這話我遲遲沒有向兒子說明。事到如今，我想，讓兒子知道一點事情的真相也好，讓他知道一點生活的真實和艱難，似乎沒有什麼壞處。於是我老老實實向他承認：我們家養不起這隻驕貴的貓了。兒子不相信：一隻貓怎麼會養不起呢？我只好和他算了一筆賬。這隻波斯貓四五天就要吃一袋貓食，一個月要吃七袋左右，約合二百元人民幣。兒子不屑地說：「不就二百元嗎？」於是，我不得不和兒子再算第二筆賬，也就是這個家庭的經濟收入賬。

這筆賬稍微囉嗦一點，但也可以簡明地表達之：我剛遭遇離職（原來那個破學校辦不下去了，被合併了，其實是解散了），一萬元的離職金炒股被套；我老婆孫燕倒是在縣機關工作，可最近不知怎麼搞的，好幾個月發不出工資來了。這些情況兒子都知道。可兒子說：「再困難，你們就差二百元嗎？我每個月二百元的零花錢不要了，買貓食，總可以了吧？」

我正準備跟他說這事呢，怎麼說呢，對我們家來說，別說二百元，現在連一分錢都是寶貴的。這話並不誇張。確實，以前我們每個月都給兒子二百元零花錢，可從下個月起，我們給不了了。不僅如此，我們還準備要進一步節約用水，節約用電，節約用煤氣，樓下已經有好幾戶人家不燒煤氣而改燒煤餅了，據說這樣每月可以節省十六元，冬季節省得還要多一些。

聽了這些話，兒子很氣憤地說：「錢靠省是省不出來的，錢要靠掙，懂嗎？」

「這道理誰不懂，」我說，「現在你這個大學畢業生還找不到工作呢，你讓爸爸媽媽這會兒上哪兒去掙錢？爸爸我不是在努力炒股票嗎，努力寫稿嗎？你媽她不是努力在聯繫業餘推銷保險嗎？本來，這貓我們可以拿到花鳥市場去賣，最少也能賣個幾百元，可那樣又覺得對不起牠，現在給牠找了個好人家，也算對得起牠了，人家兩個老年人，天天在家陪著牠，人家肯定會對牠好的，再說，動物也應該盡量回歸大自然對不對？」

兒子問：「如果貓到人家不習慣，不吃不喝生了病怎麼辦？」

我說：「如果再出現這種情況，我們再把牠帶回來，總行了吧？」

以上這些話，都可以看作是我們送貓前的準備工作，「造輿論」的一部分。

二、波斯王子

現在來說一說我們家的這隻波斯貓。

牠是個非常漂亮的小夥子，牠有個很帥的名字：Prince，即王子，和我們家的鋼琴同名。牠渾身雪白，幾無一處雜毛，見過牠的人都說牠那一對圓溜溜的眼睛最漂亮，有個朋友比喻說比趙薇的眼睛還大。多數情況下，這對眼睛是純藍的，迎著光看時又是血紅的，有時則是一隻藍一隻紅，有點變幻莫測的味道。我兒子最喜歡牠，牠也喜歡和他粘在一起，兒子躺在床上看書，王子就趴在他腿上；兒子玩電腦，王子就趴在窗臺上看著他，不時用爪子撓撓眼前蠕動的筆頭；兒子彈鋼琴，王子就跳到與牠同名的鋼琴上，坐直了身體，歪著頭當評委……晚上睡覺，王子也是睡在兒子的房間，冷天睡在被子上，熱天就睡在書櫥頂上（那兒離空調最近）。不管誰回家，門鈴一響，或鑰匙一響，王子就會急急忙忙衝過來迎接，衝著你喵喵叫著，歪著頭去蹭你的褲腿，或者四腳朝天仰在地上打滾，據說這是貓撒嬌的最高形式。時間一長我們都養成了個習慣，即一進門就先要和貓玩一通，如果沒看見牠，就會很不習慣，就會滿屋子的呼它找牠。孫燕對貓的感情特別外露，每次回家都要摟著王子即興唱上一通，歌詞大意是：

「我的小咪咪，我的小乖乖，媽媽喜歡你呀，媽媽喜歡你，我們來親一個呀，我們來頂頂頭……」

孫燕回老家給父母上墳，來回三天，直到清明前一天晚上才回到家。這天晚上，她接到另一個當科長的同事打來的電話，造成了王子命運的新的變化。

這位科長問她貓送走沒有，這位科長說他哥哥想要這隻貓，他介紹說他哥哥是個小官，就住在本市，家裡條件不錯，以後聯繫起來也方便，兩家還可以當親戚朋友走走。孫燕一聽動心了，當場就一口答應下來，要把王子改送給科長的哥哥。他們在電話裡約好，明天一早她上班時把貓帶到單位，然後再和這位科長一起送到他哥哥家去。

當天晚上，在壓抑的氣氛中，家裡不知不覺舉行了隆重的送貓儀式。老婆兒子一起給王子洗了個熱水澡，用洗髮精，用洗潔淨，洗一遍，汰一遍，再用電吹風把身上的毛吹乾，末了還灑了幾滴香水，貓越發顯得白如雪球，圓潤可愛了。

兒子一直把王子抱在懷裡，不肯放下來，嘴裡不停地念叨著：「明天這時候我就看不見你了，明天這時候我就看不見你了。」

我說：「怎麼看不見，貓離我們家又不遠，你想牠的話，就到人家去看牠唄」。

三、昭君出塞

第二天是清明節，星期四——即我們的送貓日。這點我記得很清楚。

這天早晨我起床稍微晚了點，我出房間的時候，兒子已經出門了（他找了個看小店的臨時工作）。孫燕在拖地抹桌子，到處打掃衛生。王子呢，則把她的拖把、抹布當成了老鼠，跳來跳去地追著，捉著。我站在旁邊看了一會兒，說了句：

「你歇會兒，等會兒我來打掃吧。」

孫燕卻答非所問，頭也不抬地說了一句：

「你兒子是哭著走的啊。」

我好像吃了一驚，嘴裡支吾了一句什麼，便走開了。我也想不起我支吾的什麼，總之是「哭哭也不要緊」，「情緒受點挫折也不是壞事」，「習慣了就好了」，諸如此類吧。

等我洗漱完畢來到廚房，見孫燕坐在桌邊吃早飯。王子呢，則坐在她對面的一張餐椅上，仰著頭，不時直起身子，將兩隻前爪搭在桌邊上，對著她喵喵叫著，不停地要求著什麼或詢問著什麼，孫燕也不停地和牠說著什麼：

「剛才不是給你吃過了嗎，吃那麼多貓食，肚子都吃垂下來了，還叫，整天就是吃不夠，再吃多少還是饞，不曉得飽，吃這麼肥，屁股圓滾滾的，路都走不動了，以後到人家，要聽話，要討喜，人家的條件比我們好，不會虧待你的，貓食會盡你吃的，不像在我家，你爸爸還捨不得給你吃呢，一天只給你吃兩頓，這下好了，你到人家過好日子去吧，媽媽還有哥哥以後會經常看你去的，人家一樓有大院子，有花有草的，可漂亮了，不怕你掉毛，不怕你髒，你也好多曬太陽，多運動，比我們家好多了，你要好好聽人家的話，聽見沒有？」

近幾個月，我們家的早飯總要分兩批做，第一批是兒子的，以牛奶、煎雞蛋為主，吃了先去上班；第二批才是我們自己的，一般是泡飯搭鹹菜，或搭蘿蔔乾。兒子當然是不知道這種區別的，每天早上喝牛奶、吃雞蛋都吃得很不耐煩，幾乎每天早晨，他媽媽都要和他吵上一架，逼著他把該吃的該喝的都統統吃下去、喝下去。

「你今天起這麼早幹什麼?」老婆呼呼地喝著碗裡的泡飯，頭也不抬地問了一句，口氣很硬。

我想這是問我的了，於是趕緊答:「醒了，不想睡了。再說，幫你把貓裝起來，幫你送過去。」

「我說嘛，你今天怎麼這麼勤勞。」孫燕朝我翻了翻白眼，「送貓你最積極，男子漢大丈夫，一隻貓都養不活，好意思的。」

「不是養得活養不活的問題，」我說，「主要是考慮到貓不衛生，會傳染怪病，特別是兒子，越年輕越容易染病，這年頭，誰家也經不住害病啊，老百姓不是有句話嘛，沒病沒災就是福，還是謹慎一點為好。」

「養不起就養不起，別找藉口。」老婆說著，把手上的碗筷往桌上砰地一丟，站起身離開了。

她走到洗臉池那兒，對著鏡子，開始很專注地察看、審視著自己，開始用各種古裡古怪的小玩意兒在臉上認真地搗鼓、拾綴著，與此同時，她還前前後後、遠遠近近地衝著鏡子照著，打量著，身體扭過來轉過去的。我知道這時候應該離她遠一點為好，因為她身體扭來轉去的結果大半會對自己身上的穿戴產生不滿，接著便會對造成這不滿的原因產生不滿，那原因只能是她的老公——他沒有足夠的錢來滿足她對衣服的購買欲。不過誰能說得清，多少錢才算「足夠」呢?

我洗完了鍋碗，回到飯桌抹桌子，她還沒有離開那面鏡子。每次碰到這情形，我腦子裡都會生出一些古怪的想法，比方說，這老婆到底是別人的還是自己的?老婆漂亮風光的一面，自己的丈夫常常是看不到的，因為她們一到家，便會立刻脫去身上和臉上的漂亮和風光，變成一個邋邋遢遢的家庭婦女;而每當離開家、離開丈夫的時候，她們又會熱情洋溢地把自己從裡到外打扮得一絲不苟，光鮮美麗，精神煥發。

後來，孫燕終於離開了那面鏡子，她不知從哪兒找出一只漂亮的紙箱，用剪刀在紙箱的四周戳了幾個洞，在此過程中，王子一直圍著紙箱跳來跳去的，以為主人又在和牠玩什麼新遊戲了，所以孫燕很容易就逮著了王子，她把牠抱在懷裡，摸了又摸，親了又親，然後將牠輕輕地放到紙箱裡，好像牠是一隻易碎的花瓶。

等到紙箱兩邊的蓋子合上後，王子似乎才知道大事不好，開始驚惶不安地往外面拱，好幾次貓頭已經拱了出來，又被孫燕按了進去。她一直用雙手壓著紙箱，用有些驚慌的語氣叫我快拿膠帶紙來，將箱蓋封住。然後，我們又用彩色塑膠繩把紙箱來回捆了好幾道。孫燕將紙箱拎在手上試了試說：「好重啊，你拎拎。」我於是也上去拎了拎，感到紙箱確實好重。這期間紙箱裡面的王子倒蠻安靜的，不拱不鬧了，大概是被嚇傻了吧。

磨蹭到大約八點鐘光景，孫燕才正式出門。自從她所在的機關發不出薪水以後，她們上班的時間就用不著那麼準時了。只見孫燕身上挎著時髦的小皮包，右手拎著裝有王子的紙箱，左手拎著一隻裝著王子用品的網袋（如牠的食盆，尿盆，貓食等等），顯得負擔很重的樣子。

「我幫你送過去吧？」我主動上前說。

「不用。」她口氣很衝地。

「那，東西這麼多，你打個車吧。」

「你給錢啊？」她說。

「不就十幾元嗎。」說著我在身上四處摸錢，但沒等我摸到，她已經出了門。只聽防盜門咣地一響，然後是她的腳步聲，禿禿禿，很沉重的樣子。

四、失寵的生活

這天上午，我照例去股市轉了一圈。其實沒什麼好轉的，因為我炒的是長線，即俗話說的垃圾股，也叫睡眠股，它能好幾個月像睡著了一樣，不見絲毫動靜。怪得很，我一進股市，熊就來了，指數一路下跌，我像邱少雲一樣死死埋伏在裡面，烈火燒身都不動搖，捱到今天，已淨賠了一半。

上午到股市去轉一圈，半天就算是過去了。回到家一般是中午十一點多鐘。

平時兒子中午不回來吃（在小店門口吃速食），我們的午飯就可以大為簡化，下個麵條，煲個菜粥之類。有時孫燕也不回來吃，那就更簡單了，我只需繼續吃一碗早上的泡飯就成了。

每個星期，孫燕總有兩三次中午不回來吃飯，晚上也有那麼兩三次。她所在的縣機關雖然窮得發不出工資，卻絲毫不影響他們吃吃喝喝。縣機關裡流傳的一個民謠說：「××人民窮歸窮，天天喝得臉通紅；生活條件差歸差，出門還要桑特拉。」他們上班的目的，好像就是為了能蹭一頓飯似的。當然，事情也可能並不這麼簡單，正如我天天去股市「上班」，那是明知連一頓飯也蹭不到的。

不用說，這天孫燕中午回家後的情緒特別沮喪。麵條也不高興做，兩人就一起吃早上剩下的泡飯。她一句話也不說，匆匆幾口扒完了，碗一丟，就蹲到地上去剝花生了。我只好也匆匆將碗裡的扒完，蹲到地上，陪她一起剝花生。

這花生不知是哪個鄉下人送她的，她在縣機關上班，雖不是個官，但也不是毫無用處，面前這一小袋花生就是小小的證明。本來剝花生是她分配給我的任務，以前她常說：「你又不上班，在家不能做做家務事嗎？」只是近幾個月，她沒拿到工資，口氣才不這麼衝了。真是經濟基礎決定上層建築啊。

「貓送給人家沒有？」我蹲在她面前，小心地問了她一句，「在人家還習慣嗎？」

「你別提貓！從此以後，你別在我面前提貓，貓死也好活也好，都不關我的事了！」

孫燕說著，嗚地一聲哭將起來，聲音酷似貓叫……

午休時間躺在床上，陪老婆看電視。孫燕掌握著遙控器，不停地換台，換台，其實看了半天，什麼也沒看上。

我對她說：「我想看經濟台，關心一下我的股票。」

「你就幾千元，也好意思掛在嘴上說，也不嫌丟人，人家炒股的，至少也有個十萬八萬，天塌下來有高個子頂著，你緊張什麼？」

看來，這娘們是不正常了，沒法和她說話了。

我一聲不響地從房間裡退出來，先上了趟廁所間，然後悄悄上了閣樓。閣樓上有台舊電視機，我剛一打開，底下的老婆就叫了：

「開這麼多電視，電費你繳啊？」

我趕緊應了一句：「我就看幾分鐘，看看招工的廣告。」

事實上，這天閣樓上的電視至少開了三個小時。孫燕房間的電視也是我幫她關的。每次都是這樣，她開著電視，看著看著就睡著了，其過程不會超過十分鐘。我不僅幫她關了電視，還幫她蓋了毯子。她就這樣和衣躺在床上睡過去了，像猝不及防突然昏倒了一樣。睡著以後的她，臉上顯得特別老相，像一顆皺皮的蘋果，表情嘛，自然比平時呆板了許多，但比她發脾氣的時候要中看一些。

在我印象中，孫燕進了家門，很少有喜笑顏開快快樂樂的時候，大部分時間是板著臉孔，很緊張的、隨時要爆發的樣子。我的策略是盡量離她遠一些，讓距離產生和平。

「清明時節雨紛紛，路上行人欲斷魂」。天氣預報說今天多雲轉小到中雨，氣溫從三十二度降至十二度。一聽這天氣就是個標準的精神病，難怪人要掉魂呢。

可能是氣候不適的原因吧，我感到身體有些不舒服，喉嚨有些疼，渾身的關節也有酸脹感。我用手背摸摸自己的額頭，看是不是發燒，但無法感覺出來。我想我的態度應該老實一些，趕緊吃藥為妙。

以前我還常開玩笑，說自己像頭老黃牛，吃進的是草，擠出的是奶。近兩年我沒資格開這種玩笑了，因為我再也擠不出奶了。現在的我似乎只剩下了一個功能：只管悶頭吃我該吃的東西。這也是對家庭的一種貢獻是吧。我曾為自己算過一筆賬，正常情況下，我一天的消耗不會超過六元。也就是說，我的消費可能還比不上一隻寵物貓。

我把紙箱裡的爛蘋果拿出來，約有七八個吧，順手將紙箱踩折了（待扔）。這個紙箱以前是王子練爪功的道具，上半部早給牠抓爛了，好在以後用不著了。我將爛蘋果一一沖洗乾淨，用刀切腐爛部分，剩下的再削了皮吃。還是一嘴的苦味。最後，我不得不將這些削了皮剜了肉奇形怪狀的蘋果一古腦全扔進了垃圾袋。

傍晚，快六點的時候，電話再一次響起來。這次是老婆。她在電話裡大喊：「快下樓！快到樓下來搬家具！」

「傢俱？什麼傢俱？」

「問那麼多幹什麼，下來一看不就知道了嗎？」

不錯，耳聽為虛，眼見為實。那是一套景德鎮瓷器，一張小圓桌，四張鼓形小圓凳，白底青瓷，龍飛鳳舞，旁邊還站著兩個送貨的工人。

「這是……？」我剛要問什麼，老婆卻打斷了我：「先扛上去，扛上去再說。」

我家閣樓上開了個陽臺，一直空著，一直想買套露天桌凳，由於經濟原因，事情一直拖了下來，拖到近兩年，我們幾乎已經打消了這個想法。

「這套瓷器，得多少錢？」等工人走了以後，我問老婆。

「你先說好不好看？」

「嗯，當然……」

「你先說喜不喜歡？」

「嗯，當然……」

「它標價一千九百元，你猜我砍價砍到多少？」老婆很得意地問我。

「一千？」我小心翼翼地猜，「七百？」

「放你的屁，你說話不帶下巴頦啊！」

「你，你哪來的錢？」

「我哪來的錢？治家什還要我掏錢啊？那要你們男人幹什麼？」老婆說。「我把價砍下來，就等於節省了一千元，剩下的錢，該你出了！」

「我，我哪來的錢？」我說。

「你哪來的錢，那是你的事，我就管不著了。」老婆氣呼呼地說。

「好吧，你別急，我再想想辦法。」我趕緊息事寧人。

後來老婆下樓去了，我一個人留在陽臺上，一時感到很清靜，感到涼嗖嗖的。我看著四周的夜幕在漸漸合攏，看著馬路邊的路燈一點一點地亮起來。城市的黃昏，華燈初上，日夜交接，這景像特別令人傷感。此刻，我坐在新買來的瓷凳上，手撫瓷桌，它的顏色、造型、手感，應該說都無可挑剔。九百元，也不能算貴。據老婆說，景德鎮廠家來這裡搞瓷器展銷，今天是最後一天，跳樓大甩賣，這套瓷器，她已經盯了一個多星期了，原想給我一個驚喜，卻不想討了個沒趣。不就九百元嗎？

是啊，不就九百元嗎？

我們的住房貸款，每個月要還貸三千元，我是和弟弟借的錢。俗話說「救急不救窮」，你總不能說我買了一套景德鎮瓷器，沒錢付賬，再和我媽去借錢吧，再說我媽那麼點退休工資，省吃儉用的，我忍心嗎？

近七點鐘，天黑透了，兒子才到家。一進門他就問貓的事。當媽的告訴他：「貓在人家家裡又絕食了，又玩老花樣了，一天不吃不喝，躲在牆旮旯裡，身上弄得黑乎乎的，都髒死了。昨天才跟牠洗的澡，渾身雪白乾淨送走的……」

兒子把包一摔：「你去拿！」

「再觀察一天，好吧？」當媽的說，「說不定牠明天就好了呢？」

「不行，你現在就去拿！」

「先吃飯，先過飯再說，好吧？」

「不行，你不去拿，我就不吃。」

這天晚上的飯桌上，只有我和老婆兩個人。事實上只有我一個人在吃。孫燕說她心裡堵得慌，現在吃不下，想等會兒和兒子一塊吃。這樣一來，桌上的菜我就不能動筷了，我舀了一勺雞蛋榨菜湯，就把一碗米飯吞了下去。

馬上機關要搞大精減了，要減一半人呢，老婆又發愁了，說：「假如我被精減了，我們家可怎麼辦呢？」

我說：「你別想這麼多了，你去看電視吧，分分心，電視上面有好消息呢（什麼什麼又增長了，什麼什麼又好轉了），多聽點好消息，心情就會好一些的……」

就這樣，我把老婆硬推到房間去看電視了。

五、幸福的笑容

第二天上午，基本是前一天上午的重複，在此恕不再重複。

嗯，中午情況開始有所變化。兒子背著包回家來了。我們問他什麼話，他都不回答。面無表情地扔了書包，往自己床上一倒，臉朝下，一聲不吭，像睡著了一樣。

當時孫燕正在向我展示幾件景德鎮小瓷器：一隻大瓷碗，一隻瓷葫蘆，一隻瓷筆筒，還有一隻瓷糖罐……我表面不動聲色，心裡卻抖活起來：「這又得花多少錢？」孫燕好像看出了我的心思，告訴我這些是不花錢的，是她同那個瓷器販子訛來的。

「訛來的？怎麼訛的？」我問。

「我就說昨天買的圓桌面背面發現了一個裂紋，要他換，或者退，」孫燕解釋說，「他沒有貨換了，也不想退，就讓我隨便挑兩樣小東西，作為補償，我就挑了四樣，他還不肯呢，不肯也要肯，哈哈哈……」

孫燕臉上終於露出了一點幸福的笑容。

就在這時候，兒子回來了。他沒有按門鈴，而是自己用鑰匙開了門，進了門看也不看我們一眼，好像家裡一個人都沒有似的。

孫燕到兒子房間去哄了他半天，探得了情報，跑過來告訴我，兒子得「相思病」了，想貓，想得吃不下飯，睡不著覺，上班也沒心思，說下午不去上班了。

「那……貓在人家情況怎麼樣？」我問。

「上午我在單位打電話問的哎，還是不吃不喝，躲在牆旮旯裡，渾身髒兮兮臭哄哄的。」

「那……你們下午去看看牠？」我說，「多看牠兩次，牠也許就吃東西了，就好了。」

「不能看哎！」孫燕說，「狠狠心，不看就算了，一看，貓肯定要跟我們回家，我們也更捨不得貓，長痛不如短痛，狠狠心，再觀察兩天。」

「不行！就不行！」兒子在對面房間大聲抗議。

我關了房間門，放低聲音說：「如果下決心送，以後在兒子面前就別說貓的壞話，只說牠在人家怎麼怎麼好，怎麼怎麼享福，現在你老是說牠怎麼怎麼不好，他當然受不了了。」

孫燕點點頭，依計而行，又到對面房間去哄兒子了。

過了一會兒（也許是很長時間，因為我看著電視迷糊了一會兒），孫燕過來說，她準備帶兒子到花鳥市場轉轉，散散心，那裡有花有草，有貓有狗，還有各種各樣的金魚，挺好玩的。

「單位要請假吧？」我提醒她。

「請什麼鳥假，」孫燕的口氣說粗就粗起來，「光上班不拿錢，上什麼鳥班，我們女的膽小，他們男的才不管呢，想來就來，想走就走，鳥局長也不好管他們。」

「出門注意安全啊，」我岔開話題說，「看看玩玩散散心，別亂買東西啊。」

我嘴上這麼說，心裡卻知道，最後這項他們幾乎是不可能做到的。

這天晚上我回家有些遲了，但沒有飯吃卻是我沒想到的。

老婆還在生氣。兒子還在絕食——因為他聽說王子在人家還在進行絕食鬥爭，所以他要用實際行動聲援。兒子不吃飯，做飯當然就失去了意義。最後孫燕和兒子達成協定：兒子先吃晚飯，然後再一起去人家把貓拿回來。

聽說可以拿貓，兒子的心情頓時好起來，一口氣吃掉了家裡唯一的兩包速食麵（含三隻雞蛋）。我和老婆都沒吃。家裡除了幾塊餅乾，也沒有什麼現成可以填肚子的東西。孫燕說：「我心裡堵堵的，一點也不想吃，你要是餓的話，就自己在電鍋裡煮點稀飯，混一頓吧，蘿蔔乾在冰箱裡。」我說：「正好，我正想吃點稀飯呢，稀飯是養胃的。」

兩小時後，老婆兒子回來了。只見他們兩手空空，並沒有將貓帶回來。兒子一臉的沮喪，氣呼呼地坐在沙發上，一聲不吭。孫燕則眉飛色舞地向我們描繪了他們晚上探視王子的過程——

我們進去的時候，貓正躲在客廳的沙發底下，我們趴在地上，呼叫牠，牠頭一掉，看見是我們，眼睛猛然就亮了，喵喵地叫個不停，圍著我們直打轉兒，頭搖尾巴擺的，用身體在我們腿上蹭來蹭去。人家說，哎呀這貓聰明呢，認得人呢，多通人性，多神氣啊？人家拿貓食餵牠，牠不吃，我們拿貓食放在手心裡餵牠，牠就吃了，吃得才香呢，吃了好多好多。我們要帶牠走，人家不讓，人家說，他們全家都喜歡這貓，特別是老奶奶，喜歡得不得了，成天圍著它轉，老奶奶說：「放在這裡再觀察牠兩天好吧？或許再過兩天，牠就不認生了，就習慣了，反正今天吃了這麼多貓食，牠餓不壞的。人家還說，這麼好的貓不能白要你們的，等牠待習慣了，我們準備給你們八百元，表示我們的一點心意。」聽人家這麼說了，我們硬要把貓帶走就不好意思了。

「我要貓我要貓！」旁邊的兒子氣得像河豚一樣，眼淚汪汪的說：「貓是我們家庭的一個成員，憑什麼賣牠？怎麼說牠也是一條生命，牠只是不會說話罷了，牠可憐巴巴地望著我們叫，牠多想跟我們回家啊，可憐牠就是不會說話。」

六、王子歸來

翌日一早，我和弟弟一塊兒去鄉下老家掃墓。

傍晚我回到家，一按門鈴，就聽見了一聲貓叫。我以為是幻覺，這兩天想貓想多了。

事實是：一開門，我一眼看見渾身雪白的王子，正以一種優雅的姿勢端坐在門口迎接我。我發現貓對主人的親熱，不是像狗一樣撲上來又舔又撓，而始終是以一種優美高雅的姿態和動作來表現的。大約兩秒鐘後，老婆兒子齊齊出現在貓的後面，手舞足蹈的，笑得滿臉開花。歡樂又來到了這套房子裡。儘管王子始終表現得很嚴肅，一下也沒有笑。

原來，早晨我們剛剛出門，貓的臨時主人就打了電話來說：「你們趕快來吧，把貓帶走吧！牠在家裡鬧了一夜，扒了一夜的門，慘叫了一夜，真可憐死了，你們趕快來把牠帶回家吧！」

和昨天晚上一樣，老婆兒子是餓著肚子打車趕去拿貓的。還是用的原來那個裝貓的紙箱。到了我們樓下，你猜怎麼著？兒子抱著紙箱往樓上爬，爬到三樓的時候，王子忽然從紙箱裡跳了出來，牠搶先飛步上樓，提前端坐在我家的防盜門前迎接他們。

釀文學87　PG0751

婚姻潛規則22條

作　　者　中　躍
主　　編　蔡登山
責任編輯　林泰宏
圖文排版　王思敏
封面設計　王嵩賀

出版策劃　釀出版
製作發行　秀威資訊科技股份有限公司
114 台北市內湖區瑞光路76巷65號1樓
電話：+886-2-2796-3638　傳真：+886-2-2796-1377
服務信箱：service@showwe.com.tw
http://www.showwe.com.tw
郵政劃撥　19563868　戶名：秀威資訊科技股份有限公司
展售門市　國家書店【松江門市】
104 台北市中山區松江路209號1樓
電話：+886-2-2518-0207　傳真：+886-2-2518-0778
網路訂購　秀威網路書店：http://www.bodbooks.com.tw
國家網路書店：http://www.govbooks.com.tw
法律顧問　毛國樑　律師
總 經 銷　聯合發行股份有限公司
231新北市新店區寶橋路235巷6弄6號4F
電話：+886-2-2917-8022　傳真：+886-2-2915-6275

出版日期　2012年5月　BOD一版
定　　價　430元

Printed in Taiwan

國家圖書館出版品預行編目

婚姻潛規則22條 / 中躍著. -- 一版. -- 臺北市：釀出版,
2012.05
面； 公分. -- (釀文學87 ; PG0751)
BOD版
ISBN 978-986-5976-21-7 (平裝)

857.7 101006571

讀者回函卡

感謝您購買本書，為提升服務品質，請填妥以下資料，將讀者回函卡直接寄回或傳真本公司，收到您的寶貴意見後，我們會收藏記錄及檢討，謝謝！

如您需要了解本公司最新出版書目、購書優惠或企劃活動，歡迎您上網查詢或下載相關資料：http:// www.showwe.com.tw

您購買的書名：________________________________

出生日期：__________年__________月__________日

學歷：□高中（含）以下　□大專　□研究所（含）以上

職業：□製造業　□金融業　□資訊業　□軍警　□傳播業　□自由業

□服務業　□公務員　□教職　□學生　□家管　□其它_____

購書地點：□網路書店　□實體書店　□書展　□郵購　□贈閱　□其他

您從何得知本書的消息？

□網路書店　□實體書店　□網路搜尋　□電子報　□書訊　□雜誌

□傳播媒體　□親友推薦　□網站推薦　□部落格　□其他________

您對本書的評價：（請填代號　1.非常滿意　2.滿意　3.尚可　4.再改進）

封面設計____　版面編排____　內容____　文／譯筆____　價格____

讀完書後您覺得：

□很有收穫　□有收穫　□收穫不多　□沒收穫

對我們的建議：________________________________

____

____

____

請貼
郵票

11466
台北市内湖區瑞光路 76 巷 65 號 1 樓
秀威資訊科技股份有限公司 收
BOD 數位出版事業部

....

（請沿線對折寄回，謝謝！）

姓　　名：__________　年齡：______　性別：□女　□男

郵遞區號：□□□□□

地　　址：____________________

聯絡電話：(日) __________ (夜) __________

E-mail：____________________